老谭■著

夺命天劫

中国言实出版社

图书在版编目（CIP）书局

夺命天劫 / 老谭著. — 北京 : 中国言实出版社，
2023.7
ISBN 978-7-5171-4480-9

Ⅰ. ①夺… Ⅱ. ①老… Ⅲ. ①长篇小说—中国—当代
Ⅳ. ①I247.5

中国国家版本馆CIP数据核字（2023）第089458号

夺命天劫

责任编辑：张国旗
责任校对：宫媛媛
装帧设计：品欣工作室

出版发行：中国言实出版社
　　　　　地　　址：北京市朝阳区北苑路180号加利大厦5号楼105室
　　　　　邮　　编：100101
　　　　　编辑部：北京市海淀区花园路6号院B座6层
　　　　　邮　　编：100088
　　　　　电　　话：010-64924853（总编室）　010-64924716（发行部）
　　　　　网　　址：www.zgyscbs.cn　电子邮箱：zgyscbs@263.net

经　　销：新华书店
印　　刷：北京铭传印刷有限公司
版　　次：2023年7月第1版　2023年7月第1次印刷
规　　格：880毫米×1230毫米　1/32　12.25印张
字　　数：230千字

定　　价：59.00元
书　　号：ISBN 978-7-5171-4480-9

目录
—— Contents

第一章　劫机事件

今天上午，莫亚大陆直达航空保卫部门航线的第一班客机正在九千米的高空飞行。阳光通过玻璃正好落在窗户边一个熟睡的男人身上，他从登机到现在一直闭着眼睛。

"大尉先生，您的早餐！"一个推着餐车的漂亮女人正站在这名男子旁边，扑闪着一双美丽的眼睛轻声问道。但这名男子丝毫没有反应，她只好又轻声重复了一遍，男子才慢慢睁开惺松的眼睛。

"哦，小姐，不好意思，我刚刚……"他抱歉地笑了一下，露出了迷人的眼线和漂亮的牙齿。

他叫泰文世，是地球安全防御部门的一名大尉，刚刚外出执行任务，此时正坐在返航的客机上，他平时的工作就是负责地球安全。

他此时好像没有胃口，望着机窗外飘过的浮云，一脸疲惫。在他对面的位置上坐着一个老太太和一个小孩。老太太双手抱着双臂，眼睛微微闭着，好长时间都没有动一下。而她身边的小孩，此时也望着窗外的浮云，眼睛里则露出灿烂的神色。泰文世回过头来，正好和那小孩的眼神碰在一起，他对小孩友好地笑着点了点头，小孩也冲他一笑，而后又将眼睛移到了机窗外面。

这时候，泰文世才开始打量起与他同机的乘客，在他旁边的座位上，一对中年夫妇正亲热交谈着，在他们前面是两个漂亮的女人，此时正安静地闭着眼睛。

"嗨，年轻人，能和你同机真愉快！"泰文世对面的老太太突然醒了，还对他说了这么一句热情的话。他忙坐正身子，友好地回答道："哦，也很高兴能和您与您的……"他望着老太太身边的小孩。

"哦，我的孙子。"老太太拉过小孩的手。泰文世连忙说道："真可爱！"

"谢谢你年轻人，真会说话。"老太太的脸上带着笑容，"现在像你这么绅士的年轻人不多了。"

泰文世微微欠了欠身，表示感谢，然后彼此又都沉默了。

"咳……咳……"过道边的一位老人突然剧烈咳嗽起来，而后身子猛地往前一倒，嘴里喷出一口浓血，这立即引起一阵不小的骚动。

"快，快叫医生！"不知道谁喊了一句。

泰文世此时也站了起来，他不知道究竟发生了什么事情。

"医生来了，让一让，请让一让。"一个穿着绿色外套的人走了过来，所有的人马上向两边分开。泰文世这才坐回了原位，轻轻叹息了一声。

"年轻人，我看你的脸色有些不对啊。"泰文世面前的老太太慢悠悠地说道，泰文世愣了一下，但脸上随即露出了一点笑容。

"叔叔，你笑起来真好看。"小孩清澈的眼睛望着泰文世说道。

"小朋友，旅行愉快吗？"泰文世伸过手去，轻轻地摸着小孩的头聊起来。

小孩笑着连连点头，他指着窗户外面的云层说道："叔叔，那些花儿真好看，你能给我摘一朵吗？"

泰文世和老太太禁不住又笑了起来。老太太摇着头说道："傻孩子……"

"小朋友，叔叔什么时候变成了超人，就给你摘一朵最漂亮的。"

"叔叔，我不要你变超人。"小孩子嘟起小嘴巴，露出倔强的表情说道。

"哦，你不想叔叔变成超人，那你想叔叔变成什么啊？"

"叔叔你变成怪兽吧，怪兽可以帮我打败小雨。"

"小雨？"泰文世愣了一下，"小朋友，怪兽的样子可是很可怕的哦。"

"我不怕，我和它是好朋友，它不会咬我的。"

"哈哈……"泰文世和老太太又被孩子的话逗笑了。

正在这时，机舱里突然传来一阵尖厉的警报声，顿时人声惊慌，即刻陷入一片混乱之中。

泰文世闻声望去，虽然他不知道究竟发生了什么事情，但直觉告诉他，一定出事了，这时候他面前的老人也站了起来，小孩惊恐地钻进了她的怀里。

"快坐下，不要乱动!"泰文世轻轻拦住老人说道，然后自己也坐回了原位。

"请各位旅客坐回自己的位置上，由于飞机上发现了一名身受不明巨毒细胞感染的客人，现在每个人都回到自己的位置上，安检人员将对机舱及每位乘客进行检查。"喇叭中传来一个声音，又引起一阵不小的骚动。

这时候，几个穿着蓝色安检服的人走了过来，他们从前面开始一个一个搜查，包括椅子下面的每一个角落。

泰文世这才稍稍安心了些，他原以为是劫机事件，现在感觉轻松多了。

"不好意思，请把包打开接受检查，快点……"

"我包里没有什么，就一些乱七八糟的东西……"

前面传来一阵吆喝声，泰文世好奇地望了过去，那几个安检人员正站在一个满脸络腮胡子的中年男子面前，责令他把包打开检查。

"我们只是例行检查而已，请配合一下我们的工作，我想这对所有的乘客都不是坏事。"

乘客们开始窃窃私语，但就在这时候，那个长着满脸络腮胡子的男子突然从椅子上猛地站了起来，向里面靠近了机窗。

"不要过来，不要过来，再过来我把包打开了啊。"他大声号叫起来，所有的人都往边上散了去，发出一阵阵惊恐的声音。

泰文世此时悄悄走到了人群中，他望着陌生的男子，不知道他包里究竟藏着什么不可见人的东西，但他没有表露出任何表情，只是冷冷地盯着形势变化，以便见机行事。

"不要过来，所有的人都退回去，退回去……"那家伙疯狂地抖动着手里的黑色皮包，大声号叫着。他的包已经拉开了一点儿缝隙，正对着人群中间。

"你不要乱来，先把包放下，有什么事情都可以商量。"其中一个安检人员正试图说服他，但他的面目随即变得狰狞，眼睛里充满了鲜红的血丝，手在不停地颤抖着，厉声咆哮道："你们谁敢上前一步，我就把包打开，到时候大家一块儿玩完，滚，都他妈地滚开……"

"啊——"几乎所有的乘客都倒向了离此人最远的地方，惊恐地望着局势的变化。

他的包里究竟是什么呢，为什么会这么紧张？泰文世心里涌起阵阵疑云，他疑惑地望着那家伙，随即转身向飞机上的临时医务室走去。

"哦，先生，对不起，这里不允许……"他刚到医务室门口就被一个女护士给拦了下来，但他马上掏出了证件，然后径直闯了进去。

医生正在给老人做着检查，泰文世走上前去，出示了证件后道："这位病人究竟感染了什么病毒细胞？"

"从目前检查结果来看，是一种我们从未遇到过的病毒细胞，地球资料库里也没有相关记载。"那个医生指着来人的胸腔道，"病毒细胞此时已经进入了感染者的肺部，而且还在继续深入，依照目前的医疗技术，根本就控制不了这种病毒细胞在人体内的扩张。"

泰文世的眼睛停留在了感染者的肚子上，发现整个肚皮都呈现出了一层黑色的小颗粒，而且面积好像还在继续扩张。感染者的嘴里发出沉闷的呼吸，突然上半身弹了起来，从嘴里喷出了一大口黑色的血。

"我们已经尽力了。"医生无可奈何地摇着头说道，泰文世的眼睛里闪烁着一种比惊恐更要骇人的光泽，他立即冲出了医务室。

当他回到机舱时，双方还在僵持着，但安检部的人明显已经处于下风，他们站在一边，一句话也不说。对方眼里发出一股凶狠的光，脸上浮现出一种胜利者的邪恶的笑。

"哈哈……老子就知道你们不敢过来，如果你们有谁愿意试一试的话，可以过来啊，哈哈……还记得刚才那个老头吗，你们难道也想像他那样到鬼门关去报到吗？哈哈……"那家伙的话果然刺激了所有的乘客，他们再次发出了惊恐的声音。

泰文世略一沉吟，有了办法，他对所有的安检人员说道："为了大家的安全，我看就算了吧，这样对大家都好。"

他这话一出口，又引起一阵议论声。一名安检人员白了他一眼，就把他当作一名普通的乘客给拉到了一边，但在转身的一瞬间，他迅速把证件拿到那人眼前晃了晃，低声说道："自己人。"

对方看了他一眼，愣了下，随即转身说道："好好，我们就听这位大哥的话，为了所有乘客的安全，大家都退让一步，怎么样？"

那家伙听了这话后又狂乱地笑了起来："我还以为你们这些安检人员真有什么三头六臂，原来也只不过是一群草包而已。"他的眼光突然落到了泰文世身上，"哎，那位兄弟，过来啊，老子今天的收入分你一半如何？"

泰文世笑道："当然好啊，这么好的事情我当然要凑一份。"他说完就向那个家伙走了过去，没有丝毫犹豫和慌乱之色。

"慢着!"那家伙突然冲他吼道，"你就站在原地，别乱动……"他仔细打量着泰文世，眼睛里含着一种疑虑的神色，又带有一股很怪异谨慎的表情。

泰文世停顿了一下，随即笑着说道："兄弟，我可是在帮你，你这样做，难道要陷兄弟我于不义之中啊？"他的表情很无辜，很无奈。

那家伙突然对泰文世说道："既然这样，那就麻烦你了，现在你过去，把每个人身上值钱的东西给我搜出来。"他的眼睛扫过机舱尽头的乘客，然后从身边拿起一个黑色皮包扔到了泰文世面前。

泰文世想了一下，点了点头："好，我帮你，不过事情过后可得算我一份。"

"哼，老子说话算话。"那家伙冷冷哼了一声。

泰文世拿起皮包慢慢向乘客走了过去，他的眼神刚好就落在了那个老太太身上。他眼睛眨了眨，让周围的乘客配合。当他来到老太太面前时，老太太低声说道："小伙子，大家可都交给你了。"他听到老人的话怔了一下，使劲咬了咬嘴唇。

当泰文世提着满满一皮包值钱的玩意儿走过去时，那家伙的脸上现出了开心的笑容："好，好，拿过来。"他又向泰文世说道，但泰文世却站在原地不动了。

泰文世不慌不忙地说道："大哥，咱们都是江湖上混的，谁都知道谁的斤两，我如果把这一袋子交给你了，万一你不守信用……"

那家伙愣了一下，反问道："那你想怎么样，说吧！"

泰文世掂量了一下手里的黑皮包说道："我看兄弟也是义

气之人，我现在也算你的帮凶了。这样吧，你手中不是有法宝吗？你把那些杀人的玩意儿也分我一些，我就不怕他们了。"

"呵呵，主意嘛倒是好主意，不过……"

"不过什么，你难道想我被他们剁成肉酱吗?"泰文世忙不迭地补了一句。

对方举起手中的黑皮包："兄弟你误会我了，只是这包里的东西不好分开啊。"

"哦，那包里到底装的什么宝贝啊，让我来帮你。"泰文世不经意地向前挪动了几步。那家伙还真放松了警惕，他的眼睛落到了自己的黑皮包里。就在这一瞬间，泰文世一把将手中的包猛地砸了过去，然后以迅雷不及掩耳之势拔出了枪，在抬手的一瞬间，子弹已经出膛。

但那家伙的反应也不慢，当他意识到情况不妙时，已经迅速闪身，子弹正好擦着他耳朵飞了过去，射在他身后的机窗玻璃上。玻璃立即被开了一个小孔，飞机颤抖了一下。

泰文世在一枪未中的情况下，人已经飞向目标，他要在对方还没有反应过来时，将对方手中的包给抢过来。可是，当他接近目标的时候，那人猛地往玻璃上一撞，玻璃碎落了一地，他立即将手中的包塞了出去。泰文世收腿不及，一脚蹬在对方的胸口上，只听见一声惨叫，那家伙整个身体就被踹出了机窗外，连最后的哀号也没有来得及发出来，就消失得无影无踪。

几乎在同一时间，由于大量空气进入机舱，飞机剧烈颤抖起来，机长开启了紧急恢复装置，几秒钟过后，破碎的玻璃立即被修复。

　　"哦——"机舱里立即发出一阵热烈的欢呼声，但在这一瞬间，泰文世却呆住了，他的眼睛里露出一丝惊恐的表情。

第二章　冰冻美女

　　泰文世的眼睛透过茫茫苍云，落在深邃的宇宙之中，他的耳边没有了任何声音。大家互相拥抱在一起，为成功度过了这次灾难而感到庆幸。

　　"小伙子，干得不错。"他回过头去，老太太和她的孙子正对他笑着。

　　"叔叔，我看见超人了，我不要怪兽了，我也要变成超人。"小孩子闪烁着晶莹的眼珠，泰文世被逗得乐了一下。

　　"各位旅客，我是本趟航班的机长，希望这趟旅程没有带给大家太多不好的记忆，首先我代表所有的乘客感谢我们伟大的救世主泰文世先生……"飞机上的小喇叭传出了一个声音清澈的女声，接着便掀起一阵热烈的掌声，泰文世露出了灿烂的笑容。

　　"泰文世先生，可以和你单独聊聊吗？"正在此时，他耳边传来了一个很温柔的声音，他回过头去，一个眼睛大大的漂亮女人站在他面前。

泰文世愣了一下，随即很绅士地点着头："当然可以！"

"泰文世先生，你是航空保卫部门的一名工作人员，大尉军衔！"那个女人很熟悉地指出泰文世的身份。

泰文世望着那个女人的眼睛，笑了起来："不错。"

"大尉先生，没想到我们在这样的地方相遇了，很有趣的感觉。"那个女人突然将嘴唇凑到了泰文世的唇边，"现在的时间，我都交给你了。"

泰文世顿了一瞬："给我个理由，我不做无缘无故的事情。"

那个女人整个身体都贴到了泰文世身上，用像迷醉了似的声音说道："因为你救了我的乘客。"

"我的职业道德，让我不能接受这个理由！"他说完这话，就轻轻推开了缠绕在他身上的女人。那个女人瞪着漂亮的眼睛，先是愣了一下，但随即便"呵呵"轻笑了两声："大尉先生，你是个标准的男人。"

泰文世自嘲地笑了笑："你也是个标准的女人！"

突然，可能是遇到云层了，飞机轻轻颤动了一下，那个女人顺势倒在了泰文世的怀里。

她眼睛里浮现出了一丝胜利者的微笑，在她面前，还没有哪个男人能够抗拒。

泰文世突然推开了她："对不起，我说过，我不做无缘无故的事情。"泰文世转过了身，准备离开。

"长官，学员艾丽娅向你报道。"紧接着，他的身后传来了一个非常清脆的声音，他愣愣地转过头去，看见刚才的女人已经是另外一副全新的装扮。

他从头到脚地打量着面前的女人，眼睛里含着不可思议的疑惑。

"长官，航空保卫部门特派学员艾丽娅正式向你报到。"那个媚态的女人突然间变成了一个神情肃穆、面若冰霜的冷美人，此刻，她正笔挺地站在泰文世的面前。

泰文世还是没有明白对方究竟在搞什么鬼，什么特派学员，自己为什么先前没有得到消息呢，在这种场合，以这种特殊的方式见面，他还从来没有遇到过。

"机长，你不是本次航班的机长吗？"泰文世疑惑地说道。

"长官，我只是想考验一下我上司的耐心和耐力。"她说话的表情显得如此冰冷。

泰文世这才明白，厉声说道："艾丽娅，长官现在正式回答你，从现在开始，你已经成为了一名真正的特派学员。"

"长官，学员艾丽娅向你汇报第一次任务结果，长官也通过了第一道考察程序。"艾丽娅的回答让泰文世愣了一圈，随即他便开怀大笑起来，他已经好久没有这样的轻松感了。而后，他们便一起回到机舱。所有的人几乎都停止了喧嚣，机舱里显得很安静。艾丽娅坐在了泰文世的身边。

"你们年轻人的活法可真让我羡慕啊。"老太太叹息了一声，眼睛却落在了艾丽娅的身上。

艾丽娅的表情显得很严肃，她对老太太轻轻点了点头。老太太接着问："我们还有多久才能到达目的地?"艾丽娅没有表情地摇了摇头。

接着，又是一阵沉默，飞机在万里高空飞行着，听不见一点儿声音。

但就在这时候，一只手悄悄地伸向了泰文世的口袋里，但就在这一瞬间，另外一双手也伸了过来，紧紧地抓住了还放在泰文世口袋里的那双手。

四目相撞，彼此露出了冷漠的眼光。

"艾丽娅?"那位老太太冷笑着吐出了这三个字来。先前自称艾丽娅的女人怔了一下，但也就是那一瞬间的色变，她随即反过手去，准备抓住老太太的双手。老太太的动作是何其快，她还没有等对方的双手来得及解放出来，就已经一个反扣，将对方压在了椅子上。

那个自称艾丽娅的女人突然一脚蹬向老太太的面部，老太太只是轻轻地往边上闪过了一点儿。这时候两个人都离开了座位，在机舱里大展起手脚来。随着一声声吆喝声，客人们都被吵醒了。他们睁开眼睛看见这种情景，又全都惊呼了起来，闹嚷嚷地挤在了一团。

老太太身手敏捷异常，根本与她的年龄不相符，她在艾丽娅面前丝毫不示弱。

艾丽娅突然一下子蹿到了老太太的背后，一把抓住了对方的领子。老太太像缩骨了似的，随即从外套中滑脱了出来，在她套空的同时，已经将双手指向了对方的眼睛。

艾丽娅刚才的一抓被对方逃过了，没有想到对手会这么敏捷，她还没反应过来时，对方两指已经到了眼前，她只好将衣服扔了出来，想以此来挡住对手的视线。但就在她还没有来得及从刚才的阴影中逃转过来的时候，突然一个人影横在了她面前。

"你……"艾丽娅惊叫了一声，立即向后退去。

泰文世站在她的面前。

这时候，那个老太太走了过来，站在泰文世身边，突然头发轻轻地一甩动，便露出了一头乌黑亮丽的秀发。在场的所有人都发出了惊叹声，但更使所有人惊奇的是，她又慢慢地撕去了脸上的一张好像人皮面具的东西。

"哦——"所有人的眼睛都呆住了，泰文世也呆住了，自称为艾丽娅的女人也呆住了，但他们只是半晌的呆立，就都已经清醒了头脑。

"长官，你等等，我去抓住她。"泰文世还没有回过神来，对方已经又出击了。

两个人在机舱里像两只蝴蝶一样飞来飞去。自称艾丽娅的女人虽然身手并不亚于对方，但她明白自己目前的处境，在对方向她出击的时候，很多时间都只是在被动地躲闪着，她要保存能量，为逃亡做好准备。

泰文世在一边完全搞不清情况了，只好在一旁观战。

自称艾丽娅的女人确实不简单，她能够洞察对方的心理，知道在什么时候该出手，什么时候该退让，现在，她的对手就已经感觉到有点儿力不从心了，从对方的出拳角度和力度，她能够感觉到对方急于想打败自己的心情。

"长官，小心！"先前假扮老太太的女子突然大叫了一声，泰文世早就已经感觉到了。他突然凌空一脚，那个女人便被踢得飞了出去，撞在了飞机的顶部，然后"轰"的一声落在了两排座位之间。

这时候，先前的"老太太"才笔直地站在了泰文世面前，神情肃穆地说道："长官，航空保卫部门特派学员艾丽娅向你报到。"她的话令泰文世的眼睛都凸了出来，他惊奇地望着面前这个女人的眼睛，好像想把对方看穿似的。

"怎么了，长官？"那个女人看见泰文世直直地望着自己，疑惑地问道。

泰文世的眼睛又落到了还趴在地上的那个女人身上，他的眼神在这两个女人身上游离着，两个艾丽娅？地上那个女人猛地站起来，向机舱的侧门冲了过去。泰文世愣了一下神，就感觉身边一个影子一晃就过去了。等他看清楚的时候，这个影子已经冲到了那个逃跑女人的后面，只见她一把就抓住了那个女人的衣领，然后一声娇喝，就把对方给扔到了泰文世的面前。

"长官，这是我送给你的见面礼。"那个漂亮女人轻轻甩动了一下头发，然后就双手背在身后，笔挺地等待着泰文世的回话。

泰文世看着趴在自己面前的女人，又看了看站在自己面前的女人，这究竟是怎么回事？

第三章　别墅倾情

当飞机着陆的时候，泰文世和真正的艾丽娅一同走下了飞机，面前顿时开阔了起来，泰文世的眼神中流露出一种很迷人的光彩。

"哦，好久没有见到陆地了，真可爱!"他伸了个懒腰，转过头去看了艾丽娅一眼，脸上含着惬意的笑容。

艾丽娅轻轻甩动了一下头发，对泰文世说道："长官，在没有到达总部之前，我希望你能够考虑把我安顿一下。"泰文世挺了挺脖子："那么你想我为你做些什么呢? 如果你不介意的话，我想先回家洗个澡，有问题吗?"

"哦，太棒了，我也正需要泡一会儿。"艾丽娅转过身来，两个小酒窝浅浅地挂在脸上。泰文世耸了耸肩膀，他知道自己又遇到了一个调皮的小姑娘，上次那个……他突然想起了阿美，一个典型的东方美人，可惜在不久前的一次任务中牺牲了。

"艾丽娅，我想知道你为什么会选择这个职业呢，一个女孩子应该去做一些比较浪漫的工作。"这也是他当初和阿美第一次见面时问她的问题。

艾丽娅走路的速度很快："恰恰相反，我认为这份职业就是这个世界上最浪漫的职业！"当初阿美的答案几乎和现在的艾丽亚是一模一样的，此刻阿美的面孔又浮现在了他的脑海里。

泰文世"哦"了一声，突然想起了刚才飞机上的那个小男孩，随即向艾丽娅询问他的情况。

"哈哈……长官，小男孩？你难道不知道吗？"艾丽娅笑了起来，她从口袋里拿出了一个东西来。

"姐姐，你还好吗？"那个小屏幕上出现了刚才的那个小男孩，泰文世好奇地望着，艾丽娅问道："长官，你难道还不明白刚才在客机上所发生的一切吗？"泰文世这才像明白了什么似的，愣着神一句话也说不出来。

"总部早就接到情报，说X国军方已经派人出来了，目标就是你身上所携带的启动地球防御密码程序软件……"

"哦，原来是这样，怪不得一切都是这样地巧合！"他恍然大悟似的点着头，"原来这都是总部早就安排好了的。"

泰文世转向左边一个挂着"PARKING"的大门走去，他远远拿出一个遥控器对着那个方向，随即便见那扇大门缓缓升了上去，一辆红色的跑车出现在眼前。

　　泰文世微笑地望着还在发愣的艾丽娅，打开了车门说道："小姐，还不上来吗?"艾丽娅"哦"了一声，很优雅地坐了上去。跑车还没有发出任何声音，已经消失在了城市的尽头。

　　当车子停下来的时候，艾丽娅还处于极度的兴奋之中。

　　在他们面前是一栋漂亮的白色别墅，房子周围是一片很开阔的绿色草坪。

　　"主人，欢迎您的归来。"泰文世走近门边，便传来这样一个声音，那扇白色的门缓缓地从中间向两边分开去，艾丽娅这才回过神来："我是来到了天堂里吗?"

　　在艾丽娅的眼前，是一个硕大的空间，空间里是一个很大的立体屏幕。在这个屏幕中，有很多她没有见过的动物在游走着。她感觉到自己好像进入了一个完全真实的远古世界中。

　　望着这一切，她有了一种轻飘飘的感觉。

　　泰文世笑着走到了屋子中央，朝艾丽娅说道："可以随便转转，冰箱里有喝的，我先去洗个澡。"

　　艾丽娅惊奇地望着眼前神奇的一切。

　　在那个虚拟动物世界的正下面，是一间类似控制室的小玻璃房子，里面几台电脑正在高速运行着，再右边的位置是一具人体模型，身上标着人体不同的穴位，还插着一些小针，肯定是这间房子的主人给弄上去的。

　　"哦，这是什么?"艾丽娅惊讶地叫道，她的眼睛落到了房子角落的一具很难看的怪物身上。那样子实在是太难以形容了，有点像一只河马，但体形又比河马要大得多，头上不仅长满了长须，而且头顶还有两只短短的角，两只眼睛像镶嵌在脑袋上似的，发出惊惧的光来。它的四条腿，前面的两只要比后面的两只要短一些，身上却又是光滑的，没有一丝毛发。艾丽娅惊奇地望着这只从来没有看到过的怪物，慢慢地绕了过去。

艾丽娅眼睛落到了窗户上，她看到了一台天文望远镜，她靠了上去："噢，太美妙了！"

她望着天上飘过的一朵朵白云，好像自己也随之飘了起来，不禁兴奋地喊出了声，她的脸上一直挂着惬意的笑容，她的心情从来没有这样地好过，这是她这半生来见过的最让她陶醉的房子，太与众不同了。

"艾丽娅，你不是要冲一下凉的吗？该你了。"这时候泰文世已经走了出来，他满身的结实肌肉，闪动着一双迷醉般的眼睛。

看到艾丽娅满面通红，他才意识到自己忘了穿上衣。他忙退了回去，一边还吞吞吐吐地说道："哦，不好意思……"当他再次出现的时候，上身套上了一件纯白色的短袖T恤，显得精神极了。艾丽娅一动也不动地盯着泰文世的眼睛，好久都没有转动一下。

也许发觉了自己的失态，她忙眨巴着眼睛说道："哦，我去冲个凉……"她急匆匆地低着头，从泰文世的身边走了过去。

泰文世自嘲地摇了摇头。

随后，他打开了一个方盒子。

"哦，宝贝，好久不见了啊。"他从里面抱出来一只全身白色的小猫咪，轻轻吻了吻它。

"啊——"艾丽娅突然在浴室里尖叫了一声，泰文世没有半点犹豫地冲了过去："艾丽娅，怎么了，艾丽娅——"艾丽娅此时正疑惑地望着那个喷头，大声地叫着："没有水了，为什么突然停水了？"

泰文世这才松了口气，他摇了摇头道："边上有个备用的开关，打开就可以了。"真是个小女孩啊！他在心里叹了口气，又想起了阿美，两个女人有着太多相似的地方了。

泰文世把猫咪轻轻地搂在怀里，这只小猫咪是泰文世平日里工作乏累后唯一陪伴他的朋友，当他在工作的时候，小猫咪会给屋子增添一种轻松的气氛。

"喂，小宝宝，我不在家的时候，有想我吗？"他把猫咪举了起来。

"哈哈……"身后传来了一阵开怀的笑声，转过头去，只见艾丽娅正笑着望着自己。

泰文世的眼睛呆住了，他定定地望着艾丽娅，仿佛失去了知觉似的。艾丽娅也突然停止了笑声，她脸上的表情和泰文世一模一样，一动也不动地站在那里。

此时的艾丽娅穿着一件纯白色睡衣，头发向后面柔和地披着，一双大眼睛显得更加有神，像一朵出水芙蓉似的。

"哦，我在衣柜里自己找的，看着很合身，所以就……"她手脚无措地站在泰文世面前，又马上说，"哦，好可爱的小猫咪啊。"

她本来想要借此转移注意力的，但没有想到，当她把手伸过去想接过猫咪的时候，却不经意地碰到了泰文世的手，他们定定地望着彼此的眼睛，谁也没有动，那只小猫咪好像明白了什么似的，轻轻地一挣脱，便跳到了地上。

泰文世柔情地盯着她的眼睛，她的眼睛里也充满了火花，两个人就这样慢慢地走近了，他们就这样温情地靠在一起，呼吸越来越沉重……

阿美的影子突然又像站在了自己面前似的，那个女孩一样让他动心，他们也曾经这样彼此拥抱过，但是，现在，自己怀里却又是另外一个人了。

"呜——"正在这时候，那只小猫咪突然在边上叫了一声，他怔地睁大了眼睛，面前的女孩也清醒了过来。他轻轻松开了她的肩膀，像个做错了事情的孩子似的转过了头去，不敢看她的眼睛。

艾丽娅呆了一下，轻轻抓着他的手臂，望着他那双让自己陶醉的眼睛，深情地问："为什么?"

泰文世无言地垂下了头，眼睛里充满了一种无奈的神情，他连连摇着头。

"为什么，难道我不配拥有你吗?"艾丽娅的眼睛里涌动着一丝潮湿，她明白，就这么短的时间，她已经爱上眼前这个让她失去心性的男人了。

　　泰文世轻声地呢喃着："我不能，我不能这样做……"

　　艾丽娅眼中的泪水滑落在脸庞，她不明白泰文世究竟想到了什么，难道是自己不够好吗？

　　这时候，泰文世慢慢地转过头来，双手按在她的肩膀上，久久说不出话。艾丽娅轻轻趴在他的怀抱里，像那只小猫咪般的温柔。

第四章　魔影初现

"你不想再多待一会儿吗?"泰文世重新开启了动物世界虚拟模型控制程序。此时艾丽娅已经穿戴好，仰头望着那些奇幻的星球，眼里覆盖着一层新奇的柔光，她看着面前这个令人心动的男人欲言又止。

"嘟……嘟……"突然在窗户边传来了一阵警报声，在空寂的房间里显得尤为刺耳。泰文世赶紧来到窗户边，按下圆形开关。

"大尉先生，我想你现在应该正搂着美人躺在沙发上享受着一杯香醇的啤酒吧。"空中传来一个豪放的声音。

泰文世回过头看了艾丽娅一眼，笑道："我刚刚到家，正在处理工作，还没有时间想那些事情。"他故意顿了一下，"怎么样，总部那边还顺利吗?"

"既然给你打这个电话，很明显不是很好，一小时以后，总部大楼见。"

放下电话，泰文世无奈地转过身去，正迎上艾丽娅疑惑的目光。

"看来情况不妙，我们得马上赶去总部。"他表情一敛，回到了控制室。

艾丽娅也知道情况不妙，看着泰文世在控制室里忙上忙下，却不知如何帮忙。泰文世回头对她笑了一下："我的时间不多了，可以帮帮忙吗？"

艾丽娅耸了耸肩，微笑着说："当然可以。"

"那就麻烦帮我把时间和观察记录重新调试一下。"泰文世冲着天文望远镜的方向说道。

"但我找不到它的启动按钮。"艾丽娅无奈地看着他。泰文世只好过来教她，两人配合默契，艾丽娅美丽的眼睛里渗出一道透明的蓝光。

泰文世盯着这个漂亮的女人，心里却努力让自己聚焦到手头的工作上。忙活了一通，泰文世穿上了外套，边走边说："我们该走了。"

艾丽娅看着泰文世帅气的样子，忙拢了拢头发，尴尬地撇了撇嘴。

当他们出门的时候，夜色已经在这个城市悄然降临，璀璨的霓红灯光将城市装饰得无比光鲜亮丽。

但泰文世可没有心情留意这些，如此美丽的夜景，对他来说早已是奢侈品。他加速了马力。

"长官，为什么不慢点开车呢？"艾丽娅的心随着车速忽上忽下。

"我不喜欢让人等得太久。"泰文世望了她一眼，又看了看时间，脸上现出一些犹豫的神色。跑车像箭一样地射了出去，一眨眼便消失在了茫茫的夜色之中。

不多时，一栋地球形状的蓝色建筑物便横卧眼前。艾丽娅瞠目结舌地看着这座奇怪建筑心里莫名有些惊愕，不知道接下来会发生什么。

在泰文世的带领下，两人穿过两道人脸识别解锁的大门，出现在一个陌生的空间。

艾丽娅再次发出了惊叹声，在她眼前，出现一个巨大豪华的空间，蓝色的墙壁上点缀着许多奇形怪状的图案，现代感十足，有好多的工作人员正在紧张工作着。

"她就是长官的新助手吗？"

"好像是，不过……看她的样子又不像……"

"长得还挺不错。"

"比阿美呢……"

大家都在背后小声议论着，艾丽娅听着这些对话浑身不舒服。这个阿美到底是个怎样的人？片刻，她跟在泰文世背后进入另外一间单独的小屋。

泰文世来到办公桌前，拿起一叠薄薄的文件，上面贴着艾丽娅的照片。

"简历不错。"他笑看着艾丽娅,"在校四年连续获得散打冠军、自由射击冠军。"他脸上露出满意的笑意,表示出了对新学员的肯定。

艾丽娅打量着这间不大的房间,桌上的一个相框引起了她的注意。相框里的女人很美,落落大方,金发碧眼。依偎在她身边帅气的男人正是泰文世,只不过比眼前的泰文世看上去更年轻一些。

盯了半天,艾丽娅想问又不敢。

"她叫阿美,我曾经的拍档。"泰文世漫不经心地说道,眼睛正在电脑上扫描着什么。

看得出阿美跟泰文世的关系不一般,她故意赞叹道:"这个女孩,还真漂亮!"

泰文世沉吟了一下,停下了手中的动作,眼神也跟着黯淡下来。

"……她已经去了另外一个世界!"他讪讪地说道,心里涌起一股淡淡的忧伤。

"她怎么了?对、对不起,我、我是不是不该知道……"

"没什么……"泰文世摇了摇头,"已经是过去很久的事情了。"

艾丽娅知道他们之间有故事,她恨不得此刻把这个故事全了解个透,但这个场合,她知道不是谈儿女私情的时候。她咬着嘴唇点了点头，却发现墙边还有一个相框。照片里的人仍然是阿美——她头发轻轻飘起，脸上显现出一种淡然从容的微笑。

真是个有魅力的女孩！艾丽娅在心里暗暗赞叹。他们之间应该有一段美好的情感吧。泰文世淡淡忧伤的表情已透露了一切。

"艾丽娅，过来一下。"泰文世打断了她，"你先看看这些资料，了解一下我们办事的程序，然后我再告诉你接下来该做的事情。"

艾丽娅应付地点了点头，她心里还在构思阿美的故事，却又不敢去戳破他心底的伤口。

"我知道你在想什么……"泰文世突然抬起头，望着艾丽娅的眼睛，然后又将目光转移到面前的照片上。

"长官，别误会，我没有胡思乱想，相信我，我一定会努力做到最好，不会给你丢脸的。"艾丽娅转移了话题。

不想，泰文世却沉重地叹息道："阿美当初也是这样回答我的。"

艾丽娅的心里微微痛了一下。她知道泰文世的心里始终放不下这个叫阿美的女人。

外面一阵敲门声，进来的是一个身体稍微有些臃肿的女人，她叫了声"长官好"，把一份文件递到他面前，然后转身离开。

泰文世匆匆瞟了文件一眼，眼睛突然瞪圆，脸色大变，然后迅速冲了出去。

"长官、长官……"艾丽娅不知所措，但门被砰的一声关上了，她莫名其妙地立在原地，不清楚究竟发生了何事。

泰文世连门都没有敲，像阵风似的闯进了上司办公室。

他的上司尼可是一个典型的西方人，蓝色的眼睛，白皙的皮肤，头顶已经微微有些秃了，此时正在安静地看着一些材料，被突然而至的泰文世惊了一跳。

"先生，您看看……"他将那一叠材料递到尼可面前。

尼可看了一下材料，近乎莫名其妙地望着他，生气地问道："冒冒失失的，发生什么事了？天塌了吗？"

泰文世急切地说："这些红蚂蚁已经席卷了整个欧洲大陆，正朝着我们而来，您难道不觉得这是个大事……"

尼可起身盯着泰文世的眼睛说道："你难道不认为这对我们来说是一个绝好的消息吗？"

泰文世很显然没听懂他的话，一时间呆若木鸡。

"欧洲国家早就盯着我们的地球防御系统，而且多次向我们窃取这些方面的情报……"尼可的脸上浮现着一种难以理解的神色。

"但是这对我们来说，最后也难逃厄运！"泰文世气愤地说。刚才的一瞬间，他的脑海里涌现出了当时在客机上发生的事情。他非常担心那些红蚂蚁一旦涉足亚洲地区，没有哪一个国家可以幸免于难。

"这只是你个人的假设而已，事情并未发展到这一步，况且我们现在对那些红蚂蚁也无能为力，只能拭目以待。"尼可的眼神中渗透了一层虚幻的色彩，摸不清楚他脑子里想些什么。

只能拭目以待？泰文世没想到尼可竟然是这样一副事不关己的态度。他眉心拧成一团，无法让自己平静地面对这一切。他是一名军人，有保卫地球的责任，怎么能面对如此大的灾难而视而不见呢？他了解尼可的做派，站在面前的是自己跟随了几十年的上司，他不能去顶撞，只能以沉默来对待。

看泰文世愤怒的样子，尼可口气软下来："文世啊，不要再为这件事担心了，总部会妥善安排的，你先下去忙好自己的工作吧，有时间了再跟我好好聊聊你此次的任务。"

泰文世知道多说也无用，他无奈地叹了口气，转身离开。

看到泰文世有气无力地回到办公室，艾丽娅预料到一定发生了很严重的事情。只见他忿忿地把材料扔到桌上，再没说话。

艾丽娅疑惑地把材料拿起来。"红蚂蚁？"她失声叫了出来。她听说过这种巨毒蚂蚁，已经在地球上消失了几个世纪，现在为什么又突然出现了呢？

第五章　巨蟒之战

傍晚时分，工作人员已经走得差不多了，只剩下几个还在忙碌的身影。

艾丽娅正打算收拾一下回家，刚走到二楼时，她发现身后好像有一个穿着黑色衣服的人影。

她马上回身扫了一眼，正对上那个黑衣人的眼神。那是怎样一种眼神啊——冷峻，带着肃杀之气！艾丽娅从没见过此人，他为什么跟着自己？

她匆匆走出了大门，时不时回头看那个黑衣人。

夜色更浓，天空飘浮着几颗忽明忽暗的星星，远处城市的灯火映红了半边天空。

正打算怎么甩掉那个神秘人时，突然背后响起一个熟悉的声音："想吃点什么？"原来是泰文世！

艾丽娅终于松了一口气，回过神来道："随便，咖啡怎么样?"

"咖啡?"泰文世很惊讶,"咖啡能当饭吃吗? 为什么不去吃点可以填饱肚子的东西呢?"

艾丽娅不置可否地说:"也好啊,那你带我去吧,反正我也对这个城市不怎么熟悉,也不知道该吃点什么。"

路边的灯火如此妖媚,照着这个永远不眠的城市。

泰文世也许久没有在这个城市的街头游荡了,自从阿美离开之后,他就把自己的心情封闭了起来。现在重新走在这条街道上,心情也逐渐明朗起来,尤其看见艾丽娅和阿美一式一样的笑容,脸上现出一丝温暖的笑容。

"喂,长官,你看见了吗,那是什么?"艾丽娅的眼睛里发出一道灿烂的光亮,指着街边一处灯火通明的地方。

泰文世顺着她的眼光,看见不远处围了好多人。

艾丽娅拉着泰文世挤了进去,刚看了一眼,她吓得立即惊叫起来,一回头,差点儿钻进泰文世的怀里。泰文世被她的动作吓了一跳,定睛一看,这才心知肚明。

原来人群之中,有个身着异服的男子,戴着一顶椭圆形帽子,静静地盘坐在地上,眼睛紧闭,像熟睡了似的。他的脖子上正缠绕着一条全身花斑的巨蟒,眼睛里闪着骇人的光亮,蛇信子快速地伸缩着。

男子边比画边动作,巨蟒也跟着他的手势做出了各种动作。

泰文世心想，此人应该就是传说中的控蛇者。

围观的那些人，一个个脸上也都显露出惊恐的神色，虽然害怕，但又拒绝不了诱惑，想知道男子究竟在做什么。

泰文世不太喜欢看热闹，拉着艾丽娅离开。

当他们刚走出来，后面突然传来一阵惊呼。泰文世情不自禁地回过头，见所有的围观者都已经闪到了一边，那条巨蟒伸着长长的身子，朝着四处吐信子，再也没有一个人敢走近了看。

艾丽娅仍然心有余悸，死死拽着泰文世。

泰文世感觉这个控蛇者好像有意而为之。他松开艾丽娅，自个儿慢慢地走上前去，可还没有接近，巨蟒突然向他迅速冲了过来。要不是他躲闪及时，恐怕就被巨蟒给撞飞了。

控蛇者一挥手，巨蟒便又缩了回去。

泰文世被惹火了，厉声呵斥着那个还闭着眼睛的控蛇者："这里是公共场所，请你把它弄走！"

他刚说完，控蛇者的眼睛突然像闪电射出一道狠毒的光，缓缓起身，双手合十，嘴里念念有词，然后便见巨蟒张开血盆大嘴，在他头顶盘旋起来。

一时间，天昏地暗，阴云密布。

这时候，所有的围观者都惊叫着四散逃跑，现场只留下了艾丽娅和泰文世两人。

巨蟒发出一声怒吼，对着二人怒目相向。

控蛇者眼里闪烁着阴冷的光，只见他双手像变戏法似的摆动起来，巨蟒又随着他的手势，扭动着身体冲了过来。

泰文世见势不妙，忙推开艾丽娅，然后屏住呼吸，身形一晃，迅速往后退了一两丈远。

在那一瞬间，艾丽娅也闪到了一边，躲过了巨蟒的袭击。

泰文世站稳脚跟的时候，手里已经多了一件武器，那是一个形似注射器样的东西，他对着巨蟒蛇，一道火光喷射出去。

巨蟒正要再一次向他们扑来，也许是看见火光，只好缩了回去，但它的身子在空中像箭一样飞快地穿梭着，摇摆着巨大的身躯，从口中吐出一道火光，顿时映红了半边天，街上所有的人都不知道逃到何方去了。

泰文世惊异地瞪着巨蟒，他知道再这样僵持下去，非出事不可。他迅速回过神来，拉着艾丽娅就跑。巨蟒又发出一声沉闷的嚎叫，跟在他们后面追了过来。

泰文世忙乱中回头看了一眼，只见控蛇者骑在大蟒蛇上，像一尊石像一般。

艾丽娅早已吓得魂飞魄散，不敢回头，只顾着逃命了。

身后又传来一声巨蟒的怪叫，脚下的街道好像都在颤抖。

"怎么办啊，它追过来了！"艾丽娅的声音已经失控。

泰文世拉着她的手，边跑边大声喊道："别回头，跟着我，我有办法。"虽然嘴上这么说，其实他此刻脑子一片空白，根本想不出什么好办法。

骑在巨蟒蛇身上的控蛇者突然飞身而起，正好落在泰文世和艾丽娅前面，挡住了他们的去路。

艾丽娅紧紧地抓着泰文世的胳膊，两人愣怔在原地。

泰文世缓了缓心跳，示意艾丽娅不用紧张。

控蛇者站在他们面前，面无表情地抱着双臂，冷眼望着他们。

"你到底想干什么？"泰文世盯着控蛇者阴冷的眼睛，想洞穿他的目的。

"哼……"控蛇者眯缝着眼睛，鼻孔里发出一声低沉的冷笑，"我想你们死。"

泰文世看出了苗头，这个男子绝对不是什么街头普通的卖艺人，他一定有别的目的，于是问道："你既然这样有胆追着我们不放，为什么不敢表露自己的真实身份？"

控蛇者大笑起来，而后面孔也变得更加狰狞，嘴角抽搐起来。

艾丽娅碰了碰泰文世的胳膊，对他使了个眼色。他示意她不要轻易出击，特别是面前这个人身怀邪术，不知深浅，所以更不能乱来了。

"你杀了我的师兄，所以我要你们死。今天就是你偿命的时候了！"对方恶狠狠的样子，像要一口吞下泰文世。

泰文世愣了一下，反问道："你的师兄？"

"今天就是你还清这笔血债的时候了。"控蛇者突然双手合在胸前，仰天张着大嘴，那条蟒蛇又开始旋转起来。

"等等……"泰文世想拦住对方，"我想知道你所说的师兄到底是谁？"

控蛇者厉声骂道："等你们死了，自然就会知道答案，受死吧！"话音刚落，巨蟒全身变得血红。

"艾丽娅，快跑！"泰文世推了一把艾丽娅，然后自己朝着怪物迎了上去。

"长官，不要！"艾丽娅明白了泰文世的想法，却没有逃跑，反而转身折了回来。

巨蟒吐着信子向泰文世扑了过来，泰文世举枪射击，但所有的子弹打在巨蟒身上却没任何反应，好像珠子落在地上，又被弹了回来。

控蛇者还在施展法术，巨蟒在他的控制下，猛烈地攻击泰文世。泰文世灵活地左躲右闪，但还是被撞了几次，枪脱手而飞，衣服被擦破，皮肤上露出一道道血痕。

艾丽娅看见泰文世在巨蟒身下挣扎着，想上去帮他，可还没有接近便被巨蟒身上的红色热气熏得受不了。

"长官……"她正在无助绝望中，眼神突然落到那个正在施法控制巨蟒的男子身上，她脑子一动，迅速冲了过去。

她发出一声猛喝，一个旋风腿踢了过去，可刚要接近控蛇者时，对方突然腾空而起，在半空中像一尊佛像似的盘着双腿，口中念念有词。

艾丽娅一招未中，忙又向后退去。

泰文世见状，忙喊道："快，快用枪。"

艾丽娅愣了一下，忙回头去找泰文世刚才使过的那把枪。她转身冲向台阶，可控蛇者突然睁开眼睛，很快就抢在了艾丽娅的前面。

"小心！"泰文世看穿了他的想法，艾丽娅还没有反应过来，只见一个影子从自己头顶一晃而过。她没有半点儿犹豫便扑了过去，只抢先了一秒钟的时间。男子一把抓空，立即又向艾丽娅的背后袭来。艾丽娅抢到枪后，立即逃离了魔爪。

"砰砰砰……"子弹射在控蛇者身上，那家伙慢慢落地，脸上却没有任何的变化。

艾丽娅惊恐地瞪着眼睛，以为那人刀枪不入，接着又开了两枪，突然背后传来一声巨响。她惶惶然回过头，只见巨蟒已经轰然坠地，控蛇者口中也正在喷着黑色的血液，而后便重重地倒了下去，身体剧烈地抽搐了好一会儿，终于没了声响。

泰文世累瘫了，半蹲在地上喘着粗气。

"长官……"艾丽娅反应过来，慌忙跑过去扶住他的身体，"你怎么了，哪里受伤了？"

泰文世振作地笑了一下，无力地摆了摆手："没事、没事，我没有受伤……"

艾丽娅看着遍体鳞伤的泰文世，心疼地抱住了他，嘤嘤地抽泣着，眼泪像喷泉似的流了出来。

"哭什么，我这不是好好的吗？"泰文世强忍着痛。

"长官，你看他手里有东西……"艾丽娅突然换了种语气。

泰文世的眼神慢慢落到了控蛇者的手上，只见他紧握着右手，外面露出了半截白色的东西。原来是一张照片！

泰文世看清楚照片上面的人时，顿时呆住了。想起控蛇者之前说过的那些话，他脑海里立即浮现出了客机上的场面，仿佛听见一声惨叫声从遥远的地方传来，身体不禁抖动了一下。

艾丽娅拿过照片，当她看清照片中的人时，也瞪大了眼睛……

第六章　误入龙城

照片里的人正是泰文世在飞机上杀掉的那个人，看来他们是一个组织，这组织里有多少人并不清楚。看今天的样子，情况不容乐观。

谁也没有心思再去想吃东西的事情，心里全都像被一块石头堵住，连喘气都显得有些困难。

泰文世面对着茫茫夜色，眼神也落寞得如同这死沉的漆夜一般。他仰望着深邃的夜空："艾丽娅，实在是抱歉，把你置于危险之中。还有，感谢你刚刚开枪救了我。"

"长官，你太客气了，如果不是我非要去看热闹，也不会惹来这样的麻烦，都怪我。"

"以后我们可能会遇到更大的麻烦，你要有心理准备。好了，夜很深了，回去吧。"泰文世还在想照片中的那个人。

艾丽娅的身体微微颤抖了一下，抬头望着泰文世清澈的眼睛，轻声说："好，回家去！"两人一路无话。回到住处，艾丽娅进了自己的房间。她望着头顶白色的天花板，眼神中迷漫着一层灰色的表情，像个迷路的孩子。

夜风透过窗帘轻轻拂过泰文世的脸庞，他毫无睡意，倒了一杯冰冷的啤酒，面无表情地靠在沙发上。

"长官，喝酒怎么也不叫我？"艾丽娅突然站在他身后，静静地凝视着他。

艾丽娅穿着一件白色睡衣，头发随意地披在肩上，眼神之间流露出迷离的表情。

他看见她，然后也忙乱地站了起来："你……怎么还不睡？"手中的啤酒罐已经被他捏得变形。

艾丽娅默默走到泰文世面前，从他手里拿起啤酒罐："你担心他们还会再来寻仇？"

泰文世点点头："我感觉他们应该很快会再找上门。以后，我们行事都要小心了。"

艾丽娅却早已忘记了害怕，逞强道："有你在身边，我才不怕呢。"

"你是女孩子，跟我不一样，我不想再发生悲剧。"泰文世不禁又想起了阿美。艾丽娅坐到沙发上，口气一转："我想知道阿美的故事。"

他怔怔地望着窗外的夜色，回忆再次一幕幕浮上心头……

威联姆大桥位于莫亚大陆的东南方向，是连接另外一个大陆的通道，也是莫亚大陆最高的大桥，被称为莫亚大陆的天然屏障。

　　泰文世和阿美受命前去抓获一批利用化学武器四处制造混乱的武装分子，为首者叫凯仑修斯，是个异常残暴阴险的家伙，在莫亚大陆制造爆炸事件时被军方发现，而后遭到追捕。

　　"一定不能让他们逃出莫亚大陆，过了这座桥，就是他们的老巢了，所以我们一定要把他们消灭在莫亚大陆境内。"总部的命令又响起在他们耳边，他们知道那伙武装分子的厉害。

　　战斗一触即发。

　　凯仑修斯见大势已去，便发疯地命令手下开车在桥上狂乱地向两边撞去。

　　"桥要断了，快撤，赶紧离开大桥！"泰文世焦急地下达了命令，但就在这时候，凯仑修斯开着一辆军车向他撞了过来。就在这一瞬间，阿美尖叫着向他扑了过来，他被阿美一把推开，而阿美自己却被凯仑修斯撞下了大桥……

　　"这就是阿美的故事，现在，你明白了吗？"泰文世的眼睛里闪动着酸涩而又悔恨的泪水，他一直以为能够克制住自己的感情，没想到说话时他仍然泪如潮水般喷射出眼眶。

　　很多个夜晚，这个男人独自坐在黑暗中，想起救过自己的女人总会默默地流泪。

　　就在今晚，面前的这个女人又一次救了自己，她们的样子如此相像，这却令他更加难受。

"本来死的人应该是我。我不甘心啊，她就这样走了，她是为了救我啊……"泰文世崩溃地哽咽。

艾丽娅突然将他的头紧紧地搂在自己怀里，伤感地说道："我都明白，我都明白……"

她知道这样的伤痛难抚平，她就这样沉默地任由他在怀里痛哭……

今天是个难得的好天气，咖啡厅里缕缕阳光穿插在三三两两的客人中间，透出丝丝的温暖。

泰文世和艾丽娅面对面坐着，正聊到一半，泰文世冲她使了一个眼色，不远的位置，有两个男子好像正盯着他们，他用眼神示意她别说话，也别回头看。

这时，一个穿着漂亮礼服的女人向他们这边走了过来。泰文世老远就向她招手，二人紧紧地拥抱在了一起。

艾丽娅看着这俩人，缓缓地搅拌着咖啡，猜测这两人的关系。

"姐，好久不见了！"泰文世脸上布满了亲热的笑容，然后把那个女人让到了座位上，"她是我的新同事，艾丽娅。"

原来是姐姐？艾丽娅不露声色。

"你好，蔡力。"那个温柔的女人向她伸过手友好地自我介绍。艾丽娅脸上布满笑容，跟她握手。她姓蔡，显然不是什么亲姐姐。

"怎么这么久没过来了?"蔡力直视着泰文世,一副老板娘的姿态,好像当艾丽娅不存在似的。

"最近一直比较忙。"泰文世客气道。

看着两人寒暄,艾丽娅也不理会他们,只是独自默默地喝着咖啡,眼神在咖啡里轻轻地荡漾。

"有句话,姐姐我一直想跟你说。其实有些事情不是你一个人能够控制的,过去了也就过去了,别太在意。毕竟,你还很年轻,以后的路还很长,别总是一副无精打采的样子。"蔡力语气中流淌着一种另类的柔情。

泰文世的眼神也落在咖啡杯中,他听了蔡力的话,喝了一大口咖啡:"谢谢,我已经放下了。这一切,也许都是命中注定的。阿美走的时候,已经明白了很多,我也不再去想那些事情了。"

"好吧,希望你快乐,有时间就过来喝一杯,蔡姐能为你做的事,也只能是亲手为你冲一杯咖啡了。我还得忙,你们慢慢聊吧。"蔡力离开后,气氛一下陷入沉默中。

"你真的放下了?"艾丽娅故意问。

泰文世不置可否地点点头。

"我跟蔡姐一样,也希望你快乐!"艾丽娅喝了一口咖啡,眼神往远处一瞥,"哎,长官,他们好像离开了。"

泰文世点点头,这两名男子他并不认识,但感觉他们看人的眼神不太对劲。

"会不会跟飞机上的那个人一伙的？"艾丽娅悄声问。

"有这个可能，走，我们跟上去看看。"

二人迅速起身，扮作情侣般尾随了过去。

"他们好像进了超市。"艾丽娅边走边轻声提醒。

泰文世早看见了，他让艾丽娅在原地等他，然后他自己悄悄进了超市。他一边假装在挑选商品，一边暗中观察二人。不出两分钟，这两个人提着一个大包摇摇晃晃地走了出去。

泰文世悄然跟了上去，冲艾丽娅做了个手势。两人继续扮作情侣手挽手不紧不慢地尾随着。

"前面就是郊区，他们怎么出城了？"艾丽娅突然问。

泰文世也疑惑起来，那两个家伙到底什么来头？为什么提着这么大一包东西跑到了荒郊野地里？他正想着，二人突然拐进了一片丛林。

他们加快脚步，也跟着进入了丛林后，但很快他们就失去了目标。

"他们这是跑哪儿去了？"艾丽娅小声念叨。

这时泰文世一把抓住她："别动，你看……"他指着不远处的方向，那两人的背影消失在一个洞口前。

洞口掩映在一排茂盛的绿树之后，如果不仔细看，还很难发现。

"走，过去看看。"泰文世说话间已经迈出了脚步。到了跟前才发现这个隐藏在丛林中的洞口仅能容一人通过。

"进吗？"艾丽娅拿不定主意，心里七上八下。

"这里面一定有蹊跷，必须得进去。"他迟疑了一下，又回身望了一眼身后的丛林，示意艾丽娅别进去，他只想自己进去。

艾丽娅紧跟在他后面寸步不离："要进就一起进，还能有个照应。"

他拗不过她只好同意，二人悄悄地摸了进去。

洞子里面一片漆黑，伸手不见五指。紧接着，一股寒气扑面而来，艾丽娅不禁打了个寒战。她忍不住抓住了泰文世的胳膊。

泰文世心里也没底。突然，又一股冷风迎面袭来，他感觉艾丽娅颤抖了一下。

"冷吗？"他问。

"一点点。"她说。

前面突然传来一阵滴滴答答的声音，泰文世站住脚步，听清是水滴的声音，叮嘱道："小心一点儿，随机应变。"

不多时，一束光亮迎面射来，二人顺着光线射来的方向，看见一个硕大的洞口出现在眼前，蔚蓝色的天空也横铺在了洞口外面。

艾丽娅不禁失声叫了出来，泰文世也被眼前的情景惊呆了，这里好像另外一个世界，没有任何的喧嚣和嘈杂。

"难道我们走进了另外一个世界?"

"莫非就是传说中的世外桃源?"

在这个空旷的地界上,出现了很多奇形怪状样子的房屋,一望无际的全是清一色的尖形屋顶。

泰文世感慨道:"太不可思议了,难道我们到了天堂吗?"

"哎,你看……"艾丽娅指着远处的一群人,面孔都被染成了红色。

泰文世看见了,不远处有一群人正向他们这边走了过来,他们穿的衣服都是奇形怪状的,真的好像是另外一个世界的人。

"长官,他们朝我们这边来了,怎么办?"艾丽娅紧张起来。

泰文世环顾四周,发现没有躲避的地方,只好安慰道:"别怕,应该没事的。"

那群向着他们围拢而来的人,远远地发出了一阵吆喝声,到了近前,全都好奇地打量着眼前两个陌生的非法闯入者。

"你们好,我们不小心来到这里,非常冒昧,打扰各位了,但我们并没有恶意。"泰文世赶紧解释,一脸谦和。

一个长得高大的长发男子眯缝着眼好奇地打量着二人,像是这里的首领,他好像看怪物似的瞪着眼睛。

泰文世面带笑容,友好地解释道:"我们来此并无恶意,希望大家不要为难我们,如果大家不欢迎我们,我们这就走。"

"老实说吧,你们从什么地方来,究竟有什么企图?"长发男子舔着嘴唇，满眼都是不信任的目光。

泰文世小声道："我们只是迷路了，没有任何企图。"

"你们究竟是哪里来的，为什么会到这里来?"长发男子逼近泰文世，凑近他的脸。

泰文世又重复了一遍，显然他们并不相信。

"迷路了? 老实说，谁带你们来的?"长发男子继续逼问。

"我们走路掉进了一个洞口……顺着洞口就走到这儿了。"泰文世回头看看来时的路，却发现那个洞口根本就不存在了。他和艾丽娅对视了一眼，满眼的惊恐。

"嘿嘿，大白天的竟敢睁眼说瞎话……"长发男子目露凶光，作出想要动手的样子。

"你们又在这里干什么?"正在这时候，远远地过来一个满脸虬髯、衣着华丽的老人，所有人听到这个声音，立即让开了路。

泰文世上下打量着这位面容慈祥的老人，这人应该才是真正的首领，于是双手合十，冲他作揖。

虬髯老人的眼神在他们身上停留了很久，终于露出友好的笑容，也冲他们作揖道："二位好，我叫阿杜司，欢迎你们，远道而来的客人。"他的声音听起来很友好，并不像刚才那些家伙，一个个凶神恶煞的样子。

泰文世再一次微微鞠躬道："我们是不小心闯入你们的地盘，如果冒犯了，请多多包涵。"

"哈哈……远来即是客人，这边请，我带你们去见主人。"

泰文世又是一怔，原来还有主人。

"非常感谢，太麻烦您了。"泰文世又露出了善意感激的笑容。

二人便跟着阿杜司往里走去。街道上穿梭着各种花式的马车，行人在街道上悠闲地漫步，他们看到泰文世和艾丽娅时，都纷纷露出好奇的目光。

"这里的人应该很久没有见过陌生人了，所以看到你们会很好奇，希望你们不要见怪。"阿杜司脸上浮现出抱歉的笑容。

泰文世忙说道："该抱歉的应该是我们，是我们打扰大家了。"

艾丽娅好奇地环顾四周，看见街边的小摊上摆满了一些她从来就没有看见过的小饰品，一时间竟然挪不开脚了。

"这个太可爱了!"她拿着小饰品爱不释手。

阿杜司笑了起来，朝艾丽娅说道："真是个可爱的小女孩，我的小女儿拉丝也和你差不多大。这些小东西，你喜欢的话就随便拿吧。"

艾丽娅有些脸红了："随便拿? 这怎么可以。"说着眼珠滴溜溜地转动着，面对这些喜欢的小饰品，竟然不知道该选哪个了，如果有可能的话，她真想把这些东西全打包带走。

"阿杜司说了的，你选一件喜欢的吧。"泰文世看着她爱不释手的样子笑了起来。

阿杜司笑道："我的拉丝遇见喜欢的东西也跟她一样，走不动路了，真是拿她没办法。"

"那不如你帮我选一件吧，我实在眼花了。"艾丽娅像个小女孩。

泰文世看中了一个心形项链，拿在手里摸了一下，一股冰凉的感觉迅速渗透全身，他对艾丽娅说："就这个吧，希望能够带给你好运。"

这个心形项链红绿相间，中间镂空，阳光下闪出璀璨的光。她欢喜地接过来，伸出脖子让他帮忙戴上。

阿杜司在一旁看着，又情不自禁地笑了起来。

泰文世无可奈何，只好亲手把坠子给她戴上。

"真好看！"艾丽娅叹道。

"这是卡落斯亚陨石，爱神之石啊，拥有它的人，能够美梦成真，一定会找到自己心爱的人！"阿杜司在一边眨巴着眼睛说道。

泰文世和艾丽娅听见这话，都露出惊奇的表情，这是多么巧妙的偶然啊，而且还是他亲手选的。

泰文世看着还在发愣的艾丽娅调侃说："但愿如此吧。"

艾丽娅的眼神闪烁了一下，耸了耸肩，撇嘴道："谢谢！"

"好了，我们走吧，时间已经不早了。"阿杜司在前面引路，二人紧随其后。

这一路上，泰文世一直在打量这个奇怪的城市。他试探地问："阿杜司，我可以知道这个城市的名字吗？"

"康撒斯城。"阿杜司说。

"康撒斯城？"泰文世和艾丽娅立即惊呆了。

"对啊，有什么问题吗？"阿杜司侧着头问。

泰文世的眼睛停在了那些尖型的建筑物上，一些古老的文字和画面浮现在他的脑海里，那是一段多么伟大和残酷的历史啊。

"康撒斯城？它不是……不是两个世纪以前，遭遇了一场空前的浩劫之后就从这个地球上消失了吗？"艾丽娅也熟知这段历史，她不明白究竟是不是自己的幻觉，揉了揉眼睛，眼神也落到了那些似曾相识的尖型建筑物和街道上。

阿杜司听了她的话，先是怔了一下，但随即叹息起来，在他心里，也瞬间涌起了万般苦涩，那段惨绝的历史再一次浮现在眼前。但是这段历史他又怎么能轻易地跟面前这两个陌生人提及。

"这里就是康撒斯城。"阿杜司重复了一句，再没说话。

这里真的是康撒斯城吗？这个大大的问号在泰文世和艾丽娅的脑海里涌动翻滚，他们互相对望了一眼，彼此心照不宣，这其中一定另有隐情。

"哦，我们到家了。"阿杜司望着眼前一栋不很高的尖型建筑物回头说道，泰文世回过神来，不好意思地说："真是太不好意思了，打扰你们了。"

　　但他们进去后发现屋里并没有其他的人。

　　"您不是带我们去见主人吗?"艾丽娅忽然问。

　　"我想了想,见主人的事情先不着急,你们是客人,所以我想尽地主之谊,请你们先来我家里坐坐,吃点儿东西。"

　　"阿杜司,您太客气了,会不会太打扰您?"泰文世问,心里有一丝不安。

　　"不打扰,就是简陋了一点儿,你们将就一些,明天我再带你们去见我们的主人。"阿杜司说着,外面的门却突然开了,随即跳出来一个和艾丽娅差不多年纪的漂亮女孩,她看着面前穿着奇怪的两个陌生人,有些不知所措。

　　"这就是我的女儿拉丝。拉丝,别愣着,快来见过客人。"阿杜司把二人请进屋里,"拉丝,快去准备一下,好好招待我们尊贵的客人。"

　　教堂似的尖形屋顶,古铜色的墙壁,泰文世和艾丽娅坐在其中更显得格格不入。

　　很快,拉丝端着装满了食物的大盘子走了过来。她眉目低垂,放下盘子之后,又退了回去。

　　"拉丝,为什么不坐下来和客人聊聊呢。"阿杜司看了她一眼,然后又转向艾丽娅,"两个可爱的女孩在一起,应该会有很多共同话题吧。"

　　拉丝顿了一下,然后便耷拉着眼睛坐在了父亲旁边。

　　泰文世望着她害羞的样子微微笑了一下,对阿杜司说道:

"我们的到来让拉丝小姐感到了不习惯，实在是太抱歉了！"

"没事的，熟悉了就好了。你们年轻人多聊一会儿吧？"阿杜司笑着站了起来，然后微微鞠了一躬，就朝里屋去了。

泰文世和艾丽娅对望一下，他们的目光都落到了盘中的食物上。

"哦，这是什么？"艾丽娅好奇地拿起一个全身透明的果子来，看着那红得似火的东西，觉得有些不可思议。她觉得有点儿像火龙果，但又不是。泰文世也从来没有见到过那东西，这个世界的水果都与众不同。

"这是龙果。"拉丝在一旁怯生生地说。

"龙果？"艾丽娅皱着眉头打量着那东西，觉得太不可思议了，为什么这种果子会是透明的，而且看起来还如此的漂亮。她拿了一个放在手心，感觉凉凉的、滑滑的，而且好像水一样晃来晃去。

泰文世看了一眼拉丝。他发现拉丝也正看着自己，二人的目光撞击在一起，然后她立即躲闪开了。

第七章 午夜凶狼

阿杜司又出来的时候换了一身新衣服，说要带二人出门去转转。但是出门之前，他建议泰文世和艾丽娅也换一身当地的服饰。

"感觉还蛮不错的。"泰文世点头笑道。

"是啊，真好看，还合身。"艾丽娅穿上拉丝的衣服，就像换了个人似的。

康撒斯城的夜晚如此宁静。

"哦，没想到这里的夜晚也是如此地漂亮啊。"艾丽娅闪烁着眼神，仰头望着夜空赞叹不已。

泰文世却没有心思注意这些，他走在大街上，望着两边空空的走廊，心头却涌起一阵莫名的情绪。这里会不会有什么陷阱等着他们？

"哇，快看那边啊！"艾丽娅尖叫起来，只见天空中划过一道美丽的流星，一晃便消失在夜空中，阿杜司却突然沉重地叹息了一声。

"阿杜司，你有心事吗？"艾丽娅不解地问。

"夜火流星，灾难重生啊！"阿杜司满腹愁绪，拉丝上去拉住他的胳膊，然后无言地望着漆黑的夜空。

"阿杜司，难道真有什么大灾难即将要爆发吗？"泰文世虽然不太相信，但还是想知道真实的原因。

阿杜司望着漆黑的夜空，眼睛怔怔地望着，他听见了泰文世的话，却又沉沉地摇了摇头，不再说话。

"阿杜司，这里有什么好吃的可以带我们去吗？"艾丽娅打破了沉寂。她知道这时候肯定问不出什么来。

阿杜司回过头，脸上的肌肉慢慢松弛，看着街头远处的地方："跟我走吧，我带你们去吃康撒斯城最有名、味道最鲜美的龙胆。"

"龙胆？"泰文世和艾丽娅几乎异口同声，"真有意思的名字。"

"对啊，龙胆，这里每个人都喜欢的一种美食。"阿杜司说话间，很快就到了附近的一家酒馆。

酒馆周围漆黑一团，稀稀拉拉地坐着几个正在吃东西的客人。

"老板，来四碗龙胆。"阿杜司跟老板很熟，还没坐下就先叫开了。接着便听见一个苍老的声音传来："哦，是阿杜司啊，快坐快坐，马上就来。"

艾丽娅坐在泰文世身边，拉丝挨着阿杜司，她的小眼神不断往泰文世身上瞟。很快，四个大瓷碗端了上来，满满的汤上面漂浮着一些红红的辣椒。

泰文世先拿起勺子来，正准备开吃，却被阿杜司给叫住了："等一下，不是你这样吃的，看着啊。"

只见阿杜司拿起一个叉子，然后正对着碗中间慢慢地插了下去，当他缓缓地抽起叉子时，却见碗中间慢慢地升起一股汁水，而后又像喷泉一样缓缓地向四周散开。

艾丽娅很是惊奇，她也拿起叉子，学着阿杜司那样操作起来，但碗中间并没有冒出水来，她疑惑不已，转而向阿杜司求问。

"哎，吃龙胆不能心急的，像你那样的吃法，当然不行了，要慢慢地、缓缓地插下去……"阿杜司摇着头，手中做着样子，示意他们跟着自己做。

泰文世拿起叉子，正要插下去，却又顿住了。

"你……快点啊。"艾丽娅已经等得着急，但泰文世却摇头道，"我恐怕不行，感觉不敢下手。"

阿杜司看着泰文世的样子，沉吟了一下："年轻人，做事不能够吞吞吐吐的，有些时候会坏了大事的。就像这吃龙胆一样，也不能优柔寡断，否则你就看不到那样奇妙的结果。"

大家正吃得热闹，这时，从身后传来一声奸笑："哈哈……

阿杜司，这么有空啊。"此人正是他们刚来时遇见的长发男，他身后还围着数名身着异服的男子，全都凶神恶煞一般。

阿杜司起身说道："贝可龙，你想干什么，今晚我有客人，请你不要乱来，赶快从这里离开，否则我会对你不客气的。"

"阿杜司，这么有闲心呀，我们刚好也饿了，要不一块儿吃吧。"长发男子仰着头，一副无赖的样子。

"贝可龙，如果你敢乱来的话，你会知道后果的，主人不会饶恕你。"阿杜司的语气中夹杂着几分无奈，"我希望你们不要打扰我的客人，有什么事情等明天再说吧。"

"哼，明天，你以为我脑子坏了。兄弟们，你们说怎么办，阿杜司说叫我们明天来，你们有问题吗?"长发男子叫嚣起来，随后便听见一阵似雷的附和声。

"阿杜司，我的这些兄弟不答应，没办法，看来今晚我们就要把新账旧账一起算算清楚了!"贝可龙眼里冒出了凶光，但他突然看见了还坐在桌子边的另外三个人，立即露出了奸笑。

他慢慢地绕过阿杜司，走到艾丽娅和拉丝面前，突然转身大声叫道："原来阿杜司今晚有客人啊。兄弟们，这里有两朵貌美的鲜花，来啊，给我带回去!"

贝可龙的话还没有说完，那些家伙迅速围了过来，阿杜司伸开双臂想拦住他们，却被恶狠狠地推开了。

泰文世冲艾丽娅使了个眼色，艾丽娅立即会意，她早就看那些家伙不顺眼了，她一个箭步跨到贝可龙身后，一把抓住他的双臂，猛地往上一拉，又猛地推了回去。

贝可龙发出杀猪般的惨叫，跪倒在了地上。

那些手下见状全都呆住了，谁也不敢再上前。

拉丝也呆在一边，瞪着漂亮的眼睛，一动也不动。

阿杜司当时还没有看清楚艾丽娅的动作，整个过程就已经结束了。他颤巍巍地来到贝可龙面前，惊讶地望着他痛苦挣扎的样子，抬起他折断了的手臂看了又看，问道："以后还敢在这里横行霸道吗？"

"呜……呜……"贝可龙一个劲地摇头。

泰文世大声呵斥道："你们听着，如果以后谁还敢在这里为非作歹，这就是他的下场。"

贝可龙痛得龇牙咧嘴，却不敢大声喊出来，被手下架着，狼狈地溜走了。

艾丽娅重新落座，这时候，刚才躲在店里的其他人都跑了过来，纷纷夸道："这位姑娘真是好身手啊，那些家伙恐怕再也不敢来了。"

"姐姐，你……太厉害了。"拉丝一脸的崇拜，抓着艾丽娅的手臂，好激动的样子。

艾丽娅的眼神闪烁着得意的光芒。

泰文世插话道："快别夸她了，她都快要飞上天了！"

晚上他们回到阿杜司家里，艾丽娅和拉丝就成了无话不说的朋友。

泰文世看着她们两个兴奋的样子，悠然说道："真是两个没长大的孩子！"

阿杜司也回头去看了她们一眼，眼神黯然地说道："可惜了这些快乐的时光啊。"

泰文世听了这话，知道这里面话中有话，正想细问。阿杜司却沉重地叹息了一声，欲言又止。

泰文世正不知如何开口，不想阿杜司却忽然问："你能告诉我，你们究竟从哪里来的吗？"

这时的泰文世不想隐瞒了，便一五一十地说了出来。

"那你们想过怎么回去吗？"阿杜司听完他的讲述后又问道。

泰文世疑惑地说道："应该可以原路返回吧，可是来时的洞口不见了。"

阿杜司眼睛里深藏着一种难以理解的眼神。

"怎么了，阿杜司，出了什么问题吗？"泰文世望着掩隐在黑暗中的尖形房子。

阿杜司声音嘶哑地说道："这里的每一个地方我都很熟悉，在这周围，根本就没有什么洞口。"

泰文世极不相信地望着阿杜司，阿杜司突然说道："明天我带你们去见主人，以后的事情再说吧，时候也不早了，先去歇息吧。"

夜深人静的时候，泰文世却没有心思入睡，他在想刚才阿杜司说的话。如果这里根本没有洞口，那他们又是如何闯入这里的呢？如果他们真的找不到洞口，又该如何回到原来的世界？思来想去，他突然想起之前跟随的那两个陌生男子，或许找到那两名男子，就能找到出口了。

泰文世正翻来覆去想着这个问题，却被一阵恐怖的声音给闹醒了。

"呜哦——"一声声惊惧的叫声传入了他的耳朵，接着便传来一阵嘈杂的脚步声。

"快，快起床啊，狼来了……"他听见了阿杜司的声音，心里惊了一下，忙从床上弹了起来，"怎么了，阿杜司，发生了什么事？"

"狼群啊……"阿杜司的眼神无比深邃，好像还有比狼群来了更让他担心的事情。

泰文世跑到外面的时候，拉丝和艾丽娅也已经站在大厅，正紧张地听着外面的声音。

这时，狼嚎的声音更近了，紧接着好像有千军万马在康撒斯城的大街上狂奔，房屋都在颤抖。

阿杜司的双眼死死地盯着门口，似乎想要出去，却被泰文世一把拦住："阿杜司，你不能出去，外面太危险了。"

阿杜司的眼睛先是慢慢变红，而后却闪现出了一丝恐慌的表情。他全身颤抖着，嘴里低声地重复着几个字："造孽啊，造孽啊……"

"呜哦——"正在这时，忽然窗口中出现了一个影子，拉丝和艾丽娅都被吓得惊叫起来，泰文世也不禁往后退了一步。

阿杜司刚走到窗口，又被泰文世拦住："阿杜司，太危险了，快离开窗口。"

他们慢慢地蹲了下去，隐藏在黑暗的地方，那只狼也许什么也没有看见，在窗口上待了一会儿，就悄无声息地离开了。

阿杜司的身体还在颤抖，泰文世贴近他，不解地问："阿杜司，你到底还有什么重大的事情瞒着我们，现在已经没有多少时间解释了，你赶紧说出来，我们可以一起想办法。"

阿杜司闭上眼睛，有一种快要窒息的感觉。

"阿杜司，你不要再沉默了，有什么事情不要再瞒着大家好不好，我们一起想办法，总比你一个人要好得多啊。"泰文世又重复了一遍。

拉丝沉默地看着眼前的一切，虽然是他的女儿，但他了解阿杜司，如不是遇到太棘手的事情，他不会是这个样子的。

过了一会儿，外面的声音渐渐消失。

"哎，狼群好像走了！"艾丽娅侧耳倾听了一会儿，起身找到椅子坐了下来。泰文世想叫住她，可是已经来不及了，随着一阵稀稀疏疏的声音响起，窗口上又出现几个黑影。

艾丽娅慌忙滚到地上躲了起来，但是已经来不及了。

狼是很狡猾的动物，它们已经知道这个房子里有人，于是就一直趴在窗户上凄厉地叫唤着，磨蹭着，既不进攻，也不后退。

"怎么办啊，狼群一直守在外面不走了。"艾丽娅趴在地上难受极了，又不敢动弹。泰文世用手势示意她不要出声。

泰文世突然闻到一股淡淡的香味，不是香水的味道，而是人体发出的自然香味，他不禁回过头去，鼻尖正好碰在拉丝的脸，顿时就呆住了。

他们谁都没有动，但是谁也没有刻意去躲避，就这样静静地蹲着，听着外面的动静。

所有人在屋内蹲了一夜，直到支撑到天亮，随着一声狼嚎，可能是首狼发出了退兵的命令，不一会儿工夫，狼群便从大街上消失了。

真是难熬的一夜！

天亮之后，才陆陆续续有人现身街头，街上一片安逸的气氛，好像昨晚上什么事情也没有发生过，但是每个人都在议论着狼群夜袭康撒斯城的事情。

每个人的眼睛都被熬得通红，泰文世走出门口伸了个懒腰，然后招呼屋子里面的人："为什么不出来透透气呢，已经闷了一个晚上了。"

第一个走出来的是拉丝，她顶着一双熊猫眼，满脸倦意。泰文世看见她出来，对她笑了笑："很困吗？现在安全了，困就去睡会儿吧。"

拉丝低垂着眼睛走到他面前，把他的手拿起来，然后捧起来放在嘴里，先是轻轻地咬了咬，而后一使劲，便留下一排齿印在他的手掌边上。泰文世感觉到了轻微的疼痛，却只是疑惑地望着拉丝，不明白她为何要这么做。

拉丝松开他的手后，一言不发便离开了。

这时候，艾丽娅和阿杜司也从房子里出来了。

"唉，昨晚的狼群闹得太凶了，这个城市闹狼还是在两个世纪以前啊。"阿杜司不经意地说了这么一句，却让泰文世透心凉，他明显感觉到了隐藏的危机。

阿杜司也意识到自己说错话，于是将目光转向别处，然后又突然想起了什么似的说："你们不是要带我去见主人吗？现在正是时候啊。"

泰文世看得出阿杜司心事重重，但就是死咬着不说。

他们一行人穿过大街，不一会儿，他们就在阿杜司的引导下来到了主人的房舍外。

那是一栋全城最高的房子，整个建筑透出一丝威严的气息。

"请吧，主人可能正忙着。"阿杜司把他们引进门，一直沿着长廊走到尽头，面前出现一把挂着龙头的大椅，庄严而肃穆。

艾丽娅闪着漂亮的眼睛，打量着这座深黑色的殿堂。

阿杜司神情严峻地说道："你们先在这里等一会儿，我去看看再来。记住，千万不要乱跑，如果主人出来了，也不要乱说话，否则可能会有麻烦。"

"阿杜司，你要去哪里，要我陪你去吗?"拉丝问。

阿杜司拒绝了她："你在这里陪着客人吧，我去去就来。"他已经走到门口，所有的人都望着他的背影。他回过头来，眼神里夹杂着一种复杂的心情，而后就消失了。

"长官，你看那儿。"艾丽娅碰了碰泰文世，指着那把宽大的椅子上面正缓缓落下的一个黑色影子。待泰文世看清楚那东西的时候，突然传来一阵噼里啪啦的脚步声，而后从两边的通道里出来好多人，依次两边排开。

泰文世站在中间，正疑惑地望着这一切的时候，突然面前一片黑影一闪，只见一块宽大的黑色幕布不知从何处落下，而后一道暗红的光亮从两边射了过来，他们忙伸手挡住。

幸好，一切又归于平静。

"来者何人?"一个沉闷的声音，像环绕声一样在大厅里飘荡。

当他们抬起头来的时候，那把长椅上已经坐着一个面具人，加上光线正面射来的原因，他们根本就看不清那人的模样。

"主人，我是阿杜司的女儿拉丝，今日前来拜见，有事相求。"拉丝突然像变了一个人，往前走了一步，镇静地说道。

"阿杜司?"主人笑了起来，但很快又止住笑声，"阿杜司为什么自己没来，难道他不想见我吗?"

拉丝愣了一下："主人，拉丝也不知道阿杜司去了哪里，但是，阿杜司没有辜负主人，也没有辜负康撒斯城。"

"我看二位并非康撒斯城民，你们今日有何事要见我啊？"拉丝转过眼去望了望泰文世。

泰文世忙上前一步，正眼看着高高在上的主人道："冒昧前来拜访主人，打扰了。"

主人慢慢地站了起来。

他们这才发现，主人不仅头上戴着一个黑色的面罩，身上也被包裹得严严实实。

"大胆，你们竟敢乱闯禁地，该当何罪？"主人似乎发怒了，也不再听他们的解释，手臂在黑暗中一挥，一声嘹亮的吆喝，两边的人就把他们紧紧地夹在了中间。

"主人，求您饶恕他们，他们只不过是无意中闯入禁地，并无冒犯之意。"拉丝着急地为他们求情。

泰文世忙解释道："我们确实不是有心闯入此地，还请主人见谅。我们此次前来拜访，就是想求解离开之法。"

主人似乎在沉吟，慢慢转过身去，留给他们一个黑色的背影："既然如此，说说你们是如何到达这里的？"

"我们来自一个陌生的地方，这次冒昧闯入禁地，是被两名诡异男子引入到这里的。"

"陌生男子，当真如此吗？我看你们在编故事糊弄大家吧。"主人冷冷地哼了一声。

"主人，我们并无恶意，如果你不信我们，那你想怎么办就怎么办吧。"艾丽娅忍受不了他的不信任，于是怒火中烧，只把拉丝吓得要死，忙拦住了她。

主人猛然转过身："小丫头，伶牙俐齿，敢这样跟我说话，胆子不小呀。"他慢慢地走下台阶，然后来到艾丽娅面前。所有人的心都提到了嗓子眼。艾丽娅瞪着惊恐的眼睛，有点后悔刚才的冲动。主人在她面前停留了一会儿，然后又走到拉丝面前，拉丝也慌忙垂下了眼皮。

泰文世不知道主人要做什么，但他已经做好了准备，如果主人此时要做出什么对他们不利的事情，他一定会率先出手。

"你，抬起头来。"主人站在拉丝面前命令道，拉丝虽然抬起了头，但眼睛还是耷拉着。

这时候，主人一句话也没有说，慢慢地伸出手去，把手放在拉丝额头上。很快她的额头上缓缓冒起一股热气，身体剧烈地抖动着，嘴里发出了痛苦的"啊、啊"的声音。

"主人，不要……"泰文世一时心急，迅速冲了上去。

主人好像已经猜到他的举动，还没等他靠近，突然手臂一挡，将手按在了他额头上。

泰文世顿时感觉一股热流渗入体内，而后身体就像要爆炸了似的难受，喉咙也像被堵住，一个字也叫不出来。

"主人，不要啊。"艾丽娅见此情景，想拉住主人，可是却被主人的手下紧紧抓住。她想挣扎，身体却像被什么镇住了似的，渐渐失去了知觉。

拉丝还没有清醒过来，眼前已一片漆黑。

泰文世忍着那股力量的冲击，剧烈地挣扎起来。

主人终于松开了手，向台阶走去。

"你们好自为知吧，请速速离去。阿杜司私自收留闯入者，罪该万死，回去转告他，如若再犯，定不轻饶。"主人的语气异常坚定，回头看了所有人一眼，挥着衣袖消失在了黑暗之中。

艾丽娅回头一看，身边所有人都消失了，她这才头脑清醒了过来。

泰文世摸着还有些痛的头，莫名其妙地望着面前的两个女孩。

拉丝也醒了过来，好像全然不知道发生了什么事，疑惑地望着周围。

"我回来了，怎么样，见到主人了吗?"阿杜司的声音响了起来，拉丝忙转过身去:"阿杜司，你去哪儿了，主人他……"

"主人怎么了?"阿杜司疑惑地问。

泰文世和艾丽娅也想不清楚究竟发生了何事，他们的神态，好像被下药了似的。

阿杜司叹息道:"既然已经见到了主人，那我们也该回去了。"

"主人……"艾丽娅呢喃着，殿堂突然变得一片明亮，所有的人都瞪大了眼睛。这个黑暗的地方，只留下一个空旷的大厅，除了他们几个，并无他人。

"这究竟是怎么回事？"泰文世感觉太不可思议，他明明记得是见过主人的，却又好像什么都没发生过，难道是自己做了个梦而已？他抱着脑袋，突然身体剧烈地颤抖起来。

拉丝和艾丽娅同时扶住了他。

阿杜司轻描淡写地说："赶快回去吧，没什么大碍，一会儿就好了。"

但是泰文世身体抽搐着，显得越来越痛苦。

"阿杜司……"拉丝眉宇间流露出深深的担忧，但被阿杜司挥手抢断了她的话："马上回家去吧，我说没事就没事！"他的口气不容质疑，拉丝和艾丽娅只好搀扶着泰文世离开了这个神秘的地方。

泰文世在床上躺了好一会儿才醒过来。他望着面前两个眉头紧锁的女孩，表示自己没事了。

艾丽娅抓着他的手掌，眉宇间流露出关切的神情，泰文世轻轻捏了捏她的手，对她摇了摇头，然后又转过眼睛去望着拉丝，嘴唇温柔地抿了一下。

"感觉怎么样了，千万不要乱动，以免心神大乱，伤了心志。"阿杜司进来，站在床边幽幽地说道，但每个人从他的话语中都听出了一丝异样，"对了，今天晚上你们无论听到什么声音，都不要理会，安静地睡觉，就当作什么事情都没有发生过。"

他的眼神在三人身上停留了片刻，然后准备离开。

"阿杜司，能够告诉我们今晚会发生什么事吗?"泰文世仍觉得头痛欲裂。

阿杜司凝重地说："这件事不是你我能解决的。"

说完，阿杜司离开房间后，径直走上了大街……

第八章　血雨腥风

这个夜晚似乎比平日来得更早，还没等天完全黑下来，夜幕就已经压得人喘不过气来。大街上没有一个人影，街道两边的房屋掩映在夜色中，宛如死城。

"呜哦——"到了午夜，一阵接一阵的嚎叫声又将康撒斯城包裹了起来。

泰文世从睡梦中惊醒，一屁股坐了起来，他惶惶然望着无边的暗夜，正不知如何应对。

想了想，不能这样坐以待毙，还得到外面是看看情况。

他正准备出门，却被拉丝拦住了："阿杜司说过的，我们不能出去。"

艾丽娅也走了过来："出去很危险，我们只能在这里守着。"

"不要害怕，阿杜司都告诉我们了，没有什么要害怕的，坚强点！"他望着两个女孩的眼睛，试图给她们一些力量。

　　狼群正在大街上肆虐着，时而发出低沉的叫声，时而又趴到房子的窗户边，眼睛里闪着绿光，如果发现一丝动静，便向同伙发出信息，将目标房子包围起来。

　　远处不知从哪冒出来一片人影。群狼也全都掉转了方向，齐齐发出低沉、凄厉的哀号。

　　为首的是一个高大健硕的男人，他的身影在街道上拖得很长很长，像鬼魅一样的眼神凝视着前面的狼群，慢慢举起手，然后奋力一挥，身后的人便冲了出去，随即与狼群大战在一起，声声号叫缠绕在城市的上空。

　　刀光剑影，鲜血横流。

　　头狼站在高地凝视着一场血腥的屠杀，为首的黑影人也手握钢刀，冷冷地矗立在风中，衣襟随风摇摆。

　　突然间，一阵狂风卷过，头狼的眼睛露出一片凶光，纵身一跃，便向着人群冲了过去。

　　黑影人手中的长刀一挥，一道寒光一闪，脚下顿如风起，腾空跃了起来，飞翔在人群上空，像一只凶狠的秃鹰，张开双臂，只见一道道寒光横空劈下，一道道血迹向着周围洒了开去，几只恶狼瞬间倒下。

　　头狼在近前纵身一跃，擦着黑影人头顶掠过。

　　黑影人手中的刀并不慢，但还是被躲了过去，头狼落地的时候正好撞在人群中。它张开锋利的嘴，活生生地咬断了其中一人的脖子。

　　另外的狼只见到人血蜂拥而上，顷刻间便把倒地的人撕成了碎片。

　　"阿罗之神！"站在道路中央的黑影人眼中突然闪出一道蓝色的光亮，随即仰头向天，手中的利刀射出一道刺眼的光，直直地插入空中，而后像一道闪光向四周炸开，整个天空亮如白昼。还没有倒下的狼群被这道光亮惊吓住了，纷纷向后退，瞬间失去了斗志。

　　黑影人再次发出一声低沉的嚎叫，挥舞着长刀，只见刀光剑影，黑血四溅。片刻的工夫，世界好像又陷入了死寂，没了一点儿声音。

　　"阿罗之神！"黑影人再次向天举起长刀，眼睛里翻滚着阵阵火焰，腾腾地燃烧起来……

　　当一切又沉寂下来的时候，大街上只留下一片狼尸，血染红了半条街道。

　　"哎，怎么没声音了，难道狼群这么快就撤走了？"艾丽娅自言自语。

　　"阿杜司怎么不见了？"泰文世突然想起阿杜司，刚才他还一直以为阿杜司在屋里睡觉。

　　"对啊，阿杜司怎么一直没有露面。"艾丽娅看着拉丝，拉丝的嘴唇动了动，但没有说话。她也在想，阿杜司究竟去了什么地方？

　　泰文世感觉到拉丝有点儿不对劲。这时候，拉丝起身出门，泰文世示意艾丽娅跟上去看看。

"拉丝，发生了什么事，能对我说吗？我一直把你当妹妹看待，有什么话能跟我说吗？"艾丽娅走过去问道。说实话，她挺喜欢拉丝，一个漂亮善良的小女孩，和自己一样的调皮，一样的那么温柔可人。拉丝的眼睛美得像一汪清泉。

拉丝的眼神微微闪动了一下，微微地低下了头，但就是不说话。

艾丽娅又追问："拉丝，如果我们离开的时候，你愿意跟我们一起走吗？"

拉丝没有想到艾丽娅会这样问，她曾经听艾丽娅讲过外面的世界，也非常想去外面的世界看看，但是她能够离开吗？再说，艾丽娅和泰文世还能不能回去，现在还是一个未知数。她没有点头也没有摇头，只是无言地叹息了一声。但艾丽娅明白，拉丝肯定是想跟她一起走的。

两人回到屋里时，泰文世正紧锁着眉头盯着头顶的尖型屋顶发愣。

艾丽娅拉着拉丝的手走到他面前说："长官，我想向你请示一个问题。"

她的话让泰文世愣了一下，笑道："有什么话就说吧，在这里不要叫我长官。"

艾丽娅鼓起很大的勇气说："我想我们离开这里的时候，拉丝跟我们一起走。"

泰文世瞪圆了眼睛，他没想到会是这样一个问题，顿时也不知该说什么。

艾丽娅疑惑地问道："怎么了，有……什么问题吗？"

泰文世没有立即给出答案，而是看着拉丝的眼睛问道："拉丝，你愿意吗？"

拉丝的眼神闪躲着，她的心里是愿意的，但是她不是为了去某个更好的城市，而是……

"拉丝，如果你愿意的话，我们可以跟阿杜司说的，只要他答应。"艾丽娅在一边帮腔。

拉丝的嘴唇温柔地合成一条直线，不知该怎样回答这个问题，只是又选择了沉默。

"好吧，反正我们现在也走不了，等你考虑清楚了再给我们答复，可以吗？"泰文世看穿了拉丝地心思。

夜色深沉，宛如深渊。

街上没有一个人影，这个城市陷入了一片死寂，昭示着它的冷酷和与众不同。

泰文世只身走在街上，深深地吸了口气，头脑清醒了很多。当他抬眼四处望去的时候，暗黑的远处突然有几个人影在晃动着。他定了定神，这才看清楚，真的是几个活生生的人。

泰文世借着夜色的掩护，慢慢地靠了上去，快要接近时，躲在了一个刚好可以挡住身体的掩体后。

那是一群戴着面具的人，看不清楚他们的模样，只见他们在街道上来回拖动着什么。

不多时，那些人陆续离开。

泰文世望着那些人离开的方向，当脚下踩到一些软绵绵的东西时，还以为是踩到死人的尸体了。但是很快，他就发现这并非是人的尸体，街上到处都是狼的尸体，像经过了一场大屠杀。他想不明白，为什么这群狼会全部死在康撒斯城的街道上，难道昨晚有高人出现？

"呼、呼——"他突然感觉到身后好像有影子飘过，疑惑地回过头去，除了夜色，却什么都没有看见。他又转过头去，可这种感觉更加明显。他确信一定有高人在附近，而且正盯着自己的一举一动。

"不知是哪位前辈到来，请现身一见。"他刚起直起腰，便察觉身后有异样，转过身去，只见一个背对着他的人影，正一动不动地立于身后。

"请问……"他的话还没有说完，那个黑影就转过了身来。

泰文世看到那张面孔时，几乎哑口无言。

原来，那个面对着他的人影正是白天见到的康撒斯城的主人，此时的打扮还是那样诡异。

"你到这里来做什么？"主人的声音像是从地下传来。

泰文世的声音有点儿颤抖，还没开口，对方已经转身走了。

"主人，你……"泰文世不知道该说些什么。

　　主人头也不回地说道："赶快回去吧，这里不是你该来的地方!"那声音像风一样地吹进耳朵，然后又随风飘走。

　　泰文世愣愣地望着主人已经消失在夜色中的身影，半天没有动静。当他回到屋子时，一切都还是那样安静。他回到房间准备关门时，突然伸进来一只手把门给拦住了。

　　进来的是拉丝。

　　"拉丝，你还没休息吗?"他的声音很低，在如此安静的夜里显得尤为响亮。拉丝低垂着眉头，转身轻轻地关上了门。

　　泰文世站在她身后，不明白她神神秘秘的想做什么。

　　拉丝转过身，两只眼睛似火一样地盯着泰文世。泰文世心里怔了一下，眼珠都不敢转动了。拉丝向他走过来，那双眼睛里好像有火焰在燃烧，显得更加妩媚动人。

　　泰文世感觉心底有一股热流在翻滚，手心里渗出了汗水。他渐渐感觉到了拉丝醉人的鼻息，喉结都凝固不动了，咽了口唾沫，眼神也变得迷离。

　　拉丝的额头渐渐靠近了他的眼睛，恍惚中，他竟然觉得她好似阿美。此刻她们之间的形神简直太相似了。

　　他不禁伸出手去，温柔地放在她光滑温顺的脸蛋上，一丝温热的气息传入到了他大脑皮层。他感觉到了一股非常强烈的兴奋。此刻，他多想紧紧地拥抱她，亲吻她。

　　但理智很快战胜了情感，他强迫自己将欲望收回心底。

　　他推开了拉丝。可是，拉丝突然抱住了他，然后一动也不动地靠在他那宽广的怀抱中，好像沉睡了似的。

泰文世轻轻地放下手，他闻到了拉丝身上散发出来的阵阵芬芳，不禁陶醉地闭上了眼睛。

拉丝的眼睛也微闭着，脸微微上仰，嘴唇完全暴露在了泰文世的眼睛下面。两个人的呼吸都变得沉重极了，他终于忍受不了，慢慢地垂下嘴唇。但就在他们的嘴唇快要接触到的一瞬间，拉丝突然推开了他。他怔在原地，不明白拉丝为什么会有如此强烈的反应。拉丝眉头低垂，两个红扑扑的脸蛋显得越发可人。

她不敢抬头去看泰文世的眼睛，泰文世走近她，抬起她的头，从她眼里，看见了一丝委屈，一种莫名其妙的痛楚。

拉丝眼神游离，泰文世很快强迫自己冷静下来："你回去吧，阿杜司可能要回来了。"

拉丝转身走到门口，但很快又跑回到泰文世身边，飞快地在他的唇上留下了自己的唇印。

那一刻，泰文世呆住了，摸着冰冷的嘴唇，灵魂好像离开了身体……

阿杜司终于满脸疲倦地出现在了大家面前，他的眼眶黑了一圈，眼睛里勉强含着笑容，无奈地表示自己实在是太累了，必须要去休息一会儿。

"阿杜司，能告诉我们康撒斯城昨晚究竟发生了什么事情吗?"泰文世站在他面前，像一座山似的，而此刻的阿杜司显得如此渺小，一双眼睛黯然无神，身体也微微有些弯曲。

他望着泰文世的眼睛："我整夜都在陪主人商量一些重要的事情，只是听到外面有阵阵的狼嚎，没有谁愿意去招惹它们，包括主人，我们没有这个能力。"

泰文世似乎还有疑问。

艾丽娅见状，忙说道："长官，别打扰阿杜司了，让他进去休息一下，也许还有很多事情得去完成呢。"

阿杜司对艾丽娅感激地笑了笑，从泰文世身边走了过去。

拉丝望着阿杜司的眼神，无言地垂下了头。

泰文世想起昨晚看见主人的事，便跟她们二人细细说了一下。

一番商量后，他们三人决定一同上街去看看。

街道上依然如昔，那些狼的尸体却早已不知去向。

"长官，你的眼神不对劲吧！哪有什么狼的尸体？"艾丽娅悠然说道。

泰文世也觉得奇怪，那么多的尸体怎么能清理得这么干净，一点儿血渍都没有。

他恍然道："也许是我的记忆出了点问题，这里的一切好像都很正常。"

他们在一家杂货店门口停下，艾丽娅突然拉着拉丝说道："长官，你在这里等我们一会儿吧，我和拉丝去去就来，不要跑开哦。"

而泰文世此时正看到了昨晚上他隐藏的掩体，他慢慢走过去，没错，就是这里，他在这里遇见了突然而来，又突然消失的主人。

艾丽娅和拉丝在杂货店里寻找着一些稀奇古怪的玩意儿，当她们走出杂货店时，泰文世早已却不知所踪。二人站在空空的街上，心情落寞到了极点。突然之间，长长的街道好像陷入了一片冷寂，瞬间就没了人影，杂货店的门也关上了，空气好像停止了流动。

两人不知发生了何事，整个城市突然风起云涌，一片黑云将城市笼罩起来。

丽娅和拉丝怔怔地转身，一阵狂风席卷而来，她俩紧紧地抱在了一起。

狂风过后，一切又恢复了正常，可依然不见泰文世的踪迹。

两人如热锅上的蚂蚁，不知所措。找了几圈之后都没有成功，无奈她俩只得回家向阿杜司求助。

阿杜司了解情况后，说："你们待在家里不要再到处乱跑，我出去看一下。"

"阿杜司，我跟你一块儿去。"艾丽娅的语气很悲观，但她现在顾不得那么多了，只想赶快找到泰文世。拉丝也要跟着一起去。她想起那天晚上那个大胆的吻，她太担心他会出事。甚至她担心的表情都已经超越了艾丽娅。

阿杜司拒绝道:"不需要你们出去,你们现在的事情就是安静地在家等我的消息,无论发生了什么事情,记住,都不要到街上去!"

这里是一片暗黑地带,四周是一望无尽的漆黑。

泰文世不知道这里究竟是什么地方,也不明白自己为什么会来到这里,先前他站在街道上的时候,突然感觉到一片黑云压了下来,整个大街变得阴沉,而后他眼前一黑,便失去了知觉。

当他再次睁开眼睛的时候,发现自己已经身在一个陌生的地方。一团黑色的浓雾把这个地方包围着,没有一丝光线透射进来。

难道我下了地狱吗?泰文世眼前模糊一片,偶尔传来几声"吱吱"的声音,好像小虫子叫唤一样,但突然之间又什么声音都没有了。

他小心翼翼地移动脚步,看见不远处有棵大树,忙走了过去。他想从这棵树上判断此刻身处的位置,但这棵树却光秃秃的,一直插入很远很远的空间。

突然又有一种类似狼啸的声音响起,泰文世先是愣了一下,随即又看见身旁多了一条山涧,下面黑糊糊一团,根本看不清楚任何东西。

"呜哦——"不知从什么地方传来一声恶狼的号叫。

泰文世环顾四周，突然在身后不远处出现一对闪着绿光的东西，像两颗灯泡。

绿光正是狼的眼睛。泰文世瞪着惊恐的双眼，心里顿时凉了半截，像跌入了冰窟窿一样。他慢慢地向后退去，然后绕到了大树后面，想以偷袭的方式将这匹狼解决。

一步步逼近那匹孤狼时，泰文世的心都提到了嗓子眼，身上全都是汗。

正在他不知该如何下手的时候，突然又一声惊天动地的响声打破了此时的沉寂，孤狼在原地打了个转儿，就摇着尾巴急匆匆地逃走了。

泰文世惊奇不已，难道有什么比它更厉害的东西出现了？

他正这么想的时候，感觉脚下的土地开始颤抖，地皮都要被掀起来似的，接着突然出现一丝亮光，刚才的黑暗被一扫而光，光亮覆盖了整片黑暗。

泰文世不知所措地望着这种突如其来的变化，感觉身体里好像有了一股似海水奔流的能量，将他蒸得沸腾起来。

他难受极了，无论如何也无法承受如此爆裂的煎熬。他狂乱地摇晃着，疯狂地在原地打着转儿。但是，这种力量越来越强烈，一阵眩晕袭来，他终于支撑不住，缓缓地倒了下去……

艾丽娅和拉丝在屋里坐立不安，闷闷地垂着头，一言不发。

拉丝的心里，泰文世的影子一直在晃动着，她的心沉笃笃地跳着。艾丽娅也在一旁来回不安地走动。

"拉丝，你说他会遇到什么麻烦呢?"艾丽娅的眼睛里充满了焦虑。

拉丝紧咬着嘴唇，说不出话，满眼都是焦虑和担心。

而这边身陷囹圄的泰文世突然被一股恶臭熏醒。他睁开眼睛的时候，眼前似乎有什么在晃动着。他无力地伸出手，但又无力地垂了下去，感觉嗓子都渴得快冒烟了。

他努力想坐起来，可身上却痛得难受，眼前模模糊糊，又一股难闻的臭气钻入了他鼻孔。他挺了挺腰杆，一股钻心的痛让他又不得不安静地躺了下来。

紧接着，他感觉有什么东西凑近了自己的脸，一种滑滑的东西落在他脸上。

他猛地睁开眼，发现一匹狼正恶狠狠地盯着自己。

他眼里冒出寒光，惊叫了一声，不知从哪里来的力量，从地上一跃而起，举起拳头，做好了搏斗的准备。

但是，那匹狼好像不屑与他过招，看见他起身，摇了摇脑袋，随即转身走向远处。与此同时，他突然感觉身后一阵寒冷。一个黑色的背影出现在他视线里。

那不是康撒斯城的主人吗，他为什么也在这里?

一阵令他毛骨悚然的笑声涌遍了全身，他不禁颤抖起来，倒不是因为害怕，而是一种莫名其妙的感觉让他的脑子变得麻木。那不是主人的声音，绝对不是，主人的声音他能够辨别出来的。

"你……你是谁?"他感觉自己的声音在颤抖，变得无比的沙哑。

那个面对着他的背影没有转过身，只是微微抬了抬手臂。

"你到底是谁，为什么要把我带到这里?"他不能再这么下去了，即使死，也要明白是为了什么而死。

"小子，你私自闯入了圣地，还不知道自己死到临头了吗?"那个声音令他打了个寒战，他浑身无力，"不，是你抓我来的，我根本就没有闯进来，是你抓我来的，赶快放我出去!"

那人突然转身，那张沟痕残破的脸上长满了须发，眼睛中闪着绿光，像是镶嵌在两个深洞里似的。

泰文世倒吸了一口凉气，惊得半晌没合拢嘴。

这时候，黑影人向他走了过来，他的双手慢慢地抬起，又缓缓地翻转过来。

泰文世感觉眼前开始变得模糊，接着便不由自主地站了起来，直挺挺地走到黑影人面前，像根木桩似的立在那里，再也无法动弹。

对方突然把手放在了他的额头上，他感觉到头上有一股热量在沸腾，既而全身颤抖着，开始承受不住，咧嘴惨叫起来。

但就在同一时间，黑影人的面孔突然也变了色，猛地推开泰文世，发出阵阵号叫，好像走火入魔了，眼里闪动着可怕的光亮，突然就冲着泰文世扑了过来。

泰文世没有时间多想，迅速往右侧闪去，黑影人站立不稳，跌入了深渊，消失得无影无踪。

泰文世独自在黑暗的森林里穿梭，漫无边际地转来转去，走了很长时间也没有找到出路。

他全身的衣服几乎被撕成碎片，皮肤露在外面，还有被刮伤的痕迹，但他已经顾不得疼痛，只想赶快找到出路。他知道艾丽娅、拉丝和阿杜司都在为他的安危担忧，心里便越发愁闷。

就在此时，身后传来动静。他惊慌失措地在地上打了个滚，疑惑地瞪着动静传来的方向。

慢慢地，一个长头发的怪物从石头后面站了起来，泰文世几乎被吓得半死。

怪物的面部被遮掩，却好像对泰文世没有太大威胁，只是站在石头后面安静地望着他。

泰文世强装镇定，朝着怪物逼近，但对方好像反而变得很害怕，慢慢地向后退去。泰文世见此情景，胆子也大了些。

"过来啊，不要害怕，我不会伤害你的。"泰文世胆子大起来。

果然，怪物向他伸出了手，然后在自己面前比画起来。

"能告诉我，你来自哪里吗？"泰文世想试探一下它会不会讲话。那怪物先是什么表情和动作都没有，而后却从嘴里发出了"呜呜"的声音。

泰文世惊讶之极，又问道："你住在哪里呢，有家吗？"

他没想到小怪物愣着眼睛，然后一把抓住他的手就往前走，穿过一条小小的山涧，然后又向着前面的一座高山上爬去。

"你要带我去什么地方？"泰文世停下来左顾右盼，小怪物突然停下脚步，然后转身看着他，突然开口说话了："你……已经……进入了……我们的……领地……"

泰文世惊呆了，这个小怪物居然是自己的同类。他想到了野人，莫非这就是传说中的野人？但是，一阵剧烈的尖叫声打破了他的思绪，他回过神来的时候，一群几乎一丝不挂的小怪物已经将他紧紧包围，而且每个人手里都握着武器。

他们围着泰文世发出一阵阵叫声，泰文世一开始很紧张，但很快又释然了。

这时候，所有的小怪物突然安静下来，紧接着慢慢向两边分开，一个白发冉冉的老头出现在了他面前，眼神间闪烁着浑浊的光。泰文世猜测此人应该是小怪物的首领，于是友好地欠了欠身。

白发老头站在泰文世面前，定定地望了他一会儿，抬了抬手臂，便转过了身去。

泰文世莫名其妙地望着白发老头，不知道接下来会发生什么事，但是老头又回头看了他一眼，然后向他招了招手。泰文世愣了一下，忙跟了上去，后面又传来一阵"哦、哦"的叫声。

穿过这一段路程，眼前变得豁然开朗，宽阔的山坳里面，歪歪斜斜地排列着许多房屋，房屋上面还有炊烟缭绕。

泰文世的脑子一片空白，眼神木讷，半天没有知觉。

这一切，都让他想起了原始社会。

难道我真的闯入了另外一个空间？他又想起了康撒斯城，那一座已经消失了两个世纪的城市，为什么又会突然出现在地球上呢？这究竟是不是一个空间？

"老人家，可以告诉我这里究竟是什么地方吗？"泰文世露出恳求的眼神，"老人家，我是迷路闯入这里的，求求您告诉我究竟到了什么地方啊。"

白发老头深邃的眼神微微闪动了一下，沉重地说："小伙子，待会儿见了头领之后，你自然会知道这一切的答案。"

不远处的平地上，出现许多几乎全身赤裸的男子，他们看见泰文世，像见了外星人似的蹦蹦跳跳。但他发现这里并没有女子。

"随便坐吧。"白发老头把他引到了自己的屋子，他四处扫视了一眼，发现这里几乎所有的东西都是用木头做成的。

在房间的边上挂着几块野兽肉，已经被熏黑了。墙壁上还挂着一根用木棍削成的尖尖的东西，泰文世想那肯定就是老人打猎所用的武器了。旁边还挂着一些兽皮做成的衣服，他摸了摸，光滑极了。

"老人家，为什么这里没有……没有女性呢？"他本来是准备说"女人"的，但又觉得有些不妥，于是换了一种说法。白发老头好像没明白泰文世的意思，眼神中间夹杂着疑惑的表情，过了好一会儿才说道："她们都不经常出门，没事的时候就待在屋子里。"

"什么，不经常出门？"泰文世惊讶不已，"为什么女人要待在屋子里？"

"女人在这里只是生育的工具，没有任何地位。"

他的脑海里浮现了"父系氏族"，难道这是……他不敢再往下想。

"你为什么会来到这里？"白发老头的问话让泰文世不知如何回答，因为连他自己也不知道为什么会跑到这个地方来，而且还会遇到这么多奇怪的事情。

"这是一个野蛮的村落，过着原始社会的生活。"白发老头自言自语起来，"你不该来到这里，也许，你这一生都要……在这里度过了……"

泰文世惊呆了，他从老人的话中嗅到了一丝线索。

"老人家，您，您难道也是……"

"嘘！"白发老头忙止住了他，然后紧张地走到门边侧耳倾听了一会儿才回过头来，神秘兮兮地说道，"小伙子，快想办法带我离开这里吧，我已经在这里待了二十几年了。"

"老人家，您、您别这样，您能够告诉我实情吗？"泰文世现在一半是欢喜，一半是忧伤，没想到在这个地方还能遇到和自己有着同样命运的人。

外面突然传来一阵激烈的敲门声，白发老头示意泰文世不要作声，然后慢慢地打开门，叽里咕噜地说了一些话，回头对泰文世说："头领要见你，快去吧。"

"头领？"

"是的，他知道你来了。"

"老人家，他们刚才说的是什么语言呢？"泰文世不解地问。

白发老头说："先别问这么多了，以后我再慢慢告诉你，快走吧，别让头领等急了。"

泰文世跟着老人见到头领后，头领冲他点了点头，然后跟白发老头说了一串他听不明白的话，白发老头转达头领的话："头领问你来自哪里，是怎么找到这个地方的？"

泰文世摇头道："我也不知道自己到底是怎么来到这里的。"

头领好像若有所思的样子，然后伏在白发老头耳边嘀咕了一阵。白发老头直起身来对泰文世说道："头领的意思是叫你暂且住下来，先熟悉一下这里的环境，其他的事情等以后再说。"

泰文世一听这话就急了，还想再说什么，却被白发老头的眼神给制止了。

他只得冷静下来，对着头领学白发老头的样子双手合十作揖，然后告辞离开。

"老人家，您刚才为什么……"刚走出门口，他就迫不及待地开始追问起来，白发老头再次向他使了个眼色，示意他在这里不要乱说话。

回去之后，白发老头突然找出来一块褪色的勋章放在了他面前。

泰文世看不明白，白发老头沉重地叹了口气，接着说："二十年前，我其实是一个考古工作者，住在莫亚大陆的一个城市里……"

"什么，莫亚大陆？"泰文世惊呆了，他激动地握着白发老头的手，又把老人紧紧地拥抱了起来。白发老头也被他的情绪感染了，颤抖着问道："难道你也是……"

泰文世点了点头："我刚从莫亚大陆过来不久啊。"

白发老头眼里渗出了泪水，简直不敢相信这一切都是真实的，二十几年了，没想到自己这辈子还有机会遇到故人。

"老人家，我是被一阵狂风卷到这里来的，我自己都还没有明白发生了什么事情。"泰文世想象着当时的情景，唏嘘不已。

白发老头放开泰文世，眼前蒙着一层潮气，他脑海深处一直储存着一段永远也不会忘记的记忆，像一把利剑插在自己的心口上。

那一场暴风雨，那一次远涉重洋的考古探险，那一次永远的迷失……

当他颤抖着声音将这一切都重新展示在自己面前的时候，

眼睛已经被泪水浸湿。

"我的家人，我的两个可爱的孩子，还以为他们的父亲已经死在了那次探险中了……"白发老头老泪纵横，眼泪像绝堤的洪水一泻而下。

泰文世能够感受到老人内心在颤抖，而他内心的痛苦又怎会比老人少呢。

"您还记得自己的名字吗?"泰文世问。

白发老头瞪着浑浊的眼睛，似乎想了很久，最终却欲言又止。

"老人家，您别太难过了，我发誓有机会一定要把您从这里带出去。"泰文世凝视着老人的眼睛，内心如铁。

不管怎么样，终于找到了自己的同伴，至少不是他一个人在战斗了，想到这里泰文世反而有了一些信心。他得想办法回去，艾丽娅她们一定也急坏了，可是怎么才能回得去?

第九章　恶从胆生

　　傍晚时分，白发老头为泰文世准备一顿丰盛的晚餐，全是山珍，让泰文世胃口大开。谁说原始社会过着悲惨的日子，那些书本上学到的东西，都被眼前的现实推翻了。

　　"这里不是原始社会，他们也是从文明时代被迫逃逸到此的，你所看见的一切，都是两个世纪以前的生活情景。"

　　白发老头想必了解很多关于这个部落的情况，于是泰文世饶有兴趣地追问："为什么是两个世纪以前，他们突然消失了?"

　　"一场空前浩劫，没人能够反抗的一场灾难……"那种迷茫的眼神，揪心的叹息，让泰文世突然想起了在康撒斯城的经历，阿杜司不也曾经说起过那场浩劫吗?

　　"老人家，您在这山里待了这么多年，难道就没尝试过逃出去吗?"

　　"逃出去? 怎么没有啊，我时常在这片森林里转悠，想找到一条出路，但最后还是又回到这里，山里猛兽多啊，我这把年纪了，唉……"白发老头的声音很颓废。

"猛兽?"泰文世想起在森林里的惊魂遭遇，"我当时醒来的时候，面前站着一个怪物，他的形体和人一样，长相却非常难看，但他们好像有一股巨大的能量。他把手放在我额头上的时候，我能感觉到全身像被电击了一样难受，但是后来却不知道为什么，他突然跳入了一条看不见底的深渊，就这样在我眼前消失了。"

白发老头听了这话，脸上的表情发生了明显的变化，他颤巍巍地示意泰文世把手伸出来。

泰文世感觉老人很激动，身体在颤抖。

"老人家，您怎么了?"泰文世不可思议地望着老人深邃的眼神。

白发老头的脸上突然又浮现出一丝笑容："小伙子，我们有救了，我们有救了!"

白发老头拉着他的手，好像有千言万语要说出来。

"老人家，您快告诉我究竟是怎么回事啊?"泰文世被老人的举动弄得一愣一愣的。

白发老头轻笑着说："你就是那个可以打败龙兽的人啊!"

"龙兽? 什么龙兽?"

"龙兽是这座大山里的一条恶龙修炼而成的，它的本事很大，几乎无人能敌……我们都叫它龙兽。"

"那，那我……我怎么可能打败它?"泰文世莫名其妙地看着自己的手掌支吾道。

"我刚才看了，你身上也带有巨大的能量，想必能克制它。"

这下泰文世更诧异了，自己的身上怎么可能带有能量，这好像是在小说或电影中才会出现的情景吧:"老人家，您别耍我了……"

"耍你?"白发老头摇头叹息道,"我也不相信你身体里拥有巨大的能量，但是刚才听你说那怪物逃跑跳入山涧的事情，我就断定它定是抵抗不了你身上的力量，所以才逃回了自己的老巢，那应该是个巨大的龙潭。"

老人的话让泰文世一惊一乍，这也太玄乎了吧。

"要拥有巨大能量的人，除了要有坚定的意志之外，还要是童子身。"

"什么?"泰文世几乎尖叫起来，仿佛自己被扒光衣服一样。

白发老头微笑着拍着他的肩膀说道:"年轻人洁身自好，有时候会挽救你的性命。"

这时泰文世才把自己在康撒斯城的所有经历告诉了白发老人。

老人听完只说了一句话:"也许你就是上天派来拯救地球的。"

一句话让泰文世傻愣了半天，他还是不太相信老人说的话。因为他根本不知该自己身上是否有能量，更别谈如何把自己身上的能量控制起来打龙兽了。

老人说道："据古书记载，拥有能量的人首先必须要有强大的意志，心念合一，即可将法力发挥到极致。来，你试试看，看能不能做到，就好像你对付龙兽一样聚精会神，丝毫不能分心。"

泰文世坐了下来，然后双掌合一，双目微闭。可是，突然一个又一个的影子浮现在他的脑海里，艾丽娅、拉丝……他发出一声尖叫，全身被汗水浸湿。

"小伙子，你的眼神告诉我，你心中有太多的杂念了。这样吧，咱们先休息吧，所有的事情等明天再说吧。"

泰文世也觉得有些累了，便点了点头。

当下一夜无话。

山林的夜太安静了，以至于他醒来时天已大亮。

不一会儿，白发老头进来称头领要见他，这让泰文世有点儿惊讶。他随着白发老头出门，看到了赤裸着上体的士兵们整齐列队。

"这都是我训练出来的。"白发老头在他耳边笑着低声说道。

这让泰文世心里一惊，看来这个白发老头也是一身本领。

这时，头领在一大群人的簇拥下走了过来，然后开始用一种奇怪地语言演讲。泰文世一句也没听懂。白发老头在边上翻译着："头领现在在向大伙介绍你，还说欢迎你来到这个部落。"

头领又对白发老头说了一些什么，老人继续翻译道："头领说你既然来到了这里，就一切要遵照这里的规矩。"

泰文世自然明白，微微点了点头。头领又沉吟了一下，双手向天，口中念念有词。

白发老头告诉他，这是头领在为部落祈福，请求苍天保佑部落的子民，保佑这里的一切平平安安。泰文世若有所悟，就在这时，一名女子闯入了他的眼帘。

"那是头领的未婚妻。"老人指着漂亮的女子说道。

泰文世做梦都没想到，在原始社会里还有如此绝色的女子，虽然穿着朴实无华，可正因为此，女子全身散发出来的气息，更是令人入迷。

女子走到头领身边嘀咕了一阵，然后又来到泰文世面前，疑惑地上下打量着他，这个举动让泰文世手足无措。

老人在一旁解释："蓝姬听说部落里来了客人，想来看看你。"

泰文世松了口气，望着眼前的绝色女子，暗自惊叹。

"别看了，人已经走了。"白发老头伏在他耳边低声提醒。

泰文世这才回过神来，望着女子的背影说："我怎么感觉她好像与这个部落的其他人都不一样呢。"

"哈哈，小伙子，算你有眼光。这个女子是我从小一手带大的，我教会了她很多东西，比如语言，她会说我们的语言，我还常常给她讲外面的世界，她也说想出去看看啊。"

泰文世惊讶地赞叹："太不可思议了！"

"她和头领不久之后就要完婚了，你可不要抱什么幻想。"白发老头半开玩笑的语气倒是让泰文世愣了一下，"我要提醒你，她可是头领的女人。在这个部落里，头领的话是没有人可以抗拒的，你别惹出些麻烦来，到时候收不了场。"

泰文世连连点头，他其实并没有其他的想法，只是想了解一些关于蓝姬的事情。

白发老头把他带到了一个山涧边，指着遥远的山峦叹息道："也许那边就是我们的家，可总感觉太远了，好像永远也到达不了。"

泰文世望着遥远的山峦，被迷雾掩盖着，一片苍茫，他也在想，那边是否就是家呢？

"小伙子，既然来了，就先安顿下来，等有机会了，我们再想别的办法。我相信你一定可以出去的……"白发老头信誓旦旦地说。

这天傍晚，趁着夜幕降临的时刻，泰文世打算独自一人出去转转，但他前脚刚踏出门，就被白发老头追上了。

"你要干什么去？"白发老头的语气突然变得很冰凉，这让泰文世感到了不适。

白发老头走到他面前说："小伙子，这周围都是为防止怪兽出没而制造的各种陷阱和栅栏，你要是不小心碰上了怎么办？"

泰文世虽然明白后果的严重性，但还是想出去转转。

老人制止道："如果你真的想去，等明天我带你去。好了，蓝姬要来了，马上跟我进去吧。"

"老师！"正当他转过身去的时候，蓝姬不知什么时候出现了，泰文世正好挡在了她和白发老头面前。他突然一阵紧张，略显尴尬地看着蓝姬，蓝姬也对他礼节性地点了点头。

进屋后，蓝姬正好坐在泰文世对面，他如此近距离地看着她。

"今天我们学习什么内容呢？"白发老头坐在泰文世边上，蓝姬的眼睛闪烁着问。

泰文世直直地盯着她看，一时有些发呆。

白发老头转头看了泰文世一眼，皱了皱眉头说道："我们今天不学习新的内容了，这样吧，聊聊天，随便聊聊，可以吗？"他在征求蓝姬的意见。

蓝姬听话地点了点头。

泰文世知道白发老头的意思，连忙接过话说："也好啊，聊聊天，我对这里的好多东西都不熟悉呢。"

白发老头撇了撇嘴，知道这小子的心思。

"蓝姬姑娘，随便说点什么吧，难得我们会同一种语言。"泰文世痴痴地看着她，心底像波浪一样荡漾起来。

白发老头见状，知道自己的存在有些多余，便说："蓝姬，你们聊着，我有事要出去一会儿，马上就回来。"说着起身离开。

　　泰文世知道这老头是在为他们创造空间，心里不免有些感激。

　　"蓝姬，我可以这样叫你吗？你的名字很有趣，也很好听。"泰文世无话找话。

　　蓝姬温柔地说道："谢谢，但你能告诉我，你是从什么地方来的吗？"

　　泰文世很高兴蓝姬主动和他说话了，笑着说："我啊，来自一个很远很远的地方，远得你无法想象。"

　　蓝姬饶有兴趣地眨着眼睛："那你可以给我讲一些关于你们那里的事情吗？"

　　泰文世兴奋地讲起来，关于自己的那座城市的一切。

　　蓝姬听着泰文世的描述，好像自己真的进入了那么一座美丽的城市。她双手托着下巴，像个小女孩在听美丽的童话故事，心仿佛已被什么东西融化了。

　　"蓝姬，你以前知道这些吗？"泰文世轻声道，"我们那里还有许多许多好玩的，比如说莫亚大陆上出名的高塔，好像与天连接在一起，根本看不见头。还有那些漂亮的汽车，漂亮的衣服。唉，要是你可以出去，我一定会带你见到的……"

　　蓝姬的眼神黯淡了下来，眉宇间藏着一丝忧伤。

　　"你……怎么了？"泰文世有些疑惑，正想问，这时白发老头进来了，叹息道："蓝姬，别那样了，如果哪天能出去，我一定把你带出去，让你去实现这些美丽的梦想。"他们的对话，白发老头早在门口听到了。

蓝姬的眼神这才重新有了光芒，泰文世明白蓝姬原来是在为这个伤神。

蓝姬走后，白发老头叹着长气说道："蓝姬是一个聪明的孩子，从小就跟着我学习，这里的所有人，没有人比她聪明，唉，可惜她可能要一辈子被埋没在这深山老林里了。"

泰文世突然沉默了，缓缓问道："蓝姬和头领的婚期是什么时候？"

白发老头无言地望了他一眼："还没有具体定下来，这件事是由我来安排的，我已经推了很长时间，蓝姬她并不愿意……"老人说到这儿才意识到不能再往下说了。

泰文世这才恍然明白，原来蓝姬不同意嫁给头领。这倒给了他一点儿希望。

白发老头意味深长地看着他说："如果你想要帮蓝姬的话，那就要速度快一点儿，要赶在最短的时间里找到出去的办法，否则，蓝姬就真要一辈子被困在这里了。"

白发老头的一席话让泰文世变得坐立不安。

夜渐渐深了，安静得让人想要崩溃。泰文世一直睡不着，翻来覆去，好像身上长满了钉子。

外面开始电闪雷鸣，一会儿便是大雨倾盆。

也不知什么时候，雨停了，雷声也消失了，突然一声长啸把他惊得弹坐了起来。

白发老头几乎在同一时间一跃而起，示意泰文世不要发出声音，他的神态如此冷峻："又是它，它终于再次出现了。"

白发老人的语气，让泰文世愣了一下，它究竟是谁？

"小伙子，机会来了。"白发老人已经下了床，慢慢地靠近门边。

泰文世闻言，惊诧不已："什么来了，您的意思是……"

"不要出声，等等再看。"白发老人耳朵贴在门上，但那个声音又突然消失了。他回到床边，疑惑的眼神让泰文世感到不安。

"老人家，出了什么事吗？"他站在门后，刚想出去看看，被老人阻止了。

"门外的怪物可不是那么容易对付的。我担心你体内的力量还没有开发出来，你就这样出去，难道不是白白送死吗？"

"到底是什么怪物？"

"别问了，先睡吧！"白发老头眼里藏着一种难于表达的感觉。

泰文世难以入眠，想着刚才发生的一切，神情有些恍惚。

半梦半醒中，一阵喧嚣使他惊醒，他爬起来一看，白发老头早已不知所踪。

他来到街上，发现到处都是人，而且所有人的表情都很怪异。他扫视着人群，在最边一个角落里他发现了白发老头的身影。

白发老头此时也看见了他，给他使了个眼色，二人一起回到了屋里。

"外面到底在做什么？"泰文世已经迫不及待想要知道答案。

白发老头神情严峻地吐出了几个字："造孽，造孽啊。"

泰文世不知这孽从何而来。

"部落又要陷入灾难之中了。"白发老头唉声叹气，就是不把实情说出来。

泰文世心急如焚，却猜不透老头到底在说什么。

沉默，又是残酷的沉默，泰文世快要疯了！

"事到如今你就告诉我实情吧！"

"小伙子，我跟你说了吧，但是你得先答应我，万事不能冲动，一切都要听我的。"白发老头考虑了许久，终于决定坦白了，"如果你一时冲动误了事，不仅会对整个部落造成灾难，我们想要出去的计划也会因此而落空。"

泰文世不知该怎样去理会这些话的意思，木讷地点了点头。

白发老头沉重地吐了口气，从牙缝中挤出几个字："龙兽昨天晚上来了。"

"龙兽？"泰文世面目惊愕，"原来昨天那个就是龙兽。"

白发老头叹息道："我也不知具体的情况，只是听头领说，每隔几年龙兽就会向部落索求一位绝色女子，如果所送女子龙兽不满意的话，灾难就会降临！"

这天底下居然还有如此荒谬之事！泰文世的心脏在剧烈的跳动，他仰起头，眼睛开始充血，一股愤懑的光亮射了出来。

"你要干什么？"白发老头拦在他面前，"你答应过我，不许乱来。"

"我要去杀了那恶龙，把它的筋抽出来挂在部落的房子上面。"泰文世恶狠狠骂道，他不能容忍那家伙为所欲为，"如果我不杀了它，蓝姬姑娘怎么办，难道真的要把她送给恶龙？"

"那恶龙已经成精了，你难道忘了在山林里遇到的那个黑影人吗？他就是恶龙的化身，以你现在的身手，即便你有能量，但你坚信自己能够打败它吗？如果失败了，你害的将是整个部落，这对部落来说将是灭顶之灾。"

白发老头的一番话让泰文世进退两难，但他还得去面对，否则蓝姬的命运就无法逆转。

"不，我决不允许蓝姬姑娘落到恶龙的手里！"他恳切地说，"老人家，您要帮帮我，我知道您有办法的。"

白发老头露出了笑容："小伙子，要想成功，必先修功，只有这样才能完全将你身上的潜力逼出来，但你先前的样子太令我失望了。"

泰文世这才明白老头的真正用意，于是面有愧意地说："都怪我太心浮气燥，我答应您，从现在起全心修炼本事，为了蓝姬，也为了我们能够早日出去。"

白发老头高兴地按住泰文世的肩膀，用力点了点头。

此后，泰文世整夜开始打坐修功，一练就是数日。

这天一大早，门突然被撞开，白发老头急匆匆地闯进来。

"恶龙开始造孽了……"白发老头一开口，泰文世就被惊得跳下了床。

"走，你跟我到街上看看。"

泰文世便跟着老头走了出去。

他们走了没几步，便见一个脸色苍白的年轻人躺在大街上，身上没有一丝异样，一点儿伤痕也看不见，但是整个身体却像空壳，似被抽干了血一样。

泰文世蹲下身，轻轻地捏了捏死者的脸，但被他捏过的地方，却再也凸不起来。

"他是被恶龙吸干了血液。"

泰文世感觉脑子仿佛缺氧，那吸血的恐怖场面反复在他脑中盘旋，他望着阴沉的天空，无力地走出人群。

在不远处的房子边上，蓝姬正默默地注视着这边，他们的眼神终于碰到了一起，彼此默默地对视了良久。

泰文世咬了咬牙，他不能再让恶龙出来害人了。

康撒斯城，主人的殿堂里，暗色的光线笼罩着整个空间，暗黑一片。空气无比的沉闷。

突然，一道闪光划过，殿堂里变得亮堂起来。

"阿罗之神——"主人两眼发出一道明亮的色彩,一声狂叫,从刀尖射出一道闪电,直达尖顶。

主人手中的刀尖指向地面,只听他大喝一声,在原地快速旋转,顷刻间,大厅里所有的人影都消失了。

主人带着手下来到暗黑之地,没有一丝光亮,到处都是树木和岩壁,所有的人都像被浓雾包裹了起来。

主人握着闪着寒光的利刀,在黑暗中扫视着面前的一切,那双被掩盖在面具下的眼睛,闪着灰暗的阴光。

突然,一声响雷在头顶炸开,隆隆的乌云罩了下来。紧接着,不知从什么地方传来一阵尖厉的笑声,一个全身黑色的影子站在不远处,死亡之眼凝视着这一切。

片刻之后,两道强光破暗而出,碰撞在一起,发出巨大的爆炸声,所有人都被震得退回了好几丈。

"嘿嘿……没想到你这恶龙竟然还能修成如此法力,今日不除了你,这地球是别想有安静日子过了。"

"哈哈……老匹夫,两个多世纪了,康撒斯城终于又成长起来了,你不会忘记那段悲哀的历史吧?"龙兽狂笑着指向主人,然后横了一眼他的手下,"没想到还带了这么多礼物给我,今天你们就全部留下来吧。"

主人闻言大怒,挥刀一跃而起。

龙兽还没有等主人出刀,已经大吼一声,双拳一挥,紧紧地夹住了那柄锋利的刀口。主人惊了一下,他眼睛微闭,嘴中念念有词，大呼一声："闪电啊，请赐予我力量！"

话音刚落，便见一道闪电划过整片森林，龙兽飞了起来，似一座塔半空而立，双掌擎天而上，呼呼地旋转起来。紧接着，只见一条巨龙腾空而起，瞬间飞向天空，两只灯笼似的眼睛直视着主人的方向。

主人也不甘示弱，摇身而起，只见火光一闪，一团烈焰射向龙兽。

火光冲天，整片森林都被照亮了，随着几声爆炸，周围的岩石都被劈成了碎片。

龙兽突然也喷出一股烈火，将主人的手下包裹了起来。

主人大喝一声，凝空而起，手中利刃奋力向龙兽拦腰劈下。一道巨大的光亮闪过之后，一切似乎都安静了下来，龙兽瞬间消失得无影无踪。

"你这恶龙，若能与我还战一个回合，定取你性命。"主人以为龙兽已经逃之夭夭，站在一块巨石上大笑起来。但他话刚说完，顿时感觉脚下又摇晃起来。他来不及多想，早已腾空而起，刚欲离开，便见龙立兽又蹿了过来。

刀锋顺着龙兽的身体擦了过去，龙兽差点儿被剖为两半，它顿时怒火中烧，一声惊天嚎叫，立即恢复人形。

"老匹夫，居然能与我大战如此之久，看来今日不竭尽全力，是不能取你性命了。"龙兽双眼冒着寒光，突然两眼一鼓，脸上皮肤随即脱落。

主人不敢耽搁，刀锋回旋，口中大呼一声："阿罗之神……"

龙兽的肚皮一吐一收，然后像箭一样射了出来，正要接近主人的时候，突然全身变化出无数爪子。主人看得清楚，刀锋一转，便见无数利刀架成一个圆盘，在面前快速地旋转。当龙兽的利爪接近之时，刀盘即与它战于一块。

但是，那龙兽的招式实在厉害，利爪像切削机一样将主人的刀盘紧紧抓住，然后一声猛喝，那刀盘便四分五裂地撒落一地。

主人没有料到对方利爪如此锋利，忙抓住那刀弹了回去。

"哈哈……老匹夫，看你还拿什么跟我斗，今日我要抓了你，然后攻进康撒斯城，杀它个鸡犬不留。"龙兽狂笑。

主人知道今日之战，自己必定无力再灭那恶龙，便厉声道："你想要攻进康撒斯城，只怕还没这个能耐，除非我死了，你踏着我身上过去。"

龙兽不再与之斗嘴，转了话题："你难道忘了我从你城内掳走的小伙子吗？"

这话使主人愣了一下，他问道："那人并非我康撒斯城的居民，要杀要剐随你的便，你别想用他来要挟我。"他想要激龙兽一下。

龙兽果然面有变色，又道："那小子不知天高地厚，居然前来送死。哼，我看你还能坚持多久，日后定然将你擒来。"

主人听了这话，面上立即浮现出一丝笑容："恶龙，休得拿他来要挟我，我看你是没有抓住他吧，哈哈……他将成为你的噩梦。"

"老匹夫，再吃我一掌。"龙兽暴怒，想出其不意发动攻击，但主人却大呼一声："后会有期，哈哈……"

龙兽想要追去，却已不见了主人的踪影。

阿杜司回到屋里的时候，艾丽娅和拉丝正坐在床边发呆。

"阿杜司，泰哥哥还没有消息吗？"拉丝叫住他。

阿杜司注视着她的眼睛："拉丝，你不要太心急，我已经到处派人去找他了，很快就会有消息的。"

艾丽娅抚着脖子上泰文世为她挑的那条项链，心痛不已，坐在那里一言不发。

"姐姐，泰哥哥会有危险吗？"拉丝转向艾丽娅。她感觉头又开始痛了，自从泰文世消失之后，她的头就不时地疼痛，已经折磨了她很长时间了。

"长官，你到底去哪儿了？"艾丽娅心神不宁，她不知道怎么回答拉丝。

屋子里充斥着悲伤的情绪，谁也说不出话来。

这些天，泰文世一直努力使自己的心智完全集中，好将体内的潜力激发出来，但试了很多次，都以失败而告终。

　　"我怎么才可以使自己完全集中精神呢?"他已经感到疲累之极。

　　白发老头提醒他:"你太急于求成了,放松精神,慢慢来吧,如果你这样下去,蓝姬可能会因为你而失去性命,你于心何忍?"

　　他对蓝姬保证过,一定要打败龙兽,然后带她离开这个鬼地方,心里不禁叹息:"我什么时候才能真正平静下来呢?"

　　白发老头从木柜子里拿出个布包,对泰文世说:"这是我二十年前一直带在身上的,有时候心里有什么想不开的事情,就会拿出来翻翻。"

　　泰文世打开一看,原来是一本封面已经发黄的书。

　　"太极心谱?"他看着这几个字,想起了太极拳,便问道,"这是用太极拳心法编纂而成的吗?"

　　没想到老头摇头道:"这是我自己写的,是我根据人体自身气脉的运转状况编写而成的,你看一下,也许会有好处。"

　　泰文世翻开第一页,却见上面还有一些插图,像一部拳谱,于是轻声念出了第一句话:"天地运行,皆有道数;万物存亡,皆有运脚!"

　　老头在一边笑着道:"如果你理解了这本书的精髓,就一定会完全静下心来的。好了,慢慢研究吧,我还得出去一下,头领叫我过去处理一些事情。"

　　泰文世正翻阅着,没想到蓝姬不知什么时候走了进来,他一愣，一时有些无措。

不想，蓝姬突然扑到他怀里哭了起来。

"蓝姬，发生什么事了？"他被她抱着，动弹不得，双手不知该如何安放。

蓝姬越哭越厉害，泰文世也是越发觉得莫名其妙。

蓝姬正欲开口时，白发老头突然从门外冲了进来，把他们吓了一跳。

"怎么了，老人家，又发生什么事了？"

白发老头看见蓝姬也在，而且眼角挂着眼泪，随即便明白了什么："蓝姬，你都知道了！"

蓝姬痛苦地闭上眼睛，老头叹息了一声，便沉默了。

泰文世不知何意，急得大叫起来："你们快告诉我究竟发生了什么事？"

可谁也没有说话。

泰文世突然把心一横："我问头领去。"

白发老头忙厉声阻止："你不能去。"

蓝姬抬起了头，那双通红的眼睛让泰文世感到一阵心酸。泰文世突然想到，这事儿肯定与恶龙有关，难道头领打算把蓝姬……

老头无奈地说："头领也是为了部落的安危着想，除了这样做，没有别的办法可以让部落转危为安。"

泰文世蒙了，这简直太过分了！蓝姬真的要被送给龙兽？

他咬牙咆哮："不行，绝对不行，愚昧至极。谁要是打算把蓝姬交出去，我饶不了他！"

蓝姬望着他的样子，哽咽了："这辈子能遇见你，我已经知足了。我没有别的愿望，只想你再抱抱我，谢谢你对我的好。"

他们紧紧地拥抱在一起，任凭泪水洒落。

老头也被感染，难过地转过头去。

这时候，外面又想起了轰隆轰隆的敲门声，好像来了很多人。

老头刚一打开门，一群人便涌进来把他们围住，头领从门外晃悠悠地走了进来，他冷眼扫视着眼前，气氛变得异常紧张。

突然，头领的手一挥，他的手下便向蓝姬逼近过来。泰文世不由分说便挡住了他们："都不要过来，不要过来！"

可蓝姬还是被抓了。泰文世见势不妙，再也无法顾及其他，双拳乱舞，疯了似的挥拳乱打，顷刻间已经放倒了一大片。白发老头在一边大声制止他，他却像没听见，怒视着头领。头领见这人疯了，只好先退了出去。

"马上跟我离开这里，这是我们唯一的机会了。"泰文世果断地拉着蓝姬往外走。如果再不逃出去，性命难保。

可是，房屋被包围了，他们寸步难行。泰文世对白发老头说："等会儿动起手来，我没有时间照顾您和蓝姬，一有机会您就带着蓝姬逃出去，我会尽快赶来与你们会合。"

"你不能乱来啊。"白发老头担心道,"现在还不是最好的机会,再忍忍吧。"

泰文世冷冷地说:"怎么能再忍呢,再忍蓝姬就会被带走,除非我死在这里。"说完他不顾一切地冲出去。

而头领早在门口准备好了,命令手下:"快把这小子抓起来!"

"你们快跑!"泰文世怒喝一声,挡在了白发老头和蓝姬面前,老头抓着蓝姬的手径直往山上跑去。

头领见蓝姬被老头带走,顿时急得大叫,但手下并无一人可以突破泰文世的防守。

泰文世全神贯注,试图将体内的力量都激发出来。突然,他觉得全身一股力量如洪水般涌动着,而且越来越厉害,最后快要冲破身体了。他难受不已,一声怒喝,只见周围闪起一道道刺眼的光柱,光柱将他紧紧地包裹起来,直直地射入天际。

蓝姬和老头看到这一切,全都瞪大了眼睛。

白发老头恍然一顿,激动而又惊愕地感慨道:"他终于成功了!"

第十章　生死奔逃

白发老头带着蓝姬一路飞奔，他知道泰文世的功力暴发出来了，心里有底之后，连逃跑都有了使不完的劲。

也不知道跑了多远，蓝姬突然停下来大叫："老师，老师，你看那束光不见了。"

那道刺眼的光亮果然消失了，但白发老头并不担心，他悠悠地说道："不要担心，凭他的本事，应该已经逃了出来，咱们现在可以慢慢走，他一会儿就会追上来的。"

蓝姬松了口气，脸色渐渐恢复了平静。

他们越过一条小河之后，便看见了一块平地，可仍不见泰文世追上来。

"老师，他会追上我们吗？怎么还见不到他的人影？"蓝姬担心地问，浑身好像没了力气。

白发老头自信地说道："他不会抛弃我们的，这时候可能已经在路上了。"他刚说完这话，好好的天气突然刮起了大风，一片乌云迅速向这边移过来，天空瞬间阴沉下来。

蓝姬紧紧地抓着白发老头的胳膊，惊恐地叫了起来。老头也不知发生了何事，惶恐地瞪着天空。

"哈哈……哈哈……"这时，不知从何处传来一阵毛骨悚然的惨笑，蓝姬吓得闭上了眼睛。老头眼前也是一黑，两人顿时失去了知觉。

泰文世早已在远处看见这边黑云压顶，就预感白发老头和蓝姬可能会出事。当他赶过来时，果然已不见了人影。他确信他们一定是被恶龙抓走了。

可山林这么大，他们会被抓到哪儿去呢？他甚至都不知道该往哪个方向走，只能四处胡乱转悠。

过了一会儿，周围突然传来一阵细碎的脚步声，而且那声音越来越近，越来越沉重。他敢确定，那一定不是人的脚步。果然不一会儿，一只大虫闯入了他的视野。

泰文世盯着它，知道一定不是好惹的角色，已做好了应对的准备。

大虫头上长着两只短短的小角，两只眼睛像两只大水泡一样镶嵌在脸上，四条粗壮的腿像柱子，只见它仰天长啸，两条腿立地而起，脚下的土地开始颤抖。

泰文世正想着该如何对付这只大虫，不想大虫径直扑了下来。他感受到了巨大的压力，收脚不及，只好就地一滚，躲到了身边的一棵大树之后。

"呼——"那只大虫回转过身来，对着泰文世，突然从口中喷出一股绿火。

泰文世躲过绿火之后，赶紧全神贯注集中力量，随即进入了忘我之境，体内再一次热流澎湃，似要喷射而出。

这时大虫全身突然变得血红，像一团燃烧的火焰。

难道大虫也要发功？泰文世来不及多想，嘴上念念有词，一股巨大的力量如排山倒海般喷射而出，身体飘然而起。

"阿罗之神——"他大呼一声，双拳一挥砸向那大虫。大虫并不害怕，闪也不闪。只见红光一闪，大虫顿时如泄气的皮球一样瘫痪在地上。

泰文世总算松了口气，大虫的体形正在渐渐消失，看来也是个徒有其表的家伙。

片刻，周围又传来一阵稀疏的脚步声。他环顾四周，只见许多野兽走了出来。

一只松鼠从树上跳到了他手上，两只小眼睛滴溜滴溜地转动，好像很高兴的样子。这时，所有的野兽前膝跪地，像朝拜一样面对着他。

小松鼠吱吱地叫着，好像在对泰文世说什么。到底是什么意思？想了好一会儿他才恍然大悟，原来这些野兽都在感谢他杀死了大虫。于是他抬了抬双手表示回礼，松鼠便爬到他肩膀上，又吱吱地叫了几声，所有的野兽才站了起来。

泰文世笑了笑，对小松鼠说道："你可以带我从这里走出去吗？"

小松鼠好似听明白了，哧溜一声跑下地，然后用小嘴咬着他的裤腿使劲往前拖着走。其余的野兽也跟在他身后，像一队浩浩荡荡的大军奔向远方。

夜幕沉沉降临。泰文世看着远处朦胧的夜色，想着还有人在等自己去救，不禁又变得心神不定。

不知走了多久，前面的野兽大军突然停了下来，纷纷长啸。小松鼠在他肩上跳来跳去，他瞪着眼，不知道要发生什么。但他预感一定不是什么好事。果然又是那龙兽跑来了。

此时他们四目相对，在黑暗中犹如两道利箭。泰文世心里的怒火猛地燃了起来，准备动手，但又想到蓝姬和白发老头还在它手上，于是便收回了交锋的念头，大声呵斥道："恶兽，赶快把人交出来。"

龙兽仰了仰头，鼻孔里哼出一股冷气。

泰文世怒声道："如果今天不把人交还与我，就要你死无葬身之地。"

龙兽一言不发，突然腾空而起，向着泰文世飞了过来。

泰文世待龙兽靠近之时，一个凌空飞跃，晃身踏了过去，大喝一声双掌推出，一道掌气向着那龙兽打了过去。

龙兽立即变回了本来面目，在空中回旋着，向泰文世吐出一团大火。就在这一瞬间，所有的野兽都涌向泰文世，将那股猛火严严实实地挡住了。

泰文世没想到这些野兽为了帮他，居然连自己的命都不要了，心下一热，他怒吼着飞了起来，一把抓住了龙兽的尾巴。龙兽在空中激烈地翻滚，想把他摔下去。但泰文世突然一个翻身骑在了龙兽身上，死死地抓住了它绿色的犄角。它扭头想咬住他，但被他一拳砸在头上，痛得嚎叫起来。

泰文世使劲抓着它的身体，任凭它在空中激烈地翻滚。地上的野兽也发出阵阵吼声，仰头望着空中的人龙大战。龙兽甩不掉泰文世，便向着地上的群兽冲了下去。

泰文世见势不妙，大叫着让它们闪开。龙兽撞在地上，发出一声怒吼，突然向着一棵大树撞去，想把泰文世摔下来。

泰文世早料到它有这么一招，立即聚集法力，双掌按住了它。

龙兽发狂，"呼"的一声向着深渊飞了过去。

泰文世顿时感觉身体悬空了，眼前闪过一道道暗黑的光亮，也向着万丈深渊坠落了下去。

风声呼啸。泰文世睁开眼睛，环顾四周，发现龙兽已经恢复了人形。

"这里难道就是你的洞穴？"他刚说完这话，龙兽就突然消失了。他穿过曲折迂回的通道，眼前突然出现一个金碧辉煌的大殿。这又是什么地方？

正进退两难时，传来一阵喧嚣声，小洞中跑出来一群小喽啰，个个长相怪异，手中握着各样兵器，将他团团围住。紧接着，不知从何处闪出个蒙面黑衣人。

泰文世一眼便认出了对方，冷笑道："你这恶龙，变得还挺快，快把人交出来，否则我捣垮这座殿堂，让你无安身之地。"

龙兽闻言，掀开了头上的黑罩。泰文世看见它龙头上蓝色的犄角，这才明白洞中并非只有一条恶龙，随即大骂道："原来如此，没想到你们还有同伙，今日我就要让你们死无葬身之地。"

"别急着动手！"龙兽满脸带笑。

"赶快把人交出来，我已经没有耐心了。"

龙兽摇身一变，一下变成了美男子，大声朝身后呵斥道："把那没用的东西带出来！"

泰文世不明所以。

"这是我家老二，你看清楚了吧。"美男子说着走到那满脸无血色的家伙面前，"我们龙兽家族没有饭桶，它已经没有再活下去的尊严，现在我把它交给你处置。"

泰文世一愣，原来跟他交手的是另一条龙兽。

突然，美男子恢复了龙兽之身，在空中转了个圈，向泰文世使出了一招"飞龙在天"。泰文世差点儿中了它的诡计，迅疾闪身退后几丈，落到了洞穴边。

"呼……呼……"紧接着，两团大火向他喷了过来，他只好双手架在胸前，大叫一声，腾空飞起，手在空中化为一把利剑，奋力迎战。

而这时，毫无防备中一只大笼子向他罩了下来。

"哈哈……怎么样，任凭你有多少能耐，看你能不能破这只铁笼。"龙兽大笑。

泰文世试着用了用力，果然铁笼纹丝不动。他气道："有本事放开我，看我不抽了你们的筋骨。"

"你以为这是破铁烂铜？凭你……纵然你有天大本事，应该也无法破除陨石之刃。"

原来是陨石，泰文世便停止了挣扎，他知道自己一时半会儿也弄不开这笼子，口气一转便说道："我知道出不了这笼子，要杀要剐随你的便。"

绿色犄角的龙兽大声说道："放心，你暂时还不会死。我大哥可是想你亲眼看着他娶了新娘，然后再送你和那老头去阎王殿……"

果然是它们抓了蓝姬和白发老头。泰文世眼珠子一转，说道："在我临死之前，可以和他们见上一面吗？"

见泰文世说得可怜，绿色犄角的龙兽点头说："这……好吧，就满足你这个最后的愿望，免得别人说我们龙兽家族做人不地道。二弟，把他们带出来吧。"

说话间，泰文世已经在暗中运气，只要一见到蓝姬和白发老头，他便发功破笼而出。

"临死之前，我还有个请求。"泰文世想到另外一个问题。

龙兽冷笑道："看你死到临头了，有什么话就快说吧。"

"两个世纪以前，康撒斯城是不是你们毁灭的？"

"康撒斯城？"龙兽一愣，随即仰天大笑，"没想到康撒斯城又建起来了，等着瞧吧，我们龙兽家族很快又会让康撒斯城从地球上消失……"

果不其然，泰文世猜得没错。

"你还在想康撒斯城？"龙兽讪笑道，"你只不过是康撒斯城的主人派过来对付我们的，难道他没有告诉你吗？"

泰文世一怔，脑子顿时一片空白，难道这一切都是康撒斯城的主人安排的？难怪康撒斯城的主人要传给他如此强大的能量，原来是把他当枪使了。

正在这时，几名手下押着蓝姬和白发老头走了进来。二人一眼看见了被关在笼子里的泰文世，顿时都惊呆了。蓝姬跟泰文世四目相对，泪如泉涌。

泰文世冲她和白发老头使了个眼色，接着他双拳擎天，大呼"卡罗之神……"，只见一道刺眼的光亮从头顶射出去，铁笼顿时炸裂开来。

他破笼而出，抓住绿色犄角的龙兽冲周围大声叫道："你们把他俩放了，不然我就杀了它。"

"放了他们……"绿色犄角的龙兽只得退步。

泰文世警告道："我今天放你们一条生路，但必须答应我一件事，从今以后只得待在这洞中，不得再出去害人。我会一直住在康撒斯城，如果你们胆敢再来骚扰，定灭了你们全族，抽了你们的筋骨，然后挂在康撒斯城墙上。"

龙兽眼神大变，但它知道此人功力无边，只能隐忍。

"另外，我们还需要你带路，直到我们安全出去，就会放你回来。"

龙兽只得点头答应。

泰文世撤退时，在洞穴边洒了把猛火，而后带着蓝姬和老头向外逃去。绿色犄角的龙兽被泰文世掐着脖子动弹不得，两条腿在地上乱蹬。

走到一条死路，泰文世觉得不对，"快告诉我们前面怎么出去？"泰文世怒声呵斥，龙兽指了指面前的悬崖。

"前面是悬崖？"蓝姬满脸惊恐地瞪着眼。

白发老头仰望着悬崖："看来我们要被困死在这里啦。"

"就算我们死，你也活不了。"泰文世对龙兽说，"所以你最乖乖带我们出去，我知道你有办法。"

龙兽知道此时它也没什么办法，只好听命，很快它恢复了龙之身。

泰文世叫了声"闭上眼睛"，一把抓起蓝姬和老头，纵身跃上了龙身，龙兽发出一声长啸便飞了起来。

此时的龙兽眼珠一转，有了主意，它在半空中突然剧烈地抖起来，妄图把背上的人扔下去。

果不其然，泰文世早料到它会出此阴招，一拳砸在龙兽脊背上，只听它发出一声凄厉的长啸，身子在空中摆了摆，便向着悬崖下面跌落。

泰文世一时大惊，但容不得他多想，飞身挂在了崖壁上。蓝姬和白发老头失声大叫。

泰文世紧紧地搂着蓝姬，白发老头挂在他脚上，身体悬在半空中拼命地挣扎。

"不要乱动，我快支撑不住了。"泰文世大叫着，脑子飞快转着，还能有什么办法。

就在这危急时刻，突然一声龙啸，一个影子冲他们飞了过来。

泰文世大感不妙，只听见龙兽大叫着："还我兄弟命来……"

话音刚落，随即听见一声惨叫，白发老头便被龙兽扔下了深渊。

泰文世心里一痛，大喝一声，不知哪来的力量，他抱着蓝姬腾空而起，稳稳地落到了山崖之上。

"老师……老师……"蓝姬对着悬崖大哭不止。

泰文世忙拉起她继续跑："现在不是哭的时候，它们会很快追来的！"

"吱吱……"刚跟了几步，泰文世听见一个熟悉的声音，心下一喜，四处寻找声音的来源："小松鼠，是你吗？"

小松鼠从树上跳到了他肩上。

泰文世抚摸着小松鼠说："遇到你太好了！我们真的跑不动了，能不能带我们去找点儿东西吃？"

小松鼠哧溜一声下到地上，转着小眼珠望着他们，蹦蹦跳跳地往前走去。泰文世和蓝姬疲惫地跟在后面。他们知道只有小松鼠能带来活路了。

可是没过多久，小松鼠突然停了下来，在他们前面不远处正站着一个人，泰文世定睛一看，此人正是部落的头领。真是雪上加霜，泰文世不得不再次做出迎战的姿态。

不想这时，部落的头领突然跪了下来。

两人都一愣，这是唱的哪一出？泰文世示意蓝姬跟头领交谈。

片刻之后，蓝姬扭头说："头领决定不追究之前的事，但要你去帮部落打败吸血蝙蝠。"

"什么吸血蝙蝠？"泰文世不解地问。

"吸血蝙蝠袭击了部落，杀了很多人。"蓝姬边翻译边解释。

泰文世哼了一声，死到临头了才知道过来求救。

蓝姬哀求地看着他："部落的人不能就这么死了，咱们应该去救他们。"

泰文世还在犹豫，对首领这种人他决不会去帮忙的，但老百姓是无辜的，而且这对他俩来说正是一个机会，他顿了顿说："你告诉头领，我答应帮他。"

蓝姬感激地看向他。泰文世明白她的心思，安慰道："放心吧，部落的人不会死的，我一定把吸血蝙蝠抓来祭奠那些被它们杀害的人。"

蓝姬感激地点了点头。

这时，小松鼠突然蹿到一块巨石上，又吱吱地叫了起来，像在呼唤什么似的。很快，附近传来一阵轰隆轰隆的脚步声。

泰文世不禁笑道："我们的朋友来了。"

话音刚落，群兽们纷纷来到他们面前，把他们团团围了起来。

蓝姬看见这些野兽，面露惧色。泰文世忙解释说："别害怕，它们是我的朋友，在欢迎我们呢。"

蓝姬的眼神这才逐渐变得柔和起来，心下更对身边这个男人佩服得五体投地，他为何如此厉害，居然连百兽也拜他为王。

回到部落后，街上一片狼藉，到处都是尸体。

大家正陷在恐惧中，天空突然变黑了。

"不好，吸血蝙蝠又来了！"

一阵狂风肆虐，黑压压的吸血蝙蝠把天空遮盖得严严实实，白天瞬间变成了黑夜。

部落头领瞪着那些巨大的黑影，既恐惧又无奈。

泰文世骂道："可恶的东西，如若敢再行凶杀人，我定会折去你们的翅膀，拔了你们的羽毛。"

谁知他话音刚落，便听见空中传来"吱吱"的叫声，定睛望去，只见一只巨大的吸血蝙蝠爪子下抓着小松鼠。

"小松鼠、小松鼠被抓走了……"蓝姬大叫。

"吸血老怪，赶快把小松鼠放下来，你要是胆敢伤害它一根毫毛……"泰文世话还没说完，那只吸血蝙蝠转向他俯冲下来，从口中喷出一团黑乎乎的液体，那些液体碰到的植物都瞬间枯萎，更令人恐怖的是，仅几分钟的时间那些植物便似一团火燃烧起来。

"太可怕了……"众人尖叫着，都不知所措。

泰文世命令大家都找地方躲起来，只见吸血蝙蝠已经拽着小松鼠立在了一块巨石上，突然双翅一张，幻化成了一个人形。

泰文世轻蔑地说："有什么看家本领尽管使出来吧。"

吸血蝙蝠大手一挥，小松鼠被扔了过来。

泰文世赶紧接住小松鼠，把它交给蓝姬。小松鼠哧溜一声跑到了蓝姬怀里，发出害怕的叫声。

"就是你杀了我兄弟?"吸血蝙蝠闪着阴冷的目光，泰文世随即明白这家伙是为那条恶龙报仇来了。

"原来如此，想报仇，就得看你有没有这个能耐。你肆意掠杀无辜性命，看我怎么收拾你。"泰文世说完这话，身形一变，像球体一样旋转起来。

吸血蝙蝠脸上浮现出一股恶毒的表情，它撑开双臂，猛地一抖动，身后吹起一股狂风，它大口一张，吐出一团黑物飞向泰文世。

泰文世已然跃起，但没想那团黑物突然向四周炸开，一些小球体快速旋转着向泰文世极速围拢过来。

"起！"泰文世一声怒喝，一股劲风从身体中喷出，将整个身体严严实实地罩了起来，球体在他周围旋转着。

吸血蝙蝠见状，突然扑向蓝姬和部落头领。

泰文世见势不妙，身心分离，猛然跃起，然后将那些小球体弹了出去。他没想到球体裂开时，竟然击中了周围的野兽，众兽惨叫着四散逃跑。

泰文世忍无可忍，使出了洪荒之力，掌中疾风扫过，所遇之物全部塌倒下去。

吸血蝙蝠也没躲过，撞在了粗壮的大树上。它头昏脑涨，眼前闪着金花，但很快又腾空而起，在半空中化为原形逃之夭夭。

"吸血蝙蝠被打跑了。"蓝姬抱着小松鼠来到泰文世身边，望着那些逃跑的蝙蝠激动不已。

众人都欢呼起来，天空立刻晴朗起来……

泰文世望着天空身心俱疲，又是一场生死恶战，可惜白发老头再也救不回来了……

第十一章　血泪惊魂

山里的夜好像来得特别快，一眨眼的工夫，夜色又降临了。

泰文世和蓝姬二人依偎着聊了很久，谁也没有睡意。蓝姬靠在他肩膀上，微闭着眼睛，一副迷离又后怕的神态。

"睡吧，不早了。"泰文世拍了拍蓝姬的肩膀。

蓝姬其实并不是不想睡觉，只是喜欢这样靠在他肩膀上的感觉。

泰文世抚摸着她的头发，幽幽地说道："过了这些日子，只要杀了那吸血蝙蝠，部落安全了，我们就可以离开了。放心吧，有我在，部落不会有事的。"

"就让我靠着你睡好不好？"蓝姬害羞地说。

泰文世笑着点点头，二人依偎着躺下。

他的脸贴在她的头上，点点芳香飘进他的鼻孔，他多想亲吻那张如樱桃般的嘴唇，可一想到远到天边的艾丽娅和拉丝，自己的心又收紧了。这可不是谈儿女情长的时候。

正胡思乱想着，他突然闻到一股烧焦的味道。猛地睁开眼睛，只见周围一片光亮，房屋已经被火势包围。

他赶紧把蓝姬推醒了，火势渐渐凶猛起来。蓝姬惊恐地望着周围的一切，不明白究竟发生了什么事，她紧张地抓着泰文世的手，全身不住地颤抖。

泰文世意识到情况不妙时，又听见外面传来一阵令人毛骨悚然的嚎叫声。

"吸血蝙蝠?"蓝姬大声叫道。她的直觉是对的，泰文世知道又一场恶战要来了。

火势越来越猛烈，很快就要将房屋吞噬。

泰文世运气在心，双臂缓缓张开，一声怒吼，抓起蓝姬的手，从窗口飞了出去。

房屋外面，吸血蝙蝠正阴沉地盯着他们，部落头领正站在它身边，眼中没有一丝光亮。

泰文世见头领和吸血蝙蝠在一起，心下一惊，什么时候他们成了同伙?泰文世和蓝姬面面相觑。

"早说过在他们饭菜里下毒毒死他们算了，这下可好，竟然又让他们逃出来了。"吸血蝙蝠对头领说，头领侧面无表情地看着前方。

泰文世瞬间明白了真相，轻蔑地说:"原来这一切都是阴谋，你叫我们回来就是为了杀我们，看来你们的希望又要破灭了。"

这时候，吸血蝙蝠发出一阵阴笑，厉声喝道："你们已经失去作用了，去死吧。"它身上发出一团刺眼的强光，周围所有的部落居民被这强光刺得都倒下去，头领也不例外。

蓝姬发出一声凄厉的惨叫，躲在了泰文世身后。

吸血蝙蝠在半空中张开双臂，硕大的翅膀将夜空遮蔽起来。

泰文世一言不发，闭着眼睛一动不动。其实他正在运气，积聚能量。

吸血蝙蝠发出的阵阵尖锐而令人恐惧的叫声，在山谷中盘旋着，久久挥之不去。众人在地上爬着，找藏身之处。

时机已到，泰文世突然睁开双眼，身体翻转着直插向吸血蝙蝠。

一股狂风掠起，如电闪雷鸣一般，周围之物全都剧烈地摇晃起来。吸血蝙蝠还没反应过来，身体已受到重击。它刚要逃跑，只见泰文世的身体化为一柄利剑，瞬间从吸血蝙蝠的身体里穿了过去。

吸血蝙蝠还没来得及看清发生了何事，口中已喷出一团浓黑的血，紧接着它身体慢慢地瘫软下去。与此同时，其他的小蝙蝠也纷纷坠地而亡，像雨点似的，黑压压一片。

泰文世走到吸血蝙蝠身边，看着它难过痛苦的表情，叹息道："何必呢，自己都救不了，还想替恶龙出头？"

吸血蝙蝠瞪着眼睛想说什么，却只是微微动了动乌黑的嘴唇，然后就倒了下去。

悬着的心的众人都松了口气，在他们眼中，泰文世已成了超级英雄。他们崇拜地看着他，发出欢呼。而头领见状，赶紧灰溜溜地想从人群中逃跑。泰文世背后一掌，头领当场毙命。众人又是一片欢呼，这种恶人死不足惜。

泰文世扶着蓝姬回到了住处。这是白发老头的房子，里面似乎还有他老人家身上的气息。如果他活着，看到这一幕应该会欣慰吧。

蓝姬突然想起了一件事，她走到老头生前放东西的柜子边，取出了一个盒子。盒子里面放着厚厚的一沓纸，上面记满了东西。

"这是老师生前留下的，我把它交给你。"蓝姬把东西递过去。

泰文世心怀好奇，他随手拿起其中一张纸，看完之后顿时惊呆了。

"大雁山下藏有一大笔财宝？"他轻声念叨，"当年风雪事件发生的地点便在大雁山附近不远处？"

蓝姬眉头紧蹙："在康撒斯城东南方向，一直往前走，便是大雁山……"

泰文世脸色越发阴沉，他都不知道怎么才能回到康撒斯城。

"我们得先离开这里，这个地方不能多待。"泰文世慢慢冷静下来。

蓝姬像想起了什么，嘤嘤地抽泣起来："部落的大部分人都死了，老师死了，头领死了，他们都死了，我们在这里没办法活下去……呜呜……"

泰文世抓住她的手，轻声说道："所以我们要尽快离开这里。先休息一会儿吧，天一亮我们就离开，赶紧寻找出去的路。"

"那大雁山呢？"蓝姬又想起了这事。

泰文世重新拿起小盒子，那上面密密麻麻的字迹看得蓝姬不明所以。

"老师生前没有给你讲过关于大雁山的事情吗？"泰文世问。

蓝姬摇摇头："只是提过，但并没有详细跟我说。"

泰文世叹息道："看来我们又要花力气去找那座大山了。"

"为什么要找大雁山？"蓝姬脸色一沉。

"找到大雁山，应该就可以找到康撒斯城。"

蓝姬听到康撒斯城时突然流露出兴奋的表情，惊喜地说："对，就是康撒斯城，老师跟我说过这个。"

泰文世忙问："老师还跟你说了什么，你好好想想。"

蓝姬的眼神忽闪忽闪的，她突然想到什么，把手抬了起来，在眼前画着三角形。

泰文世不明就里，疑惑地看着她。

"我想起来了。"蓝姬说，"康撒斯城的房子都是这种形状的。老师和我提起过康撒斯城，还说那是一个美丽的城市，有很多漂亮的尖形房子……"

泰文世点点头，可他不明白，为什么白发老头对他隐瞒了关于大雁山的事，难道是因为这些宝藏？

蓝姬不太相信地说："大雁山上真的埋藏着很多财宝？"

泰文世不想去猜测老头的心思，但关于大雁山的宝藏他也半信半疑。

第二天一早，天色依然朦胧，二人收拾了东西准备离开。

蓝姬突然跪地，面对生她养她的地方磕了三个响头。

"好了，走吧！"泰文世扶起她上路。

可是究竟该往哪个方向走，他也是一头雾水。

这个时候，他只能找小松鼠求助。他吹了一声口哨，果然小松鼠很快不知从什么地方蹿了出来，瞪着小眼睛看着他们。但小松鼠并没有发出吱吱的叫声，看样子好似不对劲。

"怎么了，小松鼠？"蓝姬觉察到了它的不对劲。

泰文世也觉察出了问题："小松鼠，你怎么了？发生了什么事？快跟我说说啊。"

这时，小松鼠突然挣脱开蓝姬的怀抱跳到地上，一个劲地咬着泰文世的裤腿，使劲往前拖拽。

蓝姬说："可能又发生什么事了，我们跟它过去看看吧。"

小松鼠带着他们来到了一个黑漆漆的山洞口。

洞口内，一个长发披肩，看上去瘦弱单薄的人正面壁盘坐，给人一种仙风道骨的感觉。泰文世看着此人，不知道对方是什么来路。

他们在洞口暗暗观察着，不想那人的长发突然飘了起来，一个苍老的声音说道："你是打算看看老道我是谁吗？"

一阵冷风吹来，那个自称老道之人已转过身来。泰文世惊讶地瞪大了眼睛，那是多么俊秀的一张脸啊，和苍老的声音形成了鲜明对比，根本看不出具体的年龄。

蓝姬的表情跟泰文世一样，都惊讶地张大了嘴巴。

"别这样看我……"老道笑道，"年轻人，你的运气可真好，遇上我可是你上辈子修来的福气啊。"

老道的话让泰文世不知何意。

"您是……"泰文世不知该如何称呼他。

老道突然站了起来。泰文世一看，那身高还不足自己肩膀，心里有些发笑。

老道走近泰文世，然后拉过他的手看了看，又在他脖子上捏了捏，弄得泰文世莫名其妙。

"从现在起，你要叫我师父！"

"什么？"泰文世惊诧不已，这平白无故怎么又蹦出来一个师父？

"怎么，不愿意？你可别不识抬举。我看你是可造之才，才打算把毕生所学都传给你，你难道不想吗?"老道瞪着眼睛望着泰文世道，"今天这师父你是拜也得拜，不拜也得拜。"

泰文世丈二和尚摸不着头脑，支吾了半天，还是被那老道抢过了话:"我知道你小子有几手，但你那都是雕虫小技，比起我要教你的本领可差得远了。还有，我还知道你们现在正想做什么事，这样吧，只要你答应拜我为师，我可以满足你们任何要求。"

泰文世一听这话，急忙问道:"我们想从这里出去，您有办法吗?"

"哈哈，只是想从这里出去? 那还不简单。你可知道老道在山里生活了多久，我闭着眼睛也能转出去。"

泰文世欣喜不已，但蓝姬的眼神黯淡了下来，她低声问:"要是拜了师……不知要在这里待多长时间?"

老道接话说:"那就要看他什么时候可以出师。"

"那到底要学多长时间才可以出师?"

"那就要看他的天赋。"

"那……"

"哎，你们别这啊那的了，我答应你，现在就拜师，早学早会。"泰文世毫不犹豫地跪下，正准备磕头，却又被老道拦住:"不不不，我不要你磕头拜师，换一种方式。"

泰文世面对这个奇怪的老头，不知他葫芦里卖的什么药。

"今天你给我洗一次脚，就当拜师了。"

"这……"

"怎么，还想不想出去？"

"行，我给你洗！"泰文世豁出去了，面对那双臭脚，差点儿想吐。

泰文世帮老道洗完脚，起身说："洗好了，师也拜了，接下来干什么？"

老道吧唧着嘴，环顾着周围的野兽叹息道："我们走了，它们怎么办？"

泰文世想起老道还没回答他的问题，于是再一次问："接下来我们究竟要去什么地方？"

"我决定来个野兽大转移，可好？"老道说。

泰文世和蓝姬的眼神一片迷茫。

"哎……老道……师父……"

"唉，你就先别问这么多了，笨头笨脑的，还一直问个不停，你想烦死我啊。"老道瞪着眼睛斥责了他一通，又对蓝姬说，"你就别跟着这个笨蛋瞎掺和了。他太烦了，我耳根都受不了了。"

蓝姬被他的话逗得直乐。

"宝贝儿，过来。"老道叫了一声，小松鼠就听话地跑到了他怀里。

"原来那小松鼠是你的？"泰文世大吃一惊。

"说你是笨蛋还不承认。就你们不知道了，这些家伙都知道呢。"他扫了一眼那些野兽，然后摇摆着脑袋向它们走了过去，"来啊，都给我排好队，一个也不准少。"

群兽们仰着头，整齐排列。

"哎，师父，它们竟然能听懂您说话，您就先教我这招吧，蛮有意思的。"

"这招可不算什么真功夫，你啊，要学点儿更有用的。"

泰文世无奈，只能噤声。

"我们出发了，快点，别掉队了。"老道吆喝起来，"这一趟路途遥远，你们可要做好思想准备啊。"

一支野兽大军就这样开启了漫长旅程。

走了不知多久，泰文世也快走不动了，他躺在草坪上，仰面朝天，大声问道："师父，还有多远啊？"

老道慢悠悠地走过来，扔给他们一人一个野果："至少还要三天三夜。"

泰文世和蓝姬听见这话，差点儿晕过去。

"要想学到我的真功夫，可要有点儿耐心。"

"师父，您到底是何方神圣？"泰文世觉得这里面好像有蹊跷。

"不该问的不要问。"老道闭目养神。

泰文世和蓝姬对望了一眼，心想这老道像个怪物。

"你们俩在后面别跟我打小九九，我能听到你们的心声……"老道此言一出，泰文世和蓝姬忙转身捂住了嘴。

　　"这下糟糕了，这老头居然能知道我们心里所想的事情，那以后我们可怎么活啊！"泰文世悄声对蓝姬说道。

　　蓝姬叹息道："哎，别想这么多了，先跟着他走吧，我们没有别的出路啊。"

　　当二人转过身来，老道正瞪着眼睛看着他们："哎……你们俩又在说我什么呢?"

　　"没、没有。师父，快走吧，我们继续赶路吧。"泰文世拉着蓝姬绕过老道急匆匆往前赶。

　　老道望着他们的背影，却得意洋洋地笑了起来。

第十二章　血战巨怪

在这座没有路的森林里转了很久，泰文世仍是一头雾水，周围相似的树木、道路让他完全失去了方向感。

又走了好一会儿，群兽们突然停了下来，泰文世驻足一看，原来前面是座悬崖，根本没路了。

"我倒要看师父有什么办法将它们都带过去。"泰文世哼了一声，悄悄对蓝姬说。

蓝姬不置可否地笑了笑，这个老道不知演的什么好戏。

"喂，你们俩怎么像木头一样站在那儿，快过来帮忙啊。"老道冲他俩大声喊道。

两人异口同声："我们能帮什么忙？"

"快过来，帮我把这些家伙装起来。"老道忽然摸出来一个小小的四方形盒子。

"您打算用这个把它们都装进去？"泰文世和蓝姬惊诧无比，

心想这么小一个盒子怎么可能把这么一大群野兽装进去。

"我说你们俩怎么这么多废话啊，叫你们帮忙就赶紧过来，还愣着做什么？"老道手一挥，把盒子抛起，小盒子飘在了空中，群兽顺次进入，但盒子的大小却丝毫没有变化。

泰文世和蓝姬已经看傻眼了。看来这个老道还真不是一般人啊。

"怎么，你们不打算进去？"老道说完这话也跳进了盒子。二人见状赶紧拼命往盒子里跳。

这一跳，他们仿佛进入了另外一个硕大的空间。太神奇了，怎么还有这样的宝物。二人都惊叹不已。

老道得意地说："小伙子，这都是本事，以后跟着师父还有更让你吃惊的。"

泰文世喜不自胜，不再吱声了，心想自己这下可赚大发了。如果能把老道的功夫学会了，什么困难也不怕了。

就在这个空当，老道突然飞身而起，向着悬崖飞了出去。

泰文世惊恐不已，等反应过来时，早已不见老道的踪影。蓝姬紧张地抓住了他的胳膊："师父、师父呢？啊，不会掉下去摔死了……"

"肯定不会，以师父的功力应该不会。"但泰文世也搞不清楚老道去了哪里。

这时群兽长鸣，它们像在为老道致哀，都以为老道跳崖了。

"师父……"泰文世连叫了数声，叫声回荡在山谷之间，传来阵阵回音。

"哈哈……小徒弟，我还真以为你不关心师父的安危呢，没想到让我看见了这么感人的一幕啊！"老道的声音不知从何而来。

泰文世欣喜不已，慌忙大叫："师父，您在哪里啊，不要吓我们了。"

"好徒儿，你没有看见我吗？我就在你们面前啊，你们看不见我吗？"老道的声音确实就在眼前，但就是见不到人影。

"师父，您别吓我们了，您要是再不出来，泰哥哥就不认你这个师父了。"蓝姬故意用激将法。

话落，她感觉肩膀被拍了一下，正四处寻找，背上又被人拍了一下。

"师父，是您吗？"她疑惑地问道，但只听见老道的笑声，就是看不到人。

泰文世伸手一抓，什么也没抓到，这到底是怎么回事？

"哈哈，小徒儿，想抓师父啊，过来啊，这边。"老道的声音又从另一边传了过来，泰文世循声望去，但仍是只闻其声，不见其人。

"哎，小徒儿，你不是很有本事吗，怎么站那儿不动了啊？"老道又开始叫唤。

蓝姬说："师父，您就快出来吧，别和我们捉迷藏了。"

老道笑了两声，终于露出了脸。

蓝姬看见老头的脸，一把抓住他的鼻子不撒手。

"哎哟，轻点儿，好痛啊。"老道被蓝姬揪着鼻子，动也不动了。

"师父，您好坏啊，居然欺骗我们。"

"要不这样，我怎么知道你们是不是真的关心我呢?"老道坏笑，鼻孔里哼着谁也听不懂的曲子。

悬崖的两边是截然不同的两个世界，远远看去，对面是枯黄叶瘦，一片孤寂的景象，这边却是满眼的璀璨，鸟语花香，一片葱郁。

"哦，难道我们到达天堂了吗?"泰文世满脸惊异，表情极其夸张。

老道笑嘻嘻地说："不要怀疑自己的眼睛，这里可比天堂美丽多了。"

泰文世和蓝姬对望了一眼，不约而同地感叹："真是太美了!"

老道周围看看，晃悠悠地说："这才是最适合它们生存的地方。"

"对呀，师父，就让它们在这里安家吧。"蓝姬说。

"是啊，连我也想就在这里住下了，能在这里生活一辈子，岂不美哉!"泰文世摇头晃脑的样子，像个陀螺。

"唉，可我们还得离开这里。"老道也叹息道，"如果真的可以选择，我也愿意在这里终老一生！"

同来的野兽欢快地向他们狂奔过来，显然它们也很喜欢这里。

但不一会儿，周边掀起一股疾风，将树木花草都吹了起来。

泰文世瞪着眼睛站了起来，他感觉有新情况，却被老道喝住："坐下别动！"

很快，一群不知从哪儿来的野兽将他们包围了，发出阵阵吼声。

蓝姬一动不敢动，她预感危险又来了。

这时，老道慢悠悠地站起身来，突然双臂一挥，狂风大作，这群野兽被吓得站在原地不敢动弹。但它们只安静了片刻，立即又向老道冲了过来。

只见老道平静而立，待它们快要靠近时，突然双臂张开，像一只大鹏拔地而起。

泰文世和蓝姬都不知接下来会发生什么，怔愣在原地。

眼前一片迷茫，只见老道身影一闪，马上消失不见了。野兽们也好似遭到了电击，在原地四处打转，很快发出求饶似的哀鸣。

老道如风一般再次现身，说："看来这些家伙以后再也不敢欺负我那群老伙计了。"

　　原来如此！泰文世恍然大悟，那些野兽居然是想欺负新来的同类，它们怎么也跟人一样，喜欢争来争去，不得安宁。

　　"好了，它们找到新的归宿了，我们现在可以离开了。"老道抬了抬手，"你们两个现在把眼睛闭上，我叫你们的时候再睁开。"

　　老道看他们闭上眼睛后，微微一笑，双手一指，一眨眼的工夫，三人便同时消失在悬崖中。

　　耳边风声劲吹，呼呼地打在脸上，泰文世和蓝姬不敢睁眼，听师父的召唤。

　　但过了许久，都听不到师父的声音，不会又出了什么新情况？泰文世终于没忍住偷偷睁开了眼，这一睁眼不要紧，他吓得一声嚎叫，直直地传入云霄。

　　蓝姬听见他的惨叫声，不禁浑身哆嗦，但她不敢睁眼，只能使劲抓住他的胳膊。

　　"我早就说过不要睁眼，为人不诚信，自食其果。"老道在边上兴灾乐祸。

　　"师父，我知道错了，您快放我们下去吧。"泰文世大声求饶，又警告蓝姬说，"你可千万不要睁开眼睛啊。"

　　蓝姬正疑惑，老道的声音在耳边响起："你们现在可以睁开眼睛了。"

　　终于着陆了，满目的郁郁葱葱，四处都是红艳艳的花儿，阵阵香味在空中飘荡，犹如进了花园。

远处是云雾缭绕的层层山峦，像仙境一样若隐若现，偶尔划过的云雾，让山峦好像动了起来。真是一山望着一山高，先前的景色都被现在的美景替代了。

"师父，您真是神仙下凡吗？连住的地方都如此像仙境！"泰文世满脸羡慕。

老道却大声喊道："别愣着了，再不过来我可进去了啊。"

泰文世和蓝姬这才迷迷糊糊地转过了头，看到了一栋木屋："师父，这是我们的房子吗？"

"谁说是我们的房子，是我的房子。"

"那我们俩住哪里？"蓝姬嘟着嘴问。

老道笑着，指着木房边上的位置："你们要做的第一件事情，就是在这里建好自己的房子。"

"啊……"两人都惊得说不出话。

老道给他们找了些野果，自己边吃边说："赶紧吃点东西，吃完去周围砍些木材回来建房子。"

"师父，我们可不可以先休息一会儿，然后再去干体力活儿？"泰文世讨价还价。

"这里一起就三个人，一个女人，两个男人。两个男人呢，其中还有一个是老人，你总不会要老头子去干这些体力活吧。"老道学他的口气说话，泰文世竟然无言以对。

"哎，师父，我去帮泰哥哥吧。"蓝姬插话道。

没想到老道手一挥："不行，你还有别的事情，砍柴这种粗活儿他一个人就够了。"

泰文世只得受命。吃了点儿东西，他按照老道的指示一直往南走，许久之后才看到一片有木头砍伐过的丛林。

老道坐在一根木头上，跷着二郎腿，突然大笑起来，蓝姬疑惑地问道："师父，您……您笑什么？"

老道捂着嘴，笑嘻嘻地说："那小子太可爱了。哎，别说了，快跟我去看一场好戏吧。"

蓝姬被老道搞得晕头转向，不知道他葫芦里卖的什么药。

泰文世在其中一棵树上找到了斧头，想把斧头拔出来，可使出了吃奶的力气，斧头纹丝不动。看来这种粗活儿也得发功了！他这样想着，全身力量皆汇聚到了双拳，大喝一声，照着树桩打了下去，妄想把树桩给震碎。但斧头就像长在了树上，就是纹丝不动。

老道躲在不远处看着这一幕，乐不可支。

蓝姬知道这是老道在使坏，可又不敢上前去告发，只得在一旁担心地看着。

泰文世折腾了半天，全身无力地坐了下来。他不知道怎么砍棵树会这么费劲，正有点儿百思不得其解。

"你看你看，这小子……"老道幸灾乐祸地摇着头。

蓝姬想了想，突然灵机一动，捂着脚叫了起来："哎哟，我的脚扭伤了！"

泰文世听见声音，猛然回过头来，老道瞪了蓝姬一眼，大声问道："你的脚怎么了，是不是被蛇咬了？"

泰文世听见这话，忙跑过来问怎么回事。

老道瞪着他俩，没好气："一个脚扭了，一个躺地上不干活，你俩想怎样啊？！"

蓝姬和泰文世对视一眼，想笑又不敢笑。

老道看着那把斧头瞪着泰文世道："不是叫你砍些木柴吗，你这忙半天做什么了？"

泰文世无地自容地垂下了头，不敢正眼看老道一眼，但片刻他好似明白了，恍然大悟道："师父，我明白了，明白了！"

老道瞪着眼珠："你明白什么了？"

"我……我应该自己带斧头过来的。"他的声音低了下来，看着地面。

"那树上不是有把斧头吗？你赶紧拿过来。"

"师父，您……您去拿一下嘛。蓝姬脚伤了，我帮她看看。"泰文世故意道。

蓝姬见两个大男人还像小孩子似的打闹，忍不住说："师父，您就别逗他了。"

"我怎么逗他了，快去拿呀。"

泰文世只好又走到那个树桩旁边，做好了运功的准备。

老道笑道："你这是干什么，打架去啊，拿把斧头需要这样吗？"

　　泰文世正不知怎么化解这尴尬的局面，但不想，他的手刚碰着斧头，斧头就自己摇晃起来。

　　"咦，怎么回事？"他知道肯定是老道又在耍他。

　　"想什么呢？快砍树啊，还等着建房子呢。"老道催促道。

　　泰文世硬着头皮走到一棵又粗又高的树旁，憋足一口气，大喝一声砍下去。只听一声巨响，他手臂一阵发麻，但那棵树没有半点被砍过的痕迹。

　　老道面无表情地说道："怎么砍不动啊，是不是没吃饱呀？"

　　"师父，我……我……太累了，要不先歇会儿吧。"

　　泰文世扔下斧头，一屁股坐到地上，心想，有本事你来试一下啊，看它动不动。

　　老道早看出了他的心思，径直走了过来，抡起手掌比画了两下，而后对泰文世说："到一边去，树要倒了。"

　　果然，树倒了！

　　泰文世看着倒下的树，眼睛都直了。

　　沉默片刻，泰文世叫了起来："师父，您法力无边，徒弟我实在惭愧。"听老道"哼"了一声，他又嘟囔道，"师父，您既然这么厉害，何必还要我来砍树呢？您比画两下，房子就造起来了。"

　　"自己的事自己做。蓝姬，我们走。"老道不留情面。

　　蓝姬看了看泰文世，又望着老道说："师父，我留下来陪泰哥哥吧，他一个人肯定干不过来的。"

　　"哼，那你就慢慢陪着吧。"老道头也不回地离开了。

见师父走了，他俩这才放松下来。两人忙了半天才砍了一棵树。泰文世绝望地说："这要干到什么时候啊，咱们今晚看来连住的地方都没有了。"

他全身散架了似的瘫坐下来。但不知怎么地，天好像瞬间就暗下来，迷迷糊糊地他就躺下了。不一会儿，有个声音在他耳边响起来。

这声音好熟悉，但又分辨不出来。四面完全暗下来，泰文世看着四周，已经全然不记得这是哪里。

这时，一个黑色的影子飘然而来。那熟悉的声音再次响起来。

泰文世定了定神，他听出了这声音，蛮惊喜地叫起来："主人，是你吧，主人，你快带我离开这里吧！"

可黑衣人理也不理，只是冷冷地看着他。

泰文世愣了愣，又大声叫道："主人，难道您不记得我了吗？阿杜司、阿杜司您知道吧，我是他带来的客人啊，您快带我离开这个鬼地方吧。"

他感觉自己嗓子都快哑了，可主人还是一动不动。

"哎哟，主人，您说句话啊！"他的腿脚也好像被什么缚住了似的，想再往前走，却感觉到一阵麻木。

这时候，突然传来一个冷冷的声音："快把东西交出来，快带我去，不然杀了你。"这声音很怪异，好像是又不是来自主人。

泰文世顿了一下，愣了半晌才问道："主人，是你吗？你是在和我说话吗？"

"叫你快点儿把东西交出来，不然我杀了你，再杀了艾丽娅，还有拉丝、阿杜司！"

"主人，我不知道您在说什么。"泰文世心下一惊。

"哼，不知道？那我就让你知道。"黑衣人冷哼了一声，只见一团绿火向泰文世这边扑了过来。他下意识地闪了开去，可黑衣人却怒吼道："受死吧，你！"

泰文世不敢还手，可看对方的样子，他又很肯定就是主人。难道是有什么事发生误会了？他一边后退，一边大声叫道："主人，您搞错了，我没有拿您什么东西啊。"

黑衣人不再说话，继续放招过来，每一招都想置他于死地。

泰文世躲来躲去，黑衣人却越逼越紧，直到没有了退路，他才停下来说："我再给你最后一次机会，如果再不说出来东西在哪里，我就杀了你……"

泰文世这时已不能再躲了，他心中猛然爆发出一股怒火，大声叫道："卡罗之神！"

但奇怪的是他体内的能量根本就使不出来，这是什么情况？功力没有了？

黑衣人阴沉着脸笑道："小伙子，你忘了这些都是我教你的吗？还想用这招来对付我，你也太幼稚了吧，哈哈……"说完狂笑不止。

看来此人就是主人，但他为什么要这么做？泰文世绝望地闭上了眼睛。

"你老实说那东西在哪儿？"主人咆哮起来。

泰文世闷闷地摇头道："我真的不知道您想要的东西是什么，我也真的没有拿过您什么东西呀。"

"好，那我就提醒提醒你，你不是遇到过一个白发老头吗，他知道大雁山有一个藏宝藏的地方，在他死的时候不是全都告诉你了吗？"

"大雁山？"泰文世想起来了，但此时他一阵头晕目眩，已记不太清楚了。

"怎么样，想起来了吧。"主人凑近了他的脸。一股腐尸的味道扑面而来，

泰文世定睛望去，却见主人的两只眼睛里都滴着黑色的血，而且整张脸都变了形。

此人绝对不是主人，泰文世心里有了答案："你别再装什么主人了，你是龙兽！"

龙兽眼睛中滴着血，见被他识破，咬牙切齿道："还我命来，还我命来……"

这声音令他毛骨悚然，他奋力打了过去，可龙兽嘴里突然冒出几颗大牙，死死地咬住了他的脖子。

"救命、救命啊，师父快救我……"泰文世剧烈地挣扎

起来，可怎么也争脱不了龙兽锋利的牙齿。他感觉脖子快断了……他用尽全力，双拳一挥，朝着龙兽的脸打了过去。龙兽终于松开牙齿逃跑了……

他正想追上去，一个女人的声音响起来："泰哥哥，泰哥哥，你怎么了，快醒醒啊。"

天空瞬间变亮了，他仿佛从黑夜来到了白天。

他睁大了眼睛环顾四周，龙兽早已不见了踪影，旁边坐着的正是默默流泪的蓝姬。

这到底是怎么回事？泰文世一时想不明白。

"啊，蓝姬，你怎么了，怎么哭了？"

"你刚才狠狠地打了我一拳……"蓝姬捂着脸嘤嘤哭泣。

泰文世这才发现她的脸颊已发青了。他心痛不已，心疼地摸着她的脸，内疚不已。

"刚才我碰到龙兽了……"他望了望自己刚才躺下的地方，难道是做梦？还是自己进入了另一个空间？

蓝姬不明就里："什么龙兽，我怎么没看到？"

泰文世摇摇头，又觉得一时半会儿跟她解释不清楚。看了看周围的树，他眼神却又变得黯淡："我今天砍的木材哪够建房子的呀，咱们回去肯定得挨骂了。"

蓝姬拉起他往回走："走吧，先回去吧，天色已经不早了，再不回去，就真的要挨骂了。"

泰文世还在想着刚才龙兽的话，被蓝姬硬拉着走了。

当他们回到住处时，脸上的颜色瞬间变幻了好几层，眼前居然矗立着一座漂亮的新房子。两人都惊得合不拢嘴。

"我难道还在做梦？"泰文世揉着眼睛，不敢相信。

蓝姬也没弄明白这是怎么回事。

"师父，我们回来了。"泰文世双眼迷离，快快地叫道。

老道从木房里出来，见二人眼神诧异，笑问道："你们这是怎么了，都中邪了？"

"是啊，师父，我们真的中邪了。"泰文世叹息着说道，想想刚才碰到龙兽，现在又突然多了一座新房子，这些都让他难以置信。

老道眯缝着眼睛："饭菜都凉了，快进去吃吧。"

蓝姬拉着他就往屋里走，管他呢，先填饱肚子再说。

夜深人静的时候，万籁俱寂。

泰文世躺在床上毫无睡意。经过几次交手后，他明白这个老道绝对不是平凡之辈，但为什么他这样的神人会一个人在这山里过着如此孤独的日子？他总觉得老道有什么事情瞒着他们。但会是什么事呢？

他在床上翻来覆去，左思右想之后，更睡不着了。

黑暗中，蓝姬的声音从耳边传来："泰哥哥，你还没睡呀？"

"怎么了，蓝姬，你也睡不着吗？"泰文世轻声问道。

蓝姬没有言语，只是轻轻靠在他身上，微微闭上了眼睛，耳朵伏在泰文世心脏处，听见了他砰砰的心跳声。

"泰哥哥，我听见你的心跳了，扑通扑通的。"蓝姬抚着他的胸口。

泰文世微笑着说："那是因为你压着它呢。"

蓝姬轻轻抱住了他，这一抱让泰文世全身如过电一般。全身一股热流涌出来。

蓝姬在黑暗中寻找泰文世的眼睛，她的手碰到了他的脸。

泰文世的心跳更加剧了。

"泰哥哥，我不想一个人睡了，你陪我吧。"蓝姬抚着他的脸，温柔地看着他。

泰文世抚住了她的脸，他已经快要被麻醉了，一动也不动，任凭她身上透露出的气息在鼻孔边温柔地游荡。蓝姬的嘴唇轻轻地盖过来……

突然，夜色中传来一阵轻微的咳嗽，两人赶紧分开，泰文世忙警觉地坐了起来。

"好像是师父！"蓝姬忙跑回自己的房间，假装睡着了的样子。

第二天一早，泰文世和蓝姬被一阵轰隆的敲门声给吵醒了。

"谁呀，这么早？"泰文世眯缝着双眼，刚说完这话就清醒了过来，因为他想起这个地方只有他们三个人，现在他和蓝姬还在睡觉，肯定是老道在外面了。他一骨碌爬了起来，看见老道正站在门边望着他笑。

"小伙子，要注意控制自己的情绪和欲望，免得破了戒，到时候想练成绝世功夫就不可能了。"一开始，泰文世被老道这话说得莫名其妙，但想起昨天晚上的事，他明白了老道的话，不好意思地低下了头。

吃过早饭，老道说要把他们带去一个远离房子的地方。

泰文世和蓝姬瞪着眼睛，不知道老道究竟又想搞什么鬼，一脸的迷糊。

到了那地方一看，四周寸草不生，荒芜一片。

"师父，您把我们带到这个光秃秃的地方来看风景吗?"泰文世摸着脑袋打量着四周，就连一只飞鸟的影子都不见。

老道面无表情地环顾着眼前的一切，眼神突然变得好深邃。

蓝姬眼里扑闪着一丝透明的光亮，嘟囔起来:"师父，您看这里，怎么好像一面镜子。还有这里，怎么连出路也没有啊!"

老道没有理会她，只是缓缓伸出手，在眼前轻轻一挥，只见突然有一丝微风吹过，周遭的景物好似都晃动起来。

泰文世和蓝姬被这瞬间变化的一切惊得目瞪口呆，矗立在原地半天没有动弹。

随后，那面如水镜般硕大的浪壁突然闪动了一下，既而便幻化成了一个圆圈。慢慢地，那圆圈周围又开始撕裂，好像镜子破了一样，而后又猛然间渗出一个黑色的洞口。

"哇……"泰文世惊讶地摇头叹息着，他已经忘了自己身处何地，只感觉已经迷失在了一个魔幻世界。

蓝姬的嘴唇微微翘起，眼睛中似有一滴露珠滚动，是那样的明丽，那样的清澈。

"泰哥哥，我们是在做梦吗?"蓝姬呓语似的呢喃，泰文世的脸色逐渐由迷惘变得红润。

这时候，老道已经在洞口站了半天，等泰文世和蓝姬回过神来的时候，才对他们招了招手道："你们俩暂且在这里不要乱动，我去去就回。"

"师父，你等等我。"泰文世在后面大声呼叫，但只是一瞬间，便不见了老道的身影。

二人根本不明白老道为什么会把他们留在这里，过了一会儿，见里面还没有动静，泰文世又耐不住性子了："蓝姬，你就留在这里，我进去看看师父。"

"泰哥哥，你不能把我一个人留在这里，我也要去。"蓝姬噘着嘴，紧紧地抓着泰文世的胳膊。

"哎，好了好了，但是你得紧紧地跟在我身后，绝对不能离开我半步。"泰文世无奈地望了她一眼，只好应允。

他们刚到达洞口的时候，突然洞里传来一声凄惨的尖叫。

泰文世顿时愣住，难道是老道出了事? 他迅速拉着蓝姬冲了进去。

洞里一片漆黑，伸手不见五指。

泰文世大声叫着"师父",但无回音。这时一群黑黑的东西快速从头上飞过,蓝姬吓得躲到了泰文世背后。

"没事,别怕……"泰文世话音刚落,眼前立即闪现出一片光亮,刺眼的光芒把这个巨大的空间照得雪亮。

"哈哈……你们两个胆子可真大,竟然敢不请自入!"不知道从何处传来一阵毛骨悚然的声音,好像是老道的声音,又好像是另外一个陌生人的声音。

泰文世立即变得警觉起来,他轻轻捏了捏蓝姬的手,示意她不要害怕,然后朝着四周大声问道:"请问是哪位高人在此,请现身一见。"他的声音沿着洞壁传开,但好一会儿还是无人露面。

"请问是哪位前辈,请现身一见。"他又问了一遍,但仍然没有半点儿回音。

"嘿嘿……年轻人。你们可是吃了豹子胆,不怕我邪神吃了你们吗?"这个异常冰冷的声音,像从地狱中传来。

文世和蓝姬不禁倒吸了一口凉气。

"邪神?"泰文世壮胆道,"管你是魔是神,请露身一见。"

蓝姬吓得汗毛孔都张开了。

正在此时,又不知从哪里冒出一股黑烟,在他们眼前迷散开,接着便什么也不知道了。随即泰文世感觉到自己的身体好像飘了起来。他打量着眼前的一切,一声吆喝像炸雷似的从空中炸开,把他震得心脏都要蹦出来。

"年轻人，睁大你的眼睛，看着我的身形变化，哈哈……"一个苍白的声音猛然袭来，泰文世盯着那个黑色的身影向自己飘了过来。

正当泰文世处于惊异之中时，不知从哪里传来一声怪叫，便见一只巨大的丑陋的怪兽扑了过来。

泰文世正要躲闪，只见一个黑影向那怪兽冲了过去。此人只是轻轻一跃，便登上了墙壁，两只手在空中忽闪忽现，时而似闪电般来回游动，时而又似浮云一样的柔软升腾，把那只怪兽逗弄得怒吼连天。

"年轻人，看好了，这是老夫平生研学之最高剑法'劈魔剑'，以手无寸铁之力，在柔气中来回匀和，借以乱性。"黑影人晃动身体，口中吐露着一连串让泰文世感到莫名其妙的话。

说话间，黑影人的脚法相互交错，身形顿如疾风，在怪兽周围忽快忽慢，忽左忽右。那怪兽嘶哑着声音怒吼着，巨大的身体显得异常灵活，左右扑闪，妄想把黑影人扑于自己脚掌之下。

泰文世看着人兽大战，目瞪口呆，特别是那黑影人的身形，快如闪电，慢如柔风，稳如磐石。他不禁张大了嘴，久久合不拢来。

"手中无剑，心中有剑；有剑无剑，乾坤忽变。"黑影人口中念着这句话，他两只手不停地幻化，柔情侠意糅合在一起，似有剑在手一般。

泰文世判定此人一定是老道。

那怪兽见黑影人招招紧逼，但又近不得身去，顿时万分浮躁，阵阵怒吼几乎让泰文世和蓝姬晕厥，他们紧捂着耳朵，身体都僵硬了。

黑影人突然爬到洞壁上，像一只巨大的蝙蝠，爽朗地说道："年轻人，看清楚了吗？这可是上上乘的'劈魔剑'招法，你可以照着我说的练习一遍。"

黑影人向泰文世飞了过来，泰文世还没明白过来是怎么回事，已经被黑影人一把抓住，使劲向那怪兽扔了过去。

泰文世退无可退，只得拼死还击，但那怪兽力大无穷，一掌拍向泰文世，泰文世顿感力不从心，差点儿躲闪不及被击中。

"师父，快来救我。"泰文世惊恐不已，慌忙大叫。但怪兽并没有给他机会，反而加强攻势向他撞了过来。

"年轻人，还记得我刚才所说的吗？手中无剑，心中有剑，有剑无剑，乾坤忽变，只要你领悟了这句话，就可以炼成真正的上乘'劈魔剑'招法，这是最厉害的剑法，多多体会吧。"黑影人在一边指点着泰文世，但就不承认自己是老道。

泰文世似有所悟，学着老道的样子绕来绕去，但很快他就筋疲力尽了。

看到泰文世渐渐失去了上风，那怪兽却越战越勇，大呼着左右扑闪，将泰文世逼得几乎透不过气来。

"年轻人，照我说的去做，快点儿，心念口诀，不能再犹豫……"

"我快不行了……师父救我！"泰文世大声疾呼，可"邪神"却只是一动也不动地观望着他们之间的战斗，并不出手相救。

此时，怪兽眼睛突然射来一股蓝光，巨大的脑袋像个大铁锤似的，猛地向泰文世撞了过去。泰文世急忙闪身，躲过了那股蓝光，身子后退了几丈远，那怪兽并没有停止进攻，待泰文世还没有站稳脚跟之时，身形已经到了他眼前。

泰文世瞪着眼睛，差点儿没喘过气，就在这一瞬间，他的脑海里涌起了刚才"邪神"教他的口诀，心神疾转，瞬间积聚了全身神力，双手随着疾风交互搓动，顿时感觉到身体里有如一股气流涌动，一发不可收。

"集中臂力，神灵聚集，记住，有剑无剑，乾坤忽变，把一切的精力都聚集在双手之间，双眼凝神，不可散失分心……"

泰文世耳边波动着"邪神"的声音，但他还没有完全做到心力合一，只是恍然间试图做到这一点。他的双手之间似乎存在着一股电磁波，正在双向对流。他眼睛一闪，大喝一声奋力跃起，似乎有刀光剑影在空中旋转。此时，怪兽之力却无去处，打在四周洞壁上，闪着刺眼的光亮。

"好徒儿，把力量加强一点儿，再记住另外一句心诀……"

泰文世猛然听见这话，大声喊道："师父，什么心诀，我忘了……"

谁知道他这一喊，立即身心分离，力量向四周散开。怪兽趁此机会，突然间化为一股气流向他袭来，妄想从他身上穿过。

泰文世一急，来不及躲闪，但还手一击，又有气无力。

"邪神"大喝一声飞向了泰文世，再不出手，恐怕这小子会命丧黄泉。

泰文世被一股气流逼得后退到了石壁边，然后被扔到了地上。

只见"邪神"手掌变成了一片红色，缓缓向后翻转，似波涛汹涌，接着奋力劈下，怪兽恍然间消失得无影无踪了……

当"邪神"再次出现在泰文世面前的时候，泰文世还张着嘴，眼珠像被定住。刚才的这一幕他还来不及消化，他支撑不住了，只感觉到眼前一道阴影闪过，晕了过去。

"泰哥哥，你没事吧?"

好一会儿，泰文世才缓缓睁开眼睛，迷迷糊糊环顾四周，可周围漆黑一片，什么也看不清楚。

"哈哈……你们两个倒还真的闯进来了，怎么样，刚才一战打得过瘾吗?"这个声音是老道的，泰文世和蓝姬听得真切，但又没见老道其人。

"师父，您在哪里，快出来呀。"蓝姬大叫起来。

　　老道却沉声道:"蓝姬,快快闪到一边去。文世,记住先前的口诀,看还能不能想起来。"

　　泰文世摸着脑袋,却想不起先前发生的事。这时老道的声音再次传来:"手中无剑,心中有剑;有剑无剑,乾坤忽变。"

　　他想起来了,跟着默念。这时一声怒吼打断了他,一个黑色的影子从天而降,在他的眼前像被风吹动似的慢慢摇晃。怪兽又来了!

　　"快,冲上去,冲上去……"老道的声音再次在耳边响起。泰文世一个激灵,双拳一紧就弹了起来,把蓝姬吓得尖叫起来。

　　泰文世挥舞着拳头冲向怪兽的时候,才渐渐看明白,有种似层相识的感觉浮现在脑海中。怪兽摇晃着巨大的脑袋,猛然间向泰文世撞了过来。他呼吸急促,心里默念着老道刚才的那句口诀:"有剑无剑,乾坤忽变;有剑无剑……"

　　口念心诀,一丝灵感涌入脑海,双手之间涌动着一股热浪,像电波一样传送着。

　　那怪兽扭动着灵活的身体,忽左忽右,闪电般飘动。

　　泰文世急速变幻着身形,未等怪兽贴近身来,双手便已经像刀锋般切下,巨大的气流在空气中左右上下翻滚,犹如闪电,噼里啪啦地在怪兽周围炸开了。

　　"哈哈,好徒儿,果然不负师父一番苦心呀。"老道爽朗的笑声在空气中回荡。

泰文世借着这股力量，突然掌身一翻，手掌顿时变得血红，心底发起一股猛气，大喝一声，向那怪兽劈了下去。

"住手……"他的手掌还没有劈下去，谁知老道一声怒喝，身形便已经到了眼前。

泰文世感觉自己的身体被抓了起来，想要反抗，可好像被粘住了似的，完全使不上劲儿。

"徒儿，就此打住吧。"

泰文世睁大眼睛，见面前站着的赫然就是老道，才稍稍静了下来，但心里却涌起了一个疑团："师父，为什么不杀了它？"

他转过身去，发现那怪兽早已没了踪影。

老道笑道："徒儿啊，这是教你学会'劈魔剑'的又一个师父，并不是你要杀的人，它叫'火麒麟'，是一只异兽啊。"

啊？"师父，为什么要用这种办法来教泰哥哥功夫呢？"蓝姬想不明白为什么传艺需要使用这么残酷的办法。

老道摸着下巴微笑道："你可知这只'火麒麟'并不是一般之物，它可是修炼了千年的灵异之物，全身上下都带着灵气，今次用它来训练你，就是要利用它身上所含之气来打通你全身经脉。"老道说着用手捏了捏他的胳膊，"你难道没有感觉到全身有一股似火焰燃烧的感觉吗？"

泰文世闭上眼睛细细体味，心底似乎真像师父说的有一股火焰在燃烧，想要突破他的身体跑出来。

"怎么样，是不是很难受啊？"老道问。

　　泰文世点了点头，全身开始被火焰煎熬，脸色也开始慢慢变红，很快眼睛里好像充血了一般的。

　　"哈哈，徒儿，现在可有你受的了，坚持一会儿吧。"老道大笑起来。

　　蓝姬不可思议地看着泰文世难受的样子，又不知怎么帮他。

　　"师父，我好难受，救我呀，我受不了了……"泰文世低沉的呻吟着，挣扎着。可是老道显得无动于衷，根本不看他一眼。

　　"师父，快帮帮泰哥哥啊，你看他难受的……"蓝姬想上前去帮他，但被老道拦住了。

　　"你不能去，他全身的气流会震伤你。"老道的声音如铁石一般，没有半点儿商量的余地。

　　蓝姬站在一边，再也不敢动弹，望着泰文世痛苦的表情，恨不得自己上去紧紧地抱住他，替他分担一些痛苦。

　　这时候，泰文世挣扎得愈发的厉害，老道终于走上前，伸出手来在距离泰文世面部一指宽的地方缓缓地推拉着，揉按着……

　　蓝姬看不明白师父在做什么，心如火烧。老道收回手掌的时候，泰文世也慢慢地舒松了表情，脸色终于恢复了常态。

　　"泰哥哥，你没事了！"蓝姬惊喜地叫了起来。

　　老道问道："现在怎么样了？'劈魔剑'你究竟学到了几成，

心里有数了吗?"

泰文世缓缓地点着头,然后举起拳头抢在眼前,又慢慢地舒张开来。

"师父,一开始我感觉心里有一股火焰在燃烧,不过现在好像已经顺从了我血液的流向,不是很难受了。"

老道赞许地说:"这样看来,这'劈魔剑'你倒是学得差不多了。"

"师父,您太偏心了,为什么不教给我呀。"蓝姬不高兴地噘起了嘴。

老道望了泰文世一眼,笑道:"这个功夫小女娃可不能学,你的身体经受不了这股气流的侵扰。"

蓝姬这才若有所思地说:"师父,您准备教我些什么呢?简单的可以吧。"

"那得让我好好想一想。"老道摆动着头,夸张地做了个手势,然后望着泰文世,"你可要好好练习我所教给你的东西,千万要记住,不可将之浮于外表之下,最重要的是要吸收于心地之间,达到最高境界,这是你的责任。"

"责任?"泰文世听着师父的话,不可思议地反问道。

"对,是责任,而且还是不小的责任。你一定不要辜负师父对你的期望,今后你会明白这责任所在的。"

老道一席话令泰文世听得摸不着头脑,他不知道接下来会发生什么。

第十三章　万圣之门

康撒斯城内的主人行宫，庄严肃穆。

此时，主人正站在高高的台阶上，背向而立，脸上罩着黑色的面具，躲在面具后那双黝黑的眼睛，让人心生阴森之感。

细微的灯光透过暗色的厅堂照射过来，将整个空间串成了一幅黑色的画面，摇曳的光亮似银蛇一般飘然而动。

主人猛然回过身来，下面戴着面具的黑衣人全都眉目低垂，噤若寒蝉。

"哦呜……"主人一声长啸，双臂徐徐展开，只见一片烈焰齐燃，瞬间将大厅照亮。

片刻，主人双脚离地，冉冉而起，立于半空之中，如雕塑一般，头微微向上仰起，口中念念有词，身体开始急速旋转。

"我的子民，请不要束缚你们的心智，来吧，过来吧！"主人发出一声低喝，然后就见一片光芒洒满了整个厅堂，所有人一脸虔诚地望着他，似乎在享受着天赐的恩泽。

"卡罗之神——"主人咧开嘴，一股飓风破口而出，一道白亮的光芒射向头顶，主人的眼神在面具下渐渐发出绿光，很快又慢慢阴晦下去。

那道光芒瞬间穿破尖形房顶，照亮了整座城市，渐渐地消失在了康撒斯城的上空。

"我好担心泰哥哥，怎么这么久了还没有回来呢?"拉丝这些天来一直没有好好休息，睁开眼睛就仿佛看见泰文世站在跟前一样。她多想有一天一开门，泰文世就站在门口。可是日子一天天过去，每次开门，迎来的都是一场失望，不免心绪惆怅。

艾丽娅就更别提了，她到现在也没搞清楚泰文世是怎么失踪的，她猜测一定有一股神秘力量在他们周围，不然凭泰文世的身手，他不会就这样被俘虏的。可见周围有功力更高深的人，但这人是谁她不知道。虽然她是地球安全防御部门的工作人员，虽然她受过特别的训练，但对于这次变故，还是感到无所适从，一片茫然。

现在这种状态，她既不能回到曾经生活的地方，又不能跟泰文世在一起，真有痛不欲生的感觉。她该怎么办呢?

"拉丝，阿杜司呢?"艾丽娅看着同样失神的拉丝问。

拉丝摇头道:"阿杜司这些天一直在寻找泰哥哥的下落，也不知道去哪儿了。"

艾丽娅感到好无助，在这个陌生的地方，她能靠谁呢？除了阿杜司和拉丝，她谁也不认识，现在只得把唯一的希望寄托在阿杜司身上了。

不一会儿，门响了。"哎，阿杜司好像回来了。"拉丝听见开门的声音，慌忙站了起来。

艾丽娅欣喜地望着门口，果然见阿杜司风尘仆仆地进来了。

阿杜司伸出双臂轻轻拥抱了一下拉丝："我的女儿，好久不见了。"

拉丝松开阿杜司后仍是一脸的黯淡。阿杜司知道女儿肯定还是在为泰文世的事担心。

"阿杜司，您找到泰文世的下落了吗？"艾丽娅忍不住问。

阿杜司一副欲言又止的样子，眼神变得无比晦涩。

"怎么了，阿杜司，泰哥哥他……"拉丝一见阿杜司的样子，心情顿时跌入谷底。

阿杜司摇了摇头，又叹了口气："至今杳无音信。谁也不清楚发生了什么事，他、他可能、可能已经……"

拉丝和艾丽娅陷入无比的焦虑之中。两个姑娘都已满含热泪。

阿杜司见状又叹了口气，无言地垂下了头。

两个女孩嘤嘤地抽泣着，屋子里的空气也仿佛凝固了。

阿杜司望着她俩伤心欲绝的样子，忙又解释道："我只是说也许，但也不一定，你们……你们别想太多。唉，都怪我多嘴。我觉得凭泰文世的聪明才智，他应该还活着……"

阿杜司越这么说，拉丝越觉得泰文世很可能已经不在了，一想到这儿，顿时号啕大哭起来。

"阿杜司，长官不会有事的，求求您一定要找到他，他是我的上司，如果找不到他，我真不知道该怎么向上面交代，我……"艾丽娅不知该如何表达自己的心意，眼泪大颗大颗地掉落下来。

阿杜司无奈地垂下头，满脸阴沉。这些天他问遍了所有的人，都没有人看到泰文世的身影。他知道一定是凶多吉少。但目前他想不到任何办法，三个人就这样一筹莫展地待在屋子里……

在另一个空间里，泰文世和蓝姬从洞里出来之后，已被眼前的光刺得睁不开眼睛。

他们回身看着洞口，只见那洞口又像先前一样有水波晃动，摇曳着，然后从四周慢慢向中间靠拢，直到整个洞口被一面墙壁封住。

蓝姬一见洞口被封住了，不禁担心道："师父，您封死了洞口，火麒麟不就出不来了？"

"哈哈……"老道一笑，"这只是一个虚幻的空间而已，那火麒麟乃是神物，就这么容易被封死吗？"

"那这山洞？"

"这个山洞也本就是虚幻空间虚拟而成的，根本就不存在。"

老道的话使得泰文世和蓝姬面面相觑，面对老道，这些天经历了这么多不可思议的事，他们觉得太神奇了。尤其是泰文世，对老道越发佩服了。

"好徒儿，从现在开始，你就是真正'劈魔剑'的传人，失传了三百年的'劈魔剑'总算又有了新的传人。"老道笑吟吟道。

"什么？"泰文世愣了一下，"失传了三百年？"

"对啊，三百年了，我终于找到了传人。你要记住，你现在就是'劈魔剑'唯一的传人，一定要用它来维护异界的安宁。"

泰文世若有所思地点了点头："师父，您难道只教我这些吗？我还想学更多的东西……"

"小子，不要心急，你想一口吃成个胖子啊。"

泰文世知道老道是卖关子，但确实也不好再央求了。转念他一想，又说："那我们还要等多久才可以离开这里？"

老道眉头一皱，反问道："你刚才说什么？"

泰文世知道他是避而不答，便打个马虎眼过去拉过蓝姬说："没说什么，咱们继续赶路吧。"

三人继续前行。老道看着这两人的背影，暗暗想笑。他背着手臂，不紧不慢地跟在他们身后。

走了一段路后，泰文世停下了脚步，打量着两边的景色："我怎么觉到我们走错方向了?"

蓝姬也四处望去，确实路边的景致跟先前不同了："咱们不是原路返回吗? 难道走错了?"

"你看这里怎么会有一条岔道? 我们来的时候好像没有啊。"泰文世指着前方一条小道。

蓝姬赶紧转身找师父，背后却空空如也："完了，师父走在后面没影了。泰哥哥，我们赶紧往回走吧，要不迷路了，师父会找不到我们的。"

泰文世看了看背后丛生的杂草，又望着前面不知伸向何处的小道，惊诧万分，半晌没有动弹。因为他连刚才走过的路都已认不清了。

"你看，哪条是刚才咱们走过的路，怎么全是杂草了?"泰文世团团转着身找方向。

蓝姬也跟着转，确实发现已经没有路了，周围不知什么时候长满了杂草。

"蓝姬、蓝姬……"泰文世连叫了几声，"坏了，我们可能进入迷魂阵了，现在回头已经没有退路了。"

蓝姬愣愣地望着他，不知道该怎么办。

泰文世环顾四周，又指着前面的小道说："你看见没有，只有前面那条小道还在，走吧，反正没路了，总能干等着吧，不妨先过去看看。"

蓝姬害怕地拉着泰文世，两人朝小路走去，确实现在没有别的出路了。

这条小道似乎和其他的小路没有什么不同，弯弯曲曲一直往前延伸，也不知通往何方。二人沿着荆棘丛生的路面缓缓前行，直到看见前面出现两棵参天大树，方才停下脚步。

"哎，这前面怎么还有一条岔道?"泰文世陷入了艰难的抉择。

正说着，两棵大树剧烈地摇动起来，树叶簌簌而落。

二人很是惊奇，小心翼翼往后退去，正不知要发生何事的时候，神奇的画面出现了。在那两棵大树之间，突然有两道平行闪电在互相传递，迅速扩张到了整个空间。

泰文世和蓝姬不禁看呆了。接着电磁慢慢褪去，一扇似门的洞口出现在两棵大树之间。

泰文世眨了眨眼，又使劲揉了揉，还以为自己眼睛花了。

蓝姬瞠目结舌，像被施了定身术。这洞能进去吗? 两人举棋不定。

"这里便是'万圣之门'，两位请进吧。"一个声音不知从何处传来。

蓝姬大声叫嚷起来:"师父、师父，是您吗? 师父……"

但是，一切又都恢复了寂静，蓝姬的声音逐渐沙哑，师父并没有应她。

　　泰文世也听清楚了，那确实是老道的声音。他看了看蓝姬，心一横，拉着她的手朝着那个洞口走了过去。

　　站在那扇门边，蓝姬的心还在剧烈挣扎，到底要不要进去？那扇门实在太奇怪了，近前望去，好像是一层玻璃，但是真的想看清楚的时候，那扇门又似水纹一般晃动起来。

　　泰文世示意蓝姬不要害怕，他伸过手去，将手掌紧紧贴在门上，瞬间一股冰凉渗进他的骨髓。泰文世稍稍用了点力，门便缓缓向两边打开了。

　　蓝姬的心跳加剧，她不知道接下来会发生什么。

　　门打开之后，在他们面前出现了一个巨大无比的空间，正中间立着一块石碑，上书"万圣之门"。

　　"既然是师父吩咐我们进去的，为什么不去看看呢？我觉得师父会帮我们的。"泰文世安慰道。

　　蓝姬稍稍平复了下心情，点了点头，她也觉得师父是不会害他们的。

　　当他们穿过大门的时候，背后传来一声沉闷的声响，回头一看，门居然自动关上了。

　　大石碑上面的字，好像并不是用笔或刀刻写上去的，因为正中间还残留着一只手掌印，掌印深深地陷入石头中。那四个大字的边锋，也像被手指穿透了似的，刚劲有力。

　　不远处的阴影里，好像有个人影在晃动。两人都看到了，屏息宁神。

"有人吗?"泰文世谨慎地盯着那处阴影,沉声问道。

无人应答。

"别怕,过去看看。"泰文世屏住呼吸,轻轻拉了拉蓝姬的手,蓝姬的呼吸越来越急促。

"哐啷——"正在这时,清楚地传来一阵铁链的响动声,泰文世和蓝姬不禁倒吸了一口凉气,愣在原地不敢再往前迈步。

"你们是谁?是何人派你们来这里的?"这个声音阴森恐怖,脚下的土地开始颤抖。

蓝姬紧紧地抓着泰文世的胳膊,紧咬牙关,大气不敢出。

"不知是哪位前辈在此,打搅了。"泰文世定了定神,鼓起勇气问道。

"嘿嘿,你们是那邪恶老道派来打扰我的吗?"那个声音冷笑起来。

泰文世逐渐适应了洞里的阴暗,看清了眼前的情景:一个披头散发的黑影被铁链拴住,手脚全都被锁着。

"究竟是何人扰我清净?"突然,那人猛地仰起头来,眼里闪着寒光,似乎藏着一把锋利的刀子,直插进泰文世的胸口。

泰文世忙说:"不、不是。我们、我们是不小心闯进来的,请前辈恕罪!"

那人瞪着浑浊的眼睛盯着二人,好像在寻找什么。

蓝姬不知道脚下踩了什么东西,突然发出一声尖叫。

泰文世转身紧紧抱住她，紧张地问："怎么了？没事吧？"

蓝姬全身颤抖，泰文世的脚下一动，他也感觉到了不对劲。

"嘿嘿……如此胆小，居然敢闯'万圣之门'，我看你们是不想活着出去了。"那人又阴冷地狂笑起来。

泰文世侧耳细听看了看脚下，发现土地在一点点晃动。他赶紧护着蓝姬，定神问道："请问前辈，不知您为什么会被锁在这里，难道不想出去吗？"

"出去？"那人冷哼了一声，突然声音就变了，"我已经在这里待了两百年了，如果我执意要出去的话，有谁能拦住我吗？"

"那您为什么不出去呢？"

"看看你背后吧。"

泰文世转身看了看那块刻着"万圣之门"的石碑，他问："难道是这块石碑把您困在这里的？"

"哈哈，石碑？"那人笑道，"困住我的只是一个承诺，我对这块石头的主人发过誓，永远不会离开这里。但如果我真想出去的话，根本就没人拦得住我。"

这是什么话，泰文世觉得好笑，但又不敢发作，表面还故作镇定。

见泰文世不说话了，蓝姬壮着胆子说："我们可不是有意闯进这里的，只是一不小心迷路了，您让我们走吧。"

泰文世赶紧附和说道："老人家，我们确实不是故意闯进来的，也没有任何恶意，您就放我们离开吧。"

老头摇晃着脑袋，身上的铁链"哗哗"直响，在这空寂的洞穴里，显得尤为刺耳。

"那你得告诉我，你们和那邪恶老道究竟是什么关系？"

泰文世本就有点儿疑惑，听了此言更是满腹疑惑，他反问道："您所说的邪恶老道究竟是指……"

"哼，就是他把我关在这里的，当初我们约定比试，结果我输了半招。按照约定，输家必须全凭对方处理，于是他就把我关在了这里，整整两百年啊。"老头眼神深邃，一脸的痛苦。

"但是，时间已经过了这么久，即使是承诺也应该早就过去了啊。"蓝姬插话道。

泰文世暗想，看来此人和老道仇恨还挺深，幸好没说出他和老道的师徒关系，不然定会惹祸上身。

"前辈，不知如何称呼您？我们根本不认识那个什么邪恶老道……"泰文世故意说。

"哈哈，果真如此的话，那老夫今日可总算是盼到头了。"老头突然狂乱地笑起来，笑得二人莫名其妙，"老夫就是个老叫花子，你们也别叫我前辈，我可受不起。"

蓝姬和泰文世不敢吭气。

当老叫花子静下来的时候，又冲泰文世嚷道："小子，过来。"

泰文世愣了一下，正准备上前，蓝姬却死死地揪住他不放，生怕他有什么意外。

泰文世安抚了一下，镇定自若地朝老叫花子走了过去。当他快要靠近时，老叫花子眼里立刻闪出一股明亮的光彩，而后直射入泰文世的眼里，他随即感受到一股热流直入血管，全身变得无比难受。

老叫花子突然在空中旋转起来，铁链发出剧烈的摩擦声。他身体倒立，脑袋顶在泰文世头上，一股白色的烟雾从头顶散发出来……

蓝姬看着这恐惧的一幕，渐渐一阵眩晕，很快失去了知觉。

泰文世的脸严重变形，眼睛、鼻子也歪到了一边，手臂缓缓展开，继而又缓缓地飘动起来，身体向上而起，把老叫花子顶了起来，直到铁链再也无法拉长。

老头猛然间吐了口气，只见满头的白发向着四周飘散开去，许久过后，他的身体终于缓缓落地，接着他弯腰剧烈地咳嗽起来。

不知持续了多久，泰文世猛然间吐了口气，但身体并没有倒下去，反而直挺着，显得更加有气力了。

"年轻人，我看你是个可造之才。你运气好遇上了我。刚才我把毕生所学全部传授给了你，你一定要遵从师道，行善积德，斩妖除魔，不要辜负了我的一片苦心。"老叫花子有气无力地说道。

泰文世有点目瞪口呆，这个老头难道也想收他为徒，还莫名其妙地传授他功力，这是什么情况？

他还没闹明白，只听老头说："还不赶紧跪下拜师！"

泰文世赶紧咚的一声跪在了老头脚下。

"好徒儿，你是我几百年来一直在寻找的人，现在该叫我一声师父了吧。"老叫花子无力地说道，声音好像没有了底气。

泰文世有些发蒙，但此时此刻，他也不能有贰心，赶紧磕头叫了声"师父"。

老叫花子虽然身心疲惫，但心花怒放，容光焕发，接着又说道："徒儿，为师还有一个愿望，希望你出去后找到那邪恶老道，代我向他宣战，一定要打败他……这也是为师最后一个愿望，你们现在可以……走了！"说完这话，他靠着崖壁盘腿而坐，头一垂便闭上了眼睛。

泰文世不敢吭声，也不敢走动，静静观察了一会儿。

但好一阵，老叫花子都没了动静。

"师父，请受徒儿一拜！"泰文世轻声说了一句，但仍没得到任何回音。

老叫花子仍闭着眼睛，一动不动。泰文世悄悄走上前去一看，发现老叫花子已经没了声息。

"师父，师父！"泰文世有些不敢相信，难道他把功力传给我之后就去了……想到这儿不禁浊泪纵横。

而这时，晕倒的蓝姬苏醒了，他看着眼前已死去的老叫花子吓了一跳。

"泰哥哥，你没事吧，你把他打死了……"

泰文世示意她不要说话，拉着她悄悄朝门口走去。

片刻之间，两人感觉身后透进一丝光亮，原来门不知道被谁打开了，眼前逐渐明亮起来。

"蓝姬，我们得马上离开这里，这个师父传授了我一些功力，之后他就没有呼吸了……"泰文世边走边小声说。

原来如此，蓝姬回头看着老头沉静低垂的样子，悲痛地说道："师父，您安息吧！"

泰文世也双手合十，冲老叫花子拜了一下。谁知马上吹过来一阵强风，老叫花子的身体猛然间像风沙一样飘散开来，很快就消失得无影无踪。

泰文世默默地注视着这一切，心中万分惆怅，泪水在眼里打着转儿。两人缓缓走出大门，两棵苍天大树依然安静地立在原地。

泰文世面无表情地看着来时的方向，刚刚没路的地方，此时又多了一条小道延伸了出去。

"真奇怪了，这里怎么又有路了？难道又是老道师父安排的？"泰文世犹豫地看着前方，心里却又想起刚才老叫花子对他说的话，心想他能对师父提出挑战吗？他怎么可能下得去手？这两个师父都是传授他功力的人，对谁他都不想伤害。

他一时陷入了两难的境地，他为难地跟蓝姬说了一切。蓝姬也觉得有些无所适从。两人就这么顺着小道没有目的地往前走，谁知走着走着，竟然看到了一座漂亮房子。

蓝姬豁然开朗道："这不是咱们的房子吗？咱们终于找到家了！"

泰文世也露出了笑容，他赶紧整理好心绪，扯开嗓子大声喊道："师父，我们回来了。"

话音刚落，老道已经站在他们面前。

"哎，师父，您就不能好好走路吗？吓了我一跳。"泰文世瞪着眼睛。

"哈哈……"老道突然间狂笑起来，泰文世不明所以地望着他。待他止住笑声的时候才结结巴巴地问道："师父，您、您这是中邪了？"

他没等到答案，老道已伸手向他抓了过来。他只是愣了不到半秒的时间就闪了过去，马上哀求："师父，您，您别过招了……徒儿怎么斗得过师父您啊。"

可是老道好像并不听他的话，一招接一招向他袭来。

泰文世只得左躲右闪，奇怪的是，老道平时轻而易举便能抓到他，但今天好像使出了全身解数，也没碰到他一根毫毛。

他没有多想，只是下意识地四处躲闪，惹得老道一招更比一招猛烈，还大叫道："别手软，来打败我吧！"

泰文世起先还可以接下一招两招，此刻却连躲闪的机会几乎都没有了，他知道不出招不行了。他集中精力运气，血脉急速膨胀，体内似有千军万马在奔跑，一股出奇的力量猛然间喷射而出，双拳间虎虎生风。

老道见状，暗暗露出了笑容，心想徒儿终于用上了他教的功夫。

泰文世双拳忽然变成双掌，似两支利剑在空气中来回自如，反手一个大悬空，就将老道的身体顶了起来。

"我打你下面。"老道双腿向着泰文世的下部踢了过来。泰文世大惊，赶忙护住下体。老头大笑，半道又改变方向，突然向着他的面部抓了过去。

老道正得意自己即将得手，却感觉眼前人影一晃，待他看清的时候，泰文世已经在离他几丈远的地方站住了。

"你……"老道心里一惊，沉闷地吐出几个字来，"乾坤挪移"？

泰文世没听清楚师父在嘀咕什么，开心地说："师父，您刚才差点儿就抓住我了。"

老道心里霍然亮堂起来，拍着手大声笑道："原来如此，原来如此，哈哈……"

泰文世被老道异样的变化弄得神不守舍："师父，您到底在笑什么？"

"好徒儿，你有所不知，眼前就有一件非常好笑的事，简直是太好笑了。"老道的话让泰文世显得更加迷惑了，"我问你，刚才你是怎么逃过我这一抓的？"

"这……我就那样啊，那样就滑过去了。"泰文世说着还比画了一个动作。

老道摇头道："那你从前可否逃得过我这一抓？"

泰文世经这一提醒，才明白老道话里的意思，但仍旧云里雾里的。

"你们刚才在洞穴里，可曾发生过什么事情？"老道提醒道。

"那是'万圣之门'！"泰文世沉吟片刻，从口中吐出了这几个字。

老道随即仰头大笑道："好徒儿，你终归是天选之子。"

这话又使泰文世愣住了，他还是没太明白师父话里的意思。

"师父问你，你可曾在洞穴里遇到一个小老头？"

泰文世原本想瞒住这事，免得提起老叫花子传功及遗嘱之事，但现在师父好像什么都知道了，他知道瞒不住了。

"是……但他被铁链锁在了洞穴里。"

老道点了点头，继续问道："那个老叫花子对你们说了些什么，又做了些什么？"

"这……他、他说，说什么、什么……"泰文世支支吾吾不敢再往下说。

"有什么话尽管说来，为师不会怪罪你。"

泰文世无奈，只好将自己和老叫花子的对话全说了出来，但还是刻意隐瞒了传授他功夫和遗嘱之事，怕又引起误会。

"没有别的了?"老道直视着他的眼睛。泰文世眼神微微躲闪了一下。

"好徒儿,师父没教过你做人一定要诚实吗?"老道这话让泰文世惊了一下,随即讪笑着别过了脸。

"我问你,你刚才所使的'乾坤挪移'身法,究竟是谁传授于你的?"老道的话让泰文世一阵紧张,想到定然是瞒不下去了,所以干脆像吐子弹一样,把所有的事都说了出来。

"原来如此,你可捡了个大便宜啊。小子,这'乾坤挪移'身法可是江湖上人人都想学得的一门上乘功夫,真不知你哪来的福分。"

泰文世恍然明白了真实的原因,想着传他功夫的人已经永远离开了这个世界,不禁黯然神伤。

他没想到老道又追问道:"除了传你功夫,那老叫花子最后还说了什么?"

泰文世心里惊了一下,这是他最不愿意回答的问题,一时间陷入两难境地,故意转话题说:"哎,蓝姬去哪儿了,怎么没看见她?"他说着正要去找蓝姬,却没想被老道给拦住了。

"师父,您……"

"呵呵,小子,快告诉师父实话,那老叫花子临终前是否还要你来帮他教训我?"老道早已心知肚明。泰文世脸上顿时失去了颜色,缓缓地垂下了头。

老道笑了笑,沉吟了一下:"我就知道你们见面后会是这样的结果，但为师也是迫不得已呀。"

泰文世欲言又止。

老道缓缓说道："这已经是很久以前的事了，说来话长。"

两百年以前，青衣老道被江湖人士供奉为"万圣之尊"，主持一切江湖大小事务。但那时候还有另外一人，人称丐王的老叫花子，此人在江湖上口碑不怎么好，但功夫十分了得，对于"万圣之尊"自然是非常不服气。于是，二人约定进行一场比赛，谁输了就得永远服从对方……

泰文世这才得知师父江湖人称"青衣老道"。

"那一战我们杀得天昏地暗，从来还没有任何一场斯杀能够与我们那一战媲美……"青衣老道眼神深邃，仿佛又回到了当初的情景。

两人斗了十来个回合，可丝毫也伤不到对方半点儿，因为他们的实力实在是相差太小了。

但作为"万圣之尊"，青衣老道不能容忍对方和自己斗了这么长时间居然丝毫未损，内心不禁涌起一股怒火。

当然，丐王也并非徒有虚名，一心想要打败对方，然后自己坐上江湖第一高手的宝座，所以他自然要使出看家本事。

那次决战，周边山川良田被淹无数，无辜者死伤无数，丐王最终败在了"万圣之尊"手下，但也是在那之后，二人同时从魔法界消失了，江湖上再也无人知晓他们去了何处。

"师父，您是为了向所有那些被淹死和烧死的地球生物忏悔，所以也退隐江湖的吗？"泰文世试着说出了这个问题的答案。

青衣老道叹息道："是啊，那一战有很多无辜的地球生物都死了，我无颜再在江湖上露面，于是就在这个地方藏了起来。"

"丐王好像也并非十恶不赦……"泰文世客观地说。

"是啊，其实这不过是江湖朋友的偏见而已，就好像这个世界上很多有能力而不得志的人，有时候为了证明自己而剑走偏锋，一些平庸之辈就会许他以小人的名讳。就是这样一个人，其实他的本领在当时是数一数二的，他也并非鸡鸣狗盗之辈，从来也没有做过什么伤天害理的事情，只不过对我不服……"

泰文世眼前又浮现出了丐王的容貌，不禁长叹了一声："谁能真正主宰自己的命运呢？"这话他其实是说给自己的，他的命运、蓝姬的命运、艾丽娅的命运……谁又能主宰呢？连他自己为什么会无缘无故地闯进这个莫名其妙的世界他都不清楚。想到这里，不禁黯然神伤。不知道在另一个世界的艾丽娅现在怎么样了。

"可惜啊，我和他斗了一辈子，他最终还是死在了自己的手里。"青衣老道苦苦地摇着头，眼神里涌动着浑浊的表情。

"师父，丐王已经把自己毕生所学全部传授给我了……"事到如今泰文世不想再隐瞒什么。

青衣老道睁开眼睛道："我都知道了。其实，每一年我都会和他见一次面，一是为了看望他，再就是想知道他的功力。丐王就是丐王，每一次我见到他的时候，总感觉到他的能量一年比一年高。"

"那我现在岂不是拥有了他两百多年的能量了吗？"泰文世捏了捏拳头，但并没有感觉到自己身体有什么异样。

青衣老道说："你现在还没有感觉到自己身体有什么太大的变化，那是因为你根本还没有真正消化掉老叫花子的功力。比如说，刚才你使出了'乾坤挪移'身法，但其实你并没有完全使出来，如果你真正领悟到了其中的精髓，就有资格跟我一决高下了。"

泰文世被青衣老道说得一愣，眼睛里闪过一丝黯淡的光。他可不想跟老道一决高下。

"好了，这是你的造化，老叫花子也完成自己的心愿，你应该叫他一声师父。"青衣老道望着囚禁丐王的方向叹了口气。

泰文世重重地点了点头，沉默了许久又问："那么以后呢？"

"以后？"青衣老道反问道，"什么以后？"

"我以后还能做些什么呢？"

"你学的是丐王的功力，我和他是两个不同的人，功夫门派自然也不同，但你最终还得学我的。"

泰文世暗自思忖，如果将丐王的能量消化掉，再学习老道的功夫，不知道还要花多少时间，于是直言道："师父，您要把功夫都传给我，这得花多少时间啊……"

青衣老道听到这话，苦笑道："年轻人，不要太贪得无厌了，欲速则不达。"他的目光又高高仰起，"你难道也希望为师跟老叫花子一样的结局吗？"

泰文世这才明白，丐王把所有的能量都传授给他之后，自己就消耗掉了生命，所以他忙对青衣老道说道："师父，对不起，是我胡说八道。"

第十四章　误入茂林

"时间不早了，还不起床练功吗？"泰文世还在睡梦中便被师父给叫醒了。这些天来，几乎每天的这个时候，青衣老道的声音都会准时出现在他耳边。

泰文世揉着惺松的眼睛，慢慢探起身来，但感觉到身上一股酸涩的疼痛，脖子像抽筋了似的，好像使不出劲来。

"师父，今天练习什么？"这句话已经成了他的口头禅。

青衣老道倚靠在门前的那棵树上，面带微笑，慢慢转过头问："你想学什么？"

"我想学什么？"泰文世摸着下巴，心想每天都是师父为他安排训练内容，今天这是怎么了？

"你觉得自己还差什么没有学会？"青衣老道眯缝着眼睛望着他。

这眼神倒让泰文世有些慌张，这话是什么意思？

泰文世说："师父，您已经教会了我很多东西，难道还有什么没有教给我的吗？"

青衣老道听了这话，不禁大笑道："臭小子，又想套师父的话？你进步很快，已经很不错了。"

"您的意思是我可以出师了？"泰文世眼睛里闪烁着兴奋的光芒，为了这一天，他已经等待太久了。

"那还不成，你以为学会了我现在所有的本领，就可以真正天下无敌了？"

泰文世不明就里，既然师父是天下第一，他得到师父真传，应该也是天下第一才对呀。

"你可记得自己曾经得到了老叫花子的全部真传？"老道说，"我和丐王的本领并非同出一脉，但你可知道'本心所归'这话的道理？"

泰文世依稀记得自己曾经在某本书上见过这几个字，但他不明白这话的意思。

"你身上汲取了我们二人的能量，如果就这样去运用，定然会相互排斥，所以你必须把自己身上的能量合二为一，才可以做到得心应手，应用自如。"

"明白了，师父！"

"好了，你现在跟我去一个地方。"青衣老道转身就走。

"留下蓝姬她一个人……"泰文世有些放心不下。

青衣老道说："不用理她了，让她多睡一会儿吧。"

泰文世只好跟着老道走了。走了许久，老道也不说去什么地方，泰文世问了一句，老道也没理会他。

大约半个时辰后，老道终于停下了脚步，双手在眼前一抹，眼前随即出现了一幅旷世画面，犹如仙境一般。

泰文世正在发呆，突然感觉不对劲，大叫起来："师父、师父，您在哪里啊？师父……"

原来，青衣老道不知道什么时候已经消失了。

泰文世到处找不到青衣老道，眼前的画面突然闪了一下，变得一团模糊。他揉了揉眼睛，发现周围都是奇石怪岭，茂林丛生，而自己正好被困在其中。

"难道师父又在教我功夫？"他想起在"万圣之门"发生的事情，这才冷静下来。

突然之间，密林之中传来两声细细的长啸，声音尖细，底气十足。

泰文世警觉地循着声音传来的方向，做好了随时出击的准备。

"徒儿，这是为师特意为你安排的，你要在其中掌握两门玄功秘诀，努力融合为一，等你练成了，师父自然会接你回来。"青衣老道的声音悠远绵长。泰文世也终于明白这一切全都是师父所为，不禁长长地吐了口气。

一道闪电突如其来，他下意识地伸手去挡，却挡不住，两道极快的光向他射了过来。

　　泰文世赶紧抬脚一闪，身形急变，瞬间离地。那两道闪电几乎在他刚离开的时候爆炸，焦土纷飞，近旁的大树也被炸断倒地。

　　泰文世头皮一麻，怨恨道："师父，你这也太狠了吧，差点儿把我害死了。"

　　他这样想着，人已经到了十丈之外，立于树梢之顶，放眼望去，周围一片茫然。

　　"哎，那里怎么有座房子？"他朝着远处的茂林望去，随即腾空而起，眨眼工夫便出现在房子前面。

　　"有人吗？"他试着敲门。身后传来一阵风飘过的声音，回头一看，只见一位身材矮小、拄着拐杖的老人正立于身后冷冷地盯着他，两眼发出青色的光，面上毫无表情。

　　泰文世毕恭毕敬道："请问，您是房子的主人吗？"

　　矮人并不理会他，他猜想对方很可能听不懂他在说什么，于是做出要离开的样子。谁知就这一瞬，矮人的拐杖似剑突然劈了下来。

　　泰文世想起师父的话，随即以"太阴掌"还击。此招也是老叫花子传授给他的，他只是下意识地使了出去，可并不知威力多大。矮人手持拐杖与他手掌的气流撞击在一起，泰文世感觉身体中涌出一股寒气，随即他人便飞了出去，落到了几丈开外的地方。

　　而那矮人伤得更重，身体被震得偏离了方向，身体摇晃了几下就倒在了地上。

泰文世心想这是挂了吗？刚想起身去看，还没看清楚，只见从矮人手中拐杖的圆形球体上发出一束蓝色的光。他知道来者不善，身体腾空而起，同时暗暗使出了"勾魂摄魄"的手法。

丛林里顿时卷起一阵狂风。泰文世眼睛一闭，便向矮人的身体撞了过去。矮人没想到他会使这一招，有些大惊失色，赶紧转身想躲。可惜，为时晚矣！

泰文世和矮人背向而立，像被定住了似的，矮人张着嘴，眼睛里已没有了任何神色。

一阵沉默之后，矮人再次倒了下去。泰文世走到矮人面前，碰了碰他的脸，他却纹丝不动，身体已僵硬冰冷。

"这么厉害？"泰文世惊讶地看了看自己的双手，两眼发出不可思议的光。他没想到老叫花子传授给他的功夫居然如此惊人，但看着矮人的尸体，他又有些不忍，这种功夫也太残酷了。他正准备离开时，突然看到了矮人手中的拐杖，这拐杖有点儿特别，还能发出蓝光。他取过来仔细端详，只见手掌上出现了一个小小的人影。

泰文世惊讶无比，慌忙收回了手。

"求您放过我吧，我再也不敢了。"

泰文世一惊，不知道这声音是从哪儿发出来的。

"求您放过我吧，我再也不敢了。"那声音又重复了一遍。

泰文世这才确认出那声音是从他手上的人影发出来的。

"求求您放了我，我会报答您的。"小人影在手掌上跳动着。

泰文世惊奇地问道："我怎么放了你，你是谁，是如何到我手掌上来的呢？"

"我是主人的灵魂，是你刚才从主人身上取走的，只要您把我重新贴近主人的心口就可以了。"

泰文世这才理解了何为"勾魂摄魄"。心想，师父您传给我的这功夫太残忍了，怪不得江湖不待见您啊。他这样想着，刚把手掌靠近那人的心口，却又收了回来，顾虑道，"不行，如果我放了你，你再对我出手怎么办？"

"恩人，我答应您，您放过我，我会重重回报您的。"小人影苦苦哀求，泰文世这才决定成全他。

很快，矮人的身体又动了起来，把泰文世吓了一跳，忙往后退了一步。

"恩人，请受我一拜。"矮人向泰文世鞠了一躬，"我说过要重重感谢您的，现在您手中所持魔杖是天上陨石炼制而成，具有巨大的威力，可以作为您的护身武器。"

泰文世看着拐杖，却说："不要可以吗？"

"恩人，您到了这里，就像到了一个巨大的怪圈，这里有很多怪兽出没，还有不少身怀绝技的坏人，如果您没有这根魔杖，是很难走出去的。"

泰文世犹豫地点了点头，转而他问："那你告诉我，为什么刚才要对我大打出手?"

"我还以为你是居心不良的人来捣乱,所以才……"

泰文世又环顾了一下四周:"你刚刚说这里有怪兽和坏人?"

"这里最厉害的怪兽叫作'怪面神兽',就住在对面的山洞里,还有个大坏蛋,但是他的功夫太厉害了,没有谁可以打败他,所以只好任他横行霸道。"

"大坏蛋?"泰文世眉头一紧,"他叫什么名字,住在何处?"

"我不知道他叫什么名字,也不知道他住在哪里,每次见到他,我都会躲在一边去。"

"他有这么厉害?"泰文世大感意外,面前这人的功夫也不是很差,却也如此恐惧对方,想必此人功夫十分了得,当即决定去会会那家伙。

他又想起师父的话:"一定要把两大魔法功夫融合在一起,努力寻找平衡点,如果你做到了这一点,那么你就是真正的天下无敌了。"

"我一定要把那家伙打败。"当他不自觉地说出这话的时候,矮人突然又道:"其实,这里最厉害的还不是他们。"

"哦?"泰文世愣了一下。

"恩人,您就别去找他了,太危险了……"

泰文世压住心底的怒火:"快告诉我,这里最厉害的究竟是什么人？"

矮人无可奈何地叹息道："白面神手！"

"白面神手？"泰文世听着这名字，眼前一阵恍惚。

"'白面神手'实在是太厉害了，就连刚才我说的那个大坏蛋也得惧怕他三分。如果您真的打败了他，那您就是这里最厉害的人了。"

泰文世的心高提了起来，心想什么"白面神手"，我不相信他的功力能超过我，立即甩动了一下衣袖，转眼便不见了踪迹。

当他消失之后，矮人脸上突然浮现出一丝难以觉察的笑容。随后屋子里走出来一人，背着双手望着泰文世离开的方向叹息了一声："这孩子就是心气儿太高了，让他吃些苦头，他才知道这世间的厉害。"

泰文世想着马上就要遇到这里最厉害的高手，心里顿时火烧火燎了起来，不知不觉又加快了脚步。

穿过这片树林后，他面前出现一座深不见底的悬崖。他大喝一声，抬脚收神，眼睛一闭，便向着悬崖对面飞了过去。可他发现自己根本没有飞起来，身体向谷底急剧跌落。这下他慌了，赶紧聚集力量向上跃起，但身体下面似乎有一股强大的引力，使劲把他往下拽，任他怎么也飞不上去。

"师父，快救救我啊！"他的双手在空中乱舞，喉咙像被什么堵住了，再也出不了声……

　　不知道他是怎么晕过去的，也不知道自己昏睡了多久，当他睁开眼睛时，周围一片漆黑。

　　"这是什么地方，怎么这么黑，难道我……我是在地狱里吗？"他抬眼四处打量着这个陌生的地方，透过微弱的光线才勉强看见一些暗色的石壁，像阴森的鬼影矗立在他身边。

　　"难道这里真的是地狱？"他想起刚才自己从上面掉下来的情景，赶紧摸了摸自己的脸，又使劲捏了捏，直到感觉到疼痛，这才相信自己还活着，他慢慢站了起来。

　　眼前本是阴森一片，但是当他起身的时候，那面黑色的石壁竟然透出一丝光亮来。他受到强光的刺激，忙捂住了眼睛。

　　好一会儿他才能睁开眼睛。他定睛一看，这里竟是个富丽堂皇的地方，如同龙宫一样。他怎么会到了这里。一想到龙宫，他便想起了曾经到过的龙兽宫殿，难道这里是龙兽的地盘？正在惊慌中时有个声音传来："不知道是哪位贵客大驾光临！"

　　泰文世听见是一个女人的声音，惊讶之余对着四壁礼貌地说道："在下泰文世，不小心冒犯贵地，请主人现身一见。"

　　"哈哈……泰文世？"那个声音好像越来越近了，他感觉就像站在身边说话，但当他转过身去时，却又不见人影。

　　"请主人现身一见，在下泰文世，并无意闯入此地！"泰文世大声重复道。

"我在这里呢!"这个声音把泰文世吓了一跳,他忙回头,一丝芳香扑鼻而来。

"请现身一见,何必躲躲藏藏。"泰文世很是不快。

终于,眼前那影子一闪,一个漂亮的女子出现在了他的面前,像一朵睡莲,看起来是那么的眩目。

泰文世一时间都忘记了呼吸,女子满脸的媚态,笑容勾人魂魄,让泰文世有些招架不住。

"姑娘,我……"他支吾了一句,竟然不知自己该说什么才好。

女子把手伸到他面前,似乎不小心碰到了他的脸。

泰文世脸上一热,大脑一片空白,瞬间忘了自己身在何处,许久之后才忐忑地问:"姑娘,请问这里是什么地方?如果不小心冒犯,在下就此告辞。"

"你何必如此心急,既然是不小心误入此地,那就是咱们之间的缘分啊,为什么不留下来说说话呢?"女子口中的气息喷到了泰文世的耳根,他感觉到一丝酥麻,又一阵眩晕袭来,慌忙别过了脸。

女子微笑望着泰文世,好像要把他的魂魄摄走。

泰文世眼神躲闪,不敢和那双妩媚的眼睛对视。

"请告诉我,这里究竟是什么地方?"泰文世重重地吐了口气。

女子面若桃花，望着周围的琉璃道："你以为自己到了什么地方？"

泰文世道出了内心的真实感受："这里的一切，好像是我曾经到过的某个地方。"

"哦，如此说来，你我还真是今生注定的缘分啊。"女子再次向他贴了过来，泰文世不知所措，只得退后半步。

"请问此地除了你，还有别人吗？"他想转移话题，谁知女子笑道："你倒是看看，此地除了我，还有另外的人吗？"

"姑娘敢独自一人住在深渊之下，而且还布置得如此富丽堂皇，真是太让人吃惊了。"

女子立即大笑起来，转身说道："如果你不介意的话，可否多陪我一些时日，我独自一人待在这里太久，太寂寞了。"

泰文世在心里暗自琢磨着，故意说道："既然如此，那我就多留些日子，等哪天姑娘想让我走了，我一定不会强留下来的。"

女子娇羞地笑了起来，一把拉过泰文世的手道："那就请随我来，我已经备好了酒菜。"

他随女子穿过一道石门，来到了饭厅，好酒好菜果然已经上桌。

泰文世也确实饿了，狼吞虎咽之余，女子又给他倒满了酒："请慢用。"

"姑娘还没告诉我芳名。"

"就叫我冷青好了。"

"冷青?"泰文世重复道,将杯中水酒一饮而尽。

她又给他斟满了酒:"饮完了这杯,我想带你去一个地方。"

泰文世正想回她,结果脑袋一晕趴在了桌子上。

"哟,你是怎么了?你醒醒啊。"那女人假装急促地叫了起来。

泰文世已然没了知觉。女子使劲推了推他,脸上露出了诡异的笑容,她眼神一晃,一道旋风掠过,随即现出一只面目狰狞的怪兽。

"傻小子,敢在我怪面神兽面前放肆,我要让你知道我的厉害。"怪兽突然又变回了女子的模样,走近泰文世身边,伏在他耳边轻声道,"都怪你太相信漂亮的女人了,其实我怪面神兽最怪异的地方并不是我会变身,而是我知道所有生物的弱点。"她说完这话,突然张开嘴,吐着长长的舌头在泰文世脸上舔起来。

"你难道不知道我最厉害的地方是什么吗?"一个声音突然传来,女子忙抬起头,直勾勾地看着直起身子的泰文世。

"啊,你……"怪面神兽惊愕不已,这个男人为何没有被迷倒呢?

"你也太小看我了吧。"泰文世身为地球安全防御部门的工作人员,怎会如此轻易就相信面前这个萍水相逢而且假装娇滴滴的女子呢?

女子被他抓着胳膊，突然手腕变细，像蛇样滑脱开去，然后立刻消失了。

"想跑?!"泰文世轻蔑地骂道，怒吼着使出连环掌，剧烈的爆炸声把石壁炸碎，发出隆隆的声响。

"嘿嘿……有本事就来抓我呀。"女子的声音时左时右，飘浮不定。

泰文世连续出击，但每每落空。

"过来啊，过来抓我呀，哈哈……"

泰文世定睛一看，原来那女子又变成了英俊男子，正嘲笑他。

"卑鄙小人，既然自称为怪面神兽，为何不使些真功夫来，偏偏要当缩头乌龟!"泰文世正色道，"看我不毁你老巢。"话落，他使出全身气力，发出了更为激烈的攻击。

怪面神兽躲闪时被泰文世一掌击中，又变身成女子，娇滴滴地跪地求饶："我服输了，服输了……"

"从今以后，如若再敢横行霸道，我定会剥了你的皮。"泰文世厉声警告。

女子流泪的样子更加楚楚动人，泰文世早已不为所动。他转身扫了一眼被自己捣毁的地方，冷冷地呵斥道："快起来，告诉我如何出去。"

不想，那女子如风一般再次消失得无影无踪。

"你以为我怪面神兽真是浪得虚名吗? 你今后就永远留在

这里吧。"怪面神兽叫嚣着，泰文世立即觉得不妙，转身欲逃，但已经来不及了。一声巨响，只见巨大的火焰冲天而起，房子里的东西被震碎了一地。

"你毁我巢穴，我定会找你报仇，总有一天你会为此付出代价的。"那个声音越来越远，渐渐消失不见。

泰文世终于发功冲出了洞穴。

重新回到丛林里，周围密密麻麻的绿色植物，一眼望不到尽头。

"怎么可能又无路可走了？"他四周转着，又迷失了方向。

"师父，你在哪里？"他只好冲着天空说话，他感觉师父就在他身边。

但等了好一会儿，师父也没理他。就在他感到无路可走的时候，一大片乌云压在头顶，丛林马上变得暗无天日。

"嘿嘿，小子，这次你可死定了，我看你怎么为自己所做的事情后悔。"一个阴冷的声音从空中传来。

泰文世凝神倾听，难道那个怪兽又追来了？他浑身抖了一下，强打起精神来应战。

片刻之后，天空又恢复了原来的颜色，周边的美丽风景重又呈现在了泰文世的眼皮底下。

站在他面前的正是刚才落荒而逃的怪面神兽，但它身后还多了另外一个人，严格来说是个满脸长着毛发，身材高大肥硕的怪物。

"哈哈，我还以为是哪位朋友，原来是手下败将。你的胆子可真不小，我还在想怎样才能找到你，没想到这么快又送上门来了。"泰文世狂笑道。

怪面神兽看了一眼站在自己身边的怪物，狂言道："不知天高地厚的家伙，你可知道自己在和谁说话，也不怕风大闪了你的舌头。"

泰文世笑道："我不想和无名小卒动手，你搬来的救兵，快快报上名来。"

"哎，快告诉这小子你的大名呀。"怪面神兽对站在身边的怪物道。

怪物面无表情，低沉地说道："大家都叫我大坏蛋。"

"大坏蛋？"泰文世一阵发笑，原来它就是大坏蛋。他顿了一下，大笑道："原来如此，久闻大名，没想会在此遇见！"

"怎么样，害怕了吧。你既然听过大坏蛋的名字，接下来该知道如何做了吧。"怪面神兽大言不惭道。

泰文世差点儿没笑过气去。

"你尽管笑吧，这可是你最后的机会了，赶紧跪下认个错，要不然等会儿会死得很难看。"大坏蛋全身的毛发都在颤抖。

泰文世盯着面前这两个不知天高地厚的家伙："还真以为我是怕了你们不成，既然你们是一伙的，而且还主动送上了门来，这可真省了我不少麻烦。"

"我的好老公，你听见没有，有个不知死活的家伙在骂你呢！"怪面神兽又化身为漂亮女子看着泰文世。她身边的大坏蛋摇晃着肥硕的身体，像个傻子似的大笑起来。

"老公？"泰文世忍俊不禁，"今天我倒真是开了眼界了。"

就在他说话的关头，大坏蛋突然出手，从他手掌中喷出两股白色的气流，径直射了过来。

"哦，臭死了，臭死了。"泰文世早有准备，可虽然躲过气流，却闻到一股奇臭无比的味道，他忙捂住了鼻子。

"味道不错吧？"怪面神兽笑个不停。

"你这是打算熏死我吗？"泰文世扇着臭味儿，不敢喘气。

"今天就让你知道我的厉害，看你还能嚣张到什么时候。"怪面神兽突然又腾空跃起，从空中向着泰文世打过来一掌。

泰文世也不躲闪，一掌回了过去，硬生生接了下来，只听得两声巨响，怪面神兽翻身落回到了原地。

泰文世笑着望着它那狼狈样："怎么样，这一掌的味道还不错吧。"

"还愣着干什么，给我上啊！"怪面神兽气急败坏地冲大坏蛋吼道。

"有什么招式全都使出来吧。"大坏蛋冷冷地说。

"风云突变！"泰文世大吼一声，周围的环境立即就变成了一片暗色，犹如鬼魅在游走。

　　大坏蛋确实有过人之处，他一掌向泰文世劈下的时候，身体已经悬空在上，也不知道手上什么时候多了个榔头，被他耍得虎虎生风。

　　泰文世这一招"风云突变"打出去之后，也消失不见了。

　　怪面神兽马上变身为一个长着长角的怪物，头上两只长角发出锋利的光，奇丑无比。

　　当天色恢复光亮的时候，泰文世突然闪现在它面前，一把抓住它的两只长角，使劲地摇晃起来。怪面神兽发出剧烈的嚎叫。

　　泰文世轻轻一跃，便骑在了怪面神兽背上。它又疯狂地跳将起来，妄想把泰文世给摔下来。此时，泰文世在它背上拿出了拐杖，轻轻跃起，一声怒喝横劈下来，只见那怪物瘫痪在地，而后慢慢失去了知觉。

　　泰文世刚落回地面，感觉背后一阵疾风扫来。他知道肯定是大坏蛋袭来，头也不回地便将拐杖扫了过去，发出了猛烈的撞击声。

　　"原来这拐杖这么厉害！"泰文世自言自语，又回过头看了看被打惨了的大坏蛋，甩了甩发麻的手。

　　大坏蛋的眼睛微微闭上，嘴里念念有词，手上的榔头发出一束绿光，像电击一样闪烁着。

　　泰文世被那束光亮闪到，顿时感觉身体无力地软了下去，但他拄着拐杖，努力不让自己倒下去。

"小子，我说过你支撑不了多久的。"怪面神兽又恢复了女人面目，趴在地上，嘴角还往外渗着血丝。大坏蛋提着榔头一步步地走了过来。

泰文世的眼神开始变得模糊，他尽力抬起头，但又无力地趴下了。迷迷糊糊中，他好像看到有个黑点在移动。

"我不能束手就擒，我还没有完成师父交代的事情……"这样想着，他脑海里涌起一股莫名的力量，迅速积聚到双拳之间。

只见大坏蛋举起了榔头。泰文世果断地迎了上去。

"我不能死！我不能失败！"泰文世一边嘴着默默念着，一边感觉身上的力量不觉间恢复了。

当大坏蛋举起榔头正要砸下来时，泰文世看见了那双充血的眼睛，突然一脚把那家伙踢得飞了出去。

恢复体力了的泰文世，起身拍手道："你可真是残忍，居然想砸死我，难道就不怕我头上喷出的鲜血弄脏了你吗？"

这时他感觉身后有动静，抬手一指，拐杖发出一束光亮，怪面神兽又重新趴在了地上。

大坏蛋眼神之间终于冒出了一丝恐惧，唯唯诺诺地想后退。泰文世飞身到他近前："你不是打算帮那个怪面神兽报仇吗？为什么还不动手？"

"不，不要……我再也不敢了，求您放我一条生路吧。"大坏蛋突然就软了下去，顿时变成了另外一副面孔。

"啊——"泰文世听到身后一声怒吼，猛一回头，只见怪面神兽又向他袭了过来，面目狰狞，像要吃人似的。

泰文世此时也不再躲闪，只是轻轻一挥手，怪面神兽便从空中跌落在了地面。

"真是恶性难改。"泰文世厉声喝道，然后举起手中的拐杖，准备向怪面神兽劈下去。

"不要！"泰文世的双手被大坏蛋紧紧抓住，它眼睛红了，露出了乞求的表情，"求您不要杀她，不要……"

泰文世吃惊地瞪着他，手臂一阵麻木。大坏蛋咚地跪在了泰文世面前。

泰文世面无表情地问："你为什么要替她求情，不知道自己也自身难保吗？"

谁知大坏蛋低垂着眼睛说道："只要您放过她，我愿意代她受死。"

"那我问你，据说此地还有一位叫白面神手的，他人在何处？"泰文世趁机问。

"我便是。"大坏蛋的话令泰文世既好气又好笑。

"你不是叫大坏蛋吗？"

"是，白面神手也是我。"

泰文世笑得快岔气了，他没想到白面神手居然长这副模样。不过又一想，这怪面神兽和白面神手，仅从名字来看，也应该是一对了。

"看在你对她有情有义的分儿上，就饶你和她一命吧。"泰文世沉默了半晌，开恩地说，说完便头也不回地走了。

"恩人，后会有期！"大坏蛋在背后叫道。

泰文世的心莫名地抽动了一下，他没想到在这样的世界里，居然还可以有真感情。这感情还发生在这样一对怪兽身上，真有些不可思议。有时想想人世间的感情还不如这群怪兽。这样想着，脑海里又浮现出了艾丽娅、拉丝和蓝姬的面孔，心里不免又抽动了一下。

这些天来到处奔波练功，好像把所有旧事都抛到了脑后，艾丽娅、拉丝还好吗？他有些神情恍惚，眉宇间紧锁着一股愁绪。如今他陷在这样一个走不出去的死循环里，不知何时是个头？他郁闷地朝着大山深处呼喊起来，阵阵回音在山间盘旋。

不知不觉间，又走了好远。他自己都不知道这是要往哪里走？

他对着山谷空喊了两声师父，无人应答。

突然，他好像又想起了什么，回头望着自己刚刚走过的那一段路，莫名其妙地瞪着眼睛，心想刚才自己不是还没有看见任何路，为何现在又有了这条小道呢？

他以为自己晕了头，四处溜达了一圈，而后又回过头来无言地叹息起来。

"师父不是叫我要把两种魔法融合贯通吗，究竟要怎样做才能够把它们融合起来呢?"他又想起青衣老道的话,既然自己还未达成目的,难道前面还有很长一段路程要走吗?

走了没两步,前方竟然出现了一片花的海洋,到处都是盛开的鲜花。

泰文世无比惊愕,然后沿着眼前的小道向前走去,他的身体在花海中徜徉,感受着浪漫的花香。那种味道实在是太让人舒畅了,让他暂时忘记了心里的苦难。

正当他陶醉于花香的时候,耳边传来了一阵银铃般的笑声。他睁开眼,发现一群艳丽的女子正嬉笑着向他走了过来。那是怎样的一群绝色女子啊,一个个像天仙下凡似的。

"姐妹们快点儿过来啊,这里怎么有个陌生人!"走在最前面穿着一身绿色长裙的女子,一开始见到泰文世的时候,脸上洋溢着灿烂的笑容,但很快又现出一丝不安。

"是啊,真的有个人,可怎么从来没看见过他呀。"这群女子向泰文世围了过来,像一群小鸟似的叽叽喳喳。

"你是从哪里来的啊?"

"你到这里来做什么呢?"

……

一连串的问题把泰文世问得哑口无言,他像正在接受大人盘问的孩子,一动也不动地望着她们。

"喂,他好像不会说话呢,该不会是哑巴吧。"绿色长裙女子看着泰文世的眼睛,还拿手在他眼前晃了晃。

泰文世依然一言不发，因为他根本就没有说话的机会，那群女子实在是太吵了。直到她们慢慢安静了一些，他这才露出微笑，然后摊开双手："请问这是什么地方？"

他一张口，这群女子便全都露出了惊愕的表情，再次把他团团围了起来。

"喂，你是哪里来的呀，为什么会一个人出现在这个地方呢？"绿色裙子女子眨着一双晶莹的眼睛，对着泰文世露出了迷人的笑容。

泰文世心里怦怦乱跳，又摇了摇头。

"卡郦姐，他看起来好傻哦，是不是个傻瓜呀。"这时候，站在一边穿着红色长裙的女子也凑了上来。

卡郦便是穿着绿色长裙的女子，她笑道："别胡说。"她注视着泰文世。泰文世对她抱以礼貌的笑容。

"啊，他笑起来真好看。"

"真迷人！"

紧接着，所有人的话题都在围绕着他展开。

卡郦低下头，脸上露出一丝红晕。

泰文世向她微微躬了躬身，抬眼看了看周围，再次问道："你可以告诉我这里是什么地方吗？"

卡郦眉睫闪动了一下，回头对那几个女子说道："你们先回去禀报父亲一声，说有客人到来，我一会儿便回来。"

"是，卡郦姐。"其余的女子笑着离开了。卡郦目送着她们消失后，回头对着泰文世说："不好意思，她们只是很好奇，并无恶意。"

"卡郦?"泰文世露出迷人的笑容，"很好听的名字，我记下了。"

他的话令卡郦脸上的笑容更添了几许，她掩隐在群花丛中，那抹绿色显得更加惹眼。

"卡郦，我直呼你的名字，你不会介意吧?"泰文世直言。卡郦笑了，又望着他的眼睛反问："我该怎样称呼你呢?"

"我叫泰文世，随你怎么叫都可以。"

"泰文世?"卡郦沉吟道，"按照我们当地的习俗，我以后就叫你泰阿哥吧。"

他立即笑道："当然可以，不过你得先告诉我这里是什么地方!"

卡郦愣了一下，然后拉过泰文世的胳膊道："你跟我去见见我父亲吧，他会告诉你的。"

泰文世只好随她而去。

"这里为什么这么多花呢?"泰文世一路走过去，发现周围几乎到处都种满了鲜花，一路的芳香，身上都粘满了花的味道。

卡郦回过头，眼睛里含着灿烂的笑容："因为大家都喜欢花啊，这里每个人都种花的。"

泰文世还想说什么，眼前突然出现了一排排房子。

"怎么了，泰阿哥，为什么不走了？"

泰文世感觉到自己好像进入了一个熟悉的世界，因为那些房子全部都是尖形屋顶，这与康撒斯城的风格简直太像了，忍不住感慨道："太奇妙了！简直太像了……"

卡郦眼里闪烁着疑惑的光芒，不明就里地看着他。

他继续感叹："简直太像了……"

"卡郦姐回来了。"前面传来了一阵欢呼声。

"到了！"卡郦提醒道，泰文世方才从迷梦中醒过来。

前面出现好多人，当泰文世看见那些男子打扮的时候，心里又猛然动了一下，因为他们的服饰也与康撒斯城男子的服饰几乎没有太大区别。太好了！泰文世心里一阵激动。

这时，一个年纪稍长的男子走过来冲泰文世作揖。泰文世马上还礼，卡郦过去挽住那人的胳膊，亲热地说道："父亲，泰阿哥是不小心迷路才来到这里的。"

"不好意思，可能会打扰你们。"

"泰阿哥，这是我父亲，不用太客气。"卡郦说完这话，又拉住父亲，"您不打算邀请客人进屋去吗？"

"哦，尊贵的客人，请随我来吧。"卡郦的父亲忙让开了路。

泰文世对卡郦投去感激的一笑，众人一起朝里面走去。

此地虽然比不上康撒斯城那么大，但所有的建筑风格却像极了康撒斯城，还有路边卖饰品的小摊子，让他想起了他和艾丽娅第一次进入康撒斯城时的情景。

"泰阿哥，到了，里面请吧。"卡郦在前面把泰文世引到了一座漂亮的房子面前，泰文世抬头望去，这座尖形屋顶的房子便是附近最高的一座了，高高地耸立在眼前，尤为壮观。

泰文世低声冲卡郦的父亲道："您就是城主吧，在下不知，多有得罪。"

"哦，年轻人，你太客气了，快请进吧。"

泰文世进入屋内后环顾四周，殿堂里出现两队人，于他两侧而立。他对这种阵势早已见怪不怪。

卡郦解释说："这是城里最高的欢迎礼仪，父亲当你是最尊贵的客人呢。"

城主高高在上，谦逊地说："尊贵的客人，请过来吧！"

泰文世不知城主何意，有点发蒙地走了过去。

城主伸手按在他头上，然后张开双臂拥抱他，他像个木偶站在主人面前，有点儿受宠若惊。

"好了，尊贵的客人，欢迎你的到来，康撒斯城以最尊贵的礼仪接待你。"

康撒斯城？泰文世脑袋里完全空白，眼里闪过一道惊奇的光，有种快要窒息的感觉。

"泰阿哥，你……怎么了？"

泰文世转身看到卡郦，眼神四处游离，这真的就是康撒斯城吗？他激动得眼泪都快出来了。

城主看他那样子，以为他累了，便吩咐说："带客人下去歇息吧。"

话落，卡郦便带着泰文世离开了大殿。

此刻泰文世感觉脚下似有千斤之重，他看着周围的一切，仍然有些不敢相信，这真的是康撒斯城吗？

第十五章　初现实情

前路漫漫，一别数日。

再次回到康撒斯城的泰文世有太多问题想问卡郦，可又觉得现在问有些唐突，只能找合适的机会。

他趴着窗边仔细看着街道两边的建筑，虽然都是尖顶设计，但好像又有些差别。这会不会是另一座的康撒斯城？原来就有两个康撒斯城？

但想想又觉得不太可能。夜深人静的时候更容易胡思乱想，泰文世躺到床上，脑子里全是艾丽娅和拉丝的身影。她们到底怎么样了？

"泰阿哥……"一阵敲门声响起，卡郦不知何时出现在门口。

泰文世心想正好，他赶紧把卡郦请进来。

还没等卡郦说话，泰文世赶紧说出了自己的疑问："卡郦，可以告诉我一些关于这里的事情吗?"

"你指什么?"卡郦不解。

"其实也没什么,只是想知道一些关于这里的事情罢了,比如这座城市,这里的人……"

"泰阿哥,你有什么事情瞒着我吧,我看出来了。"卡郦眼里满是疑惑。

泰文世一愣,看来这个卡郦还是个聪明姑娘,但自己该不该跟她交底呢?他无奈地苦笑起来,又沉重地叹息道:"卡郦,你能答应我一件事情吗?"

卡郦点了点头。

"如果你能够替我保守这个秘密,那我就告诉你全部。"

卡郦一听这话,随即愣住,看来还真有事,而且看他的表情还不是小事。

"包括你的父亲,这里的主人,一个字也不能透露。"泰文世重复道。这个时候他只能选择信任她,别无他法。

卡郦想了想,再次重重地点了点头。

"这里真的叫康撒斯城吗?"泰文世犹豫片刻,想再确认一遍。

"是啊,没错啊,有什么问题吗?"卡郦的眼神更加迷惑,"自打我记事起,大家都知道这里是康撒斯城。"

"那可真是太奇怪了。"

"泰阿哥,究竟发生了什么事,你就直说吧。"卡郦比他还急。

"实话告诉你吧，其实我也来自一个叫康撒斯城的地方。所以我不知道你这座康撒斯城是否就是我那座康撒斯城？"泰文世憋了许久，终于说出了内心的困惑。

卡郦的表情马上变了，她还以为自己听错了什么，眼神晦涩懵懂："怎么可能有两个康撒斯城？"

"我真没有骗你，我那座城真的也叫康撒斯城，而且这两座城市的建筑风格太相似了。"泰文世望着那尖尖的屋顶，"所以我觉得可能是一座城，但是我仔细看你们的街道，好像又跟我那座城不太一样。"

卡郦瞪着眼睛好久都没说出话来，她不相信世界上竟然会有这种事情。

"当我来到这里的时候，我以为自己终于回到了我的康撒斯城，但是我又不能确定，所以想向你求证……"泰文世感慨道。

卡郦看着他的眼睛："我真的不知道，好像也没听别人说起过，难道会有两座康撒斯城？"

"卡郦，我知道你可能会不相信，我也不敢相信。"泰文世眉头紧皱。

"不，我相信你，我知道你不会骗我。"卡郦解释。

她望向窗外，紧咬着嘴唇，难道真的有另一个康撒斯城？这两个城市之间究竟会有什么联系？

"这事我可以问下我父亲，或许他会知道。"卡郦想到了这个办法。

"卡郦，先等等，先别和别人说这事，咱们先研究一下。"他怕这事传开反而打草惊蛇。

卡郦点点头。

"对了，你这儿有书吗？"泰文世问。

"书？"

"你父亲平时不看书吗？"泰文世想找找有没有地图之类的书。

卡郦愣愣地摇了摇头，她印象中父亲从来不看书，家里好像也没有书。片刻，她突然抓住他的胳膊说："泰阿哥，咱们现在就出去找找，看看能否找到你的那座康撒斯城。"

泰文世苦笑道："我也想啊，可我自己都不知道该怎样回到那里。"

"你迷路了吗？"

"是啊，迷路了。"

门外传来碎碎的脚步声，泰文世示意别说话。

不一会儿，果然敲门声响了。城主从屋外进来，身后还跟着几名侍卫。

城主面无表情地对卡郦说："你先出去，我有些事情要跟客人谈谈。"

卡郦噘起嘴唇，满脸的不情愿。

城主提高了嗓门："卡郦，快出去！"

卡郦只好望了泰文世一眼，顺从了父亲的意思。

卡郦出去之后，城主围着泰文世转了个圈，然后严肃地直视着他的眼睛："告诉我你的真实身份吧。"

泰文世有些吃惊，他故作不解地说："城主，我不明白您的意思，也没有对您隐瞒任何事情。"

"哼，还敢狡辩。那你告诉我，你刚才和卡郦都说了什么？"城主的口气变得非常生硬。

泰文世没想到主人会偷听了他们之间的对话，只好说："主人，既然您都听到了，那我也不想再隐瞒您了，我确实是来自康撒斯城。"

"既然你来自康撒斯城，我怎么之前从来没见过你？"主人脸上露出一丝轻蔑的笑容，在泰文世面前又来回走了几步，"说，你到这里来究竟出于什么目的？"

"目的？"泰文世再次苦笑起来，他连自己此时究竟在什么地方都还没弄清楚，"城主，我想您也许领会错了，我是迷路了才不小心闯入这里。我没想到这里也叫康撒斯城，我以为我回到了我的城市。"

"迷路？"城主留给了他一个背影，"你以为我会相信你吗？"

泰文世很是无奈，不知该怎样做才能让对方相信自己，只好说："既然您不相信我，那我这就告辞。"

"你以为这里是你想来就来、想走就走的地方？你来此究竟有何目的?"城主眼里闪着阴暗的光,泰文世不知道他究竟想干什么,但感觉到了他极度的不友好。

"城主,我想您一定是误会了。"

主人没理会他,脸色冷峻。

泰文世进一步解释:"您刚才既然偷听了我们之间的谈话,那么应该知道我的目的。"

"你就别用这个故事来骗人了,你根本不是康撒斯城的人,这里的每一个人我都认识!"

"所以我才分析有可能你这里是另外一座康撒斯城。"

"什么另外一座康撒斯城,这完全是你编造出来的! 这怎么可能!"城主的声音突然抬高,像是在嘶吼。

泰文世直视着城主:"咱们明人不说暗话,是否有另外一座康撒斯城,我想您应该比我清楚。"

城主面色一黑:"你什么意思?"

"我猜您应该知道这一切的真相,为什么还要继续隐瞒呢? 再说,我也只是想了解一些真相,并没有其他的意思。"

城主的表情变得越发狰狞,像要吃人似的。

泰文世毫不回避,也不躲闪,看对方的样子一定知道真相。

就在此时,城主突然大手一挥,大声叫道:"把他给我抓起来!"

侍卫架住了泰文世。

　　泰文世也不反抗，只是说道："我想您会对今日所做的一切后悔的。"

　　一直躲在外面的卡郦此时再也忍不住了，赶紧冲进来，挡在了泰文世和她父亲之间："父亲，不要、不要啊。"

　　"卡郦，让开，这里没你的事！"城主脸色阴沉，厉声呵斥道。

　　卡郦眼里噙满了泪水，张开双臂挡在泰文世面前，乞求道："父亲，他不是坏人，有什么话不可以好好说吗，难道非要这样做才行吗？"

　　"卡郦，你这……吃里扒外的东西。"城主正色道，"这件事非常重要，你不要在这里捣乱，赶快出去。"

　　"不，父亲，您不能这样对待他，泰阿哥只是不小心迷路来到这里，他不是坏人。"卡郦失声大哭起来。

　　泰文世怜惜地看着她，又望着城主："卡郦说的没错，我不是坏人，并不会对这座城市做出任何不利的事。"

　　城主盯着他的眼睛看了许久，又回头看了卡郦一眼，迟疑了一下才说道："暂且让你待在这里，但你绝不能踏出这屋子半步，如果胆敢违言，你会知道后果的！"

　　城主带着侍卫离开后，卡郦痛哭起来："泰阿哥，对不起，是我害了你！"

　　泰文世反过来安慰她："卡郦，我明白你的心意，这不怪你，我们都没错，只是有一点儿小误会，很快就会过去的。"

城主一把将卡郦拉出了房间，把门反锁上。

卡郦又哭又叫着，都无济于事。泰文世听着这痛苦的叫喊，心揪在一起。

到底怎么才能让城主相信他，这两座康撒斯城到底有什么关联？这背后到底有什么阴谋？

泰文世重新躺回床上，迷糊地闭上了眼睛。

可没过多久，他就听到了"呼……呼……"的声音，他机警地坐起来。

卡郦也听到了这个声音，在如此沉寂的夜空中，这声音显得特别刺耳。她支起耳朵，努力寻找声音的来源。

"呼……呼……"这个声音越来越清晰。她悄悄走出房间，来到泰文世的门口，悄声问："泰阿哥，你还好吗？"

泰文世赶紧来到门边，两人隔着门对话："我还好，你怎么来了？"

"泰阿哥，你听见那声音了吗？"卡郦低声问道。

泰文世自然也听得真切："我听到了，你快回去，不然你父亲又会发现了。"

卡郦突然灵机一动，蹑手蹑脚地走向后门，使劲拉了拉门，竟然开了。她心一喜，幸好她还知道有这个后门。

泰文世见她从后面闯了进来，吓了一跳。

两人正要说话，那呼呼的声音又来了。那声音由远及近而来，好像就在眼前。

泰文世示意她不要说话，卡郦躲在泰文世身后，两人屏息宁神。

泰文世感觉来者不善，而且不是等闲之辈，于是后退半步，沉声问道："不知哪位高人前来，请现身一见。"

无人应答，除了风吹过的声音。

卡郦低声说道："泰阿哥，是不是我们听错了，门外好像没有人啊。"

泰文世不信自己的听觉出了问题，他感觉黑暗中有东西，而且此刻正躲在某个角落注视着他们的一举一动。

卡郦突然尖叫起来，泰文世一把抓住她的手，警觉地四处打量起来。

"我、我刚才看见一个人影……"卡郦惊恐不已，瑟瑟发抖。

"别怕，有我在！"泰文世小心翼翼地护着卡郦，突然觉察到身后有异样，于是大喝一声，拉着卡郦往角落躲。

就在此时，一个黑影像风一样袭了过来。泰文世挥掌拦截，黑影人似乎知道他这一掌的厉害，忙躲了过去。

"究竟是什么人要苦苦相逼，不如亮出身份，咱们打个痛快。"泰文世亮出那把神奇的拐杖，对着黑影厉声呵斥。对方没等泰文世把话说完，已经像猛虎般扑了过来。

泰文世动也不动，只是将手中拐杖一指，那人便倒了下去。

卡郦惊喜地张大了嘴巴。

"怎样，还敢与我打一场吗？"泰文世指着那人，只见青烟一闪，人影便消失了。

"卡郦，你没事吧？"泰文世收回魔杖，见卡郦怪异地看着他。

卡郦眉目低垂："没事……我只是没想到你这么厉害。"

泰文世笑道："也不知是人是怪，要不是跑得快，我早逮住了他。"

"他可能已经被你伤到了。"卡郦说。

泰文世问："以前遇到过这种事情吗？"

卡郦说："周围虽然时常有怪兽出没，但它们都不敢进城骚扰。"

"为什么我一来到这里，就发生了这么奇怪的事情呢？"泰文世像是在自言自语，卡郦神情冷峻，也觉得这事过于蹊跷。

"泰阿哥，对不起，父亲误会你了，所以才把你锁在这里。"卡郦声音沙哑地说道，泰文世只是微微笑了笑。

当下，二人再无话，直至天亮。

泰文世朦胧间感觉到一丝光亮，于是睁开了眼睛，没想到城主正立于面前，像雕塑般地凝视着他。

城主的脸色已不像昨日那么冰冷，突然咳嗽起来，卡郦也被惊醒："父亲，您怎么了，哪里不舒服吗？"

城主捂住胸口一个劲的摇头，眼睛深深地陷了进去。

"城主，您哪里不舒服吗?"泰文世看他脸色苍白，还夹杂着一丝不安。

城主抬眼看着他，长长地叹息了一声。

"父亲，您是有什么话要跟泰阿哥说吗?"卡郦担心地问道。城主这才眼神黯淡地说道:"也许我真的错了，是我误会了你。"

泰文世没想到城主改变了对他的看法，但随即释然了。

城主突然从他手中拿过魔杖，细细地打量着，眼神间夹杂着复杂的表情。

卡郦不知何事导致了父亲的转变，但总算解除了误会，也不禁哑然失笑。

"这根魔杖，你从何处得来?"城主问。

泰文世道:"一位偶遇的朋友赠送的。"

"送给你的?"城主似乎不信，但脸上很快又更添了几分笑容。

"父亲，魔杖有什么问题吗?"卡郦忍不住插话道。

城主笑道:"卡郦，现在你不用担心我会把你的泰阿哥怎么样了。你先出去，我和他有些话要说。"

卡郦疑惑地看着他俩，极不情愿地离开了屋子。

"卡郦真是个善良的姑娘。"泰文世真心赞叹道。城主笑道:"卡郦母亲去世得早，她从小跟着我长大，就没让我省过心。"

泰文世回头望了一眼窗外："城主，我们绕了个大圈，现在终于回到正题了。"

城主无奈地说："只有通过这种办法才能消除我心头的疑虑，毕竟事情太复杂，牵扯的厉害关系太大了。"

泰文世明白，也许是自己太大意了，于是问道："您现在可以告诉我事情的真相了吗？"

城主听了他的话，脸色变得沉重起来，但一开始没有直接回答泰文世的问题，而是问道："他还好吗？"

泰文世愣了一下，反问道："您问的是……"

"魔杖的主人。"

泰文世直言道："当然。"

城主于是把魔杖还回给泰文世，然后望着尖尖的屋顶，像一根刺插在他心里，几乎让他透不过气。

"您现在应该把事实告诉给我，我希望了解其中的真相。"泰文世顺着城主的目光看去。

城主像入了迷，良久没理会他，过了好一会儿才低沉地问道："你真是来自康撒斯城？"

泰文世没有否认。

"可以告诉我关于那边的情况吗？"

"您想知道什么呢？"泰文世不知该如何回答这个问题。

城主咬牙切齿地吐出几个字："它的主人！"

泰文世从他脸上看到一丝残酷的表情，更加不知该以怎样的方式来回答这个问题了。

城主面无表情地闭上了眼睛。

泰文世还在纠结答案，城主突然大声吼道："他是个魔鬼，我要杀了他，我要杀了他……"他的声音越来越高，越来越快，眼睛都鼓了起来。

泰文世被他的声音怔住了，不知城主为什么会发这么大的火？为什么一提起康撒斯城的主人，面前的人就失去了理智？

"他是个魔鬼，我一定要让他偿命，一定……"城主脸上乌云密布。

泰文世站在一边，不知道自己该说什么才好，但他确信这二人之间一定有过节，甚至是深仇大恨。他正打算开口，城主却又问道："你告诉我，康撒斯城现在到底怎么样了？"

泰文世摇了摇头，说道："我出来很久了，也不清楚那边的情况……"

他话音未落，城主挥手打断了他："不要再说无关紧要的事情，我很累，不想再听。你去找卡郦吧，等有时间了，我再找你。"

泰文世心里的疑团比先前更大，他猜想这个真相一定非常残酷。

当他走出门的时候，天色变得有点阴沉，他的心情有也些压抑，一抬头看见卡郦蹲在前面不远处，于是走了过去。

他脚步很轻，卡郦毫无知觉，依然安静地在地上比画着，好像在画一幅画，但又像在胡乱涂抹。

"卡郦……"泰文世站了许久才低声叫她的名字。

卡郦微微顿了顿，但没有起身，仍然保持着先前的姿态。

泰文世看着她的背影，看着她的眼睛，发现她的眼睛扑闪扑闪的，像清泉一样的晶莹。

"卡郦，你怎么了?"泰文世感觉她的心情似乎不怎么愉悦。

卡郦对他笑了一下，而后起身拍了拍手，眼神瞬间又变得灿烂多了，说："泰阿哥，如果有空的话，我想带你去个地方。"

泰文世迟疑了一下，顺从了她的意思。

他还没有来得及好好打量过这个地方，此时走在路上，看见周围的人都在打量他，他脸上洋溢着灿烂的笑容，极力表现出友好的态度。

在街道两边，小摊上摆满了琳琅满目的小饰品，就像他在康撒斯城曾经和艾丽娅一起光顾过的小摊。他望着那些小饰品，不由得又想起了艾丽娅，以及另外一些在他生命中擦肩而过的人。

他想入非非，眼前突然变得迷茫，看什么都好像很模糊。

"泰阿哥，你有心事吗?"卡郦的声音打破了他的思绪。

泰文世收回眼神，无言地摇了摇头，他能告诉卡郦这些事情吗? 也许，她总有一天会明白的，不过并非现在。

所以，他选择了沉默，把这段愁绪深深地埋在了心底。

"卡郦，你在看什么呢?"他转移了话题。

"泰阿哥，你看那里，好漂亮哦。"卡郦惊叹着跑到摊位前。

泰文世的眼神突然落到了一个熟悉的饰品上，再也移不开了。他记忆中浮现出了埋藏在心底许久的往事，这个小饰品不是跟自己当初送给艾丽娅的那个一模一样吗?

他的眼神停留在这个小饰品上，久久没有挪开。

在这里闲待了一些日子，似乎什么都变得平淡无奇，闲得无聊的时候，除了和卡郦一起无所事事外，每到晚上夜深人静的时候，就会思念过去的时光，回到曾经的时光里。

那天早上，泰文世还在梦里，突然被卡郦叫醒，说城主要见他。

"我考虑了很久，还是决定把真实的情况告诉你。"城主的表情很严峻，泰文世不明就里地看着他，既想知道真相，心里却又隐隐有一丝担忧。

城主面无表情地说:"在此之前，我要先问你几个问题。"

泰文世点了点头。

城主好像还在犹豫，又迟疑了一下才道:"我知道你一定知道康撒斯城的一些情况，但你得先向我保证，我们今天的谈话，一定不能让第三个人知道。"

"放心吧城主，绝对守口如瓶。"泰文世知道该怎样保守秘密。

"我希望你了解事情的真相后，可以帮我。"城主在说这话时满怀心事，又转过身，背对着泰文世沉重地叹了口气，"其实，这两座康撒斯城之间隐藏着一个重大的秘密。"

他刚一开口，泰文世的好奇心就被打开了。

"你来自的那个康撒斯城，它的主人是个魔鬼，那里的主人，原本应该是我。"城主的话让泰文世的心脏差点从身体里跳出来。

城主又长叹道："我们现在所在的康撒斯城的居民，其实都是多年前从那里迁移过来的。"

泰文世越发想不明白了，心乱如麻。

"那个魔鬼，他杀了很多康撒斯城的居民，他是康撒斯城的敌人，根本没资格做康撒斯城的主人。我本来是要拿回这一切，替那些死去的人报仇的，但是，我……我斗不过他啊。"城主的声音越来越激动了，眼睛里闪烁着巨大的愤怒，布满了血丝。

泰文世渐渐明白了真相，反而冷静了许多。他记忆中的那个人，一直以面具示人，是那么的冷漠，虽然他从来没有见到过这人的真面目，但现在可以想象得出那该是多么邪恶的一张脸啊。

但他又糊涂了，既然那个假冒的主人如此恶毒，为何还要传给他魔法？他想尽快弄清事情的真相，于是问道："这一切都是缘于什么呢?"

城主仰望着天空的方向:"这里的一切都是仿照那座城市而建造的,你看看,这里,还有那里……"

泰文世也终于明白为何两座城市如此的相像了。

"那人到底是何身份?"

城主眼里闪着寒光,咬牙切齿地骂道:"他其实是一条恶龙!"

"恶龙?"泰文世头皮发麻,想起自己此前除掉的龙兽。

城主望着他的眼睛:"你……害怕了吗?"

"不不不。"泰文世极力否认,"只是、只是感觉太过意外。"

"事实就是这样,它是龙兽家族的成员……"

"它还有两个兄弟,但是它们已经反目成仇了。"泰文世脱口而出。

"你、你怎会知道?"城主也因为他的话而大吃一惊。

泰文世浑身无力,此刻才明白,原来主人传给自己能量,就是想借自己的手去杀了它的弟兄。

"啊,艾丽娅、艾丽娅,她……"他突然想起了艾丽娅,顿时脸色大变,"她,她会有危险吗?"

"艾丽娅是谁?"城主问。

"她是我的一个朋友,现在还在那座城市里。"泰文世有气无力。接下来,他慢慢道出了自己在那座城市里所经历的一切。

城主说道："既然如此，你应该不用太担心，我想她暂时是不会有危险的。"

泰文世仔细一想也对，那恶龙很可能以为他已经死了，所以不会对其他人动手。他这样想着，才松了口气。

"所以我想请你帮忙铲除恶龙，替康撒斯城所有被它杀戮的百姓报仇。"城主恳求道。

对泰文世来说，现在要杀恶龙根本不是什么难事，但他还有一些疑问，既然城主认识自己的师父，为何不叫师父去帮他报仇？

城主微微闭上眼睛，像是在思考什么，许久之后才抬起头说："我曾经试图请求青衣老道出手相帮，但老人家自从退隐江湖之后……"他停顿了一下，"你应该听说过关于他老人家与丐王的一场生死赌局吧。"

泰文世自然知道，而且他现在的能量，有一半是丐王所传。

"自从那次的赌局之后，师父他老人家就隐退大雁山，从此不问世事。"城主的语气时快时慢，泰文世听到个熟悉的名字，脱口而出："大雁山？师父他老人家居住的地方叫大雁山？"

城主点了点头，不解地看着他，不知他为何会如此惊讶。

泰文世真正感到自己掉进了一个旋涡之中，如果城主说得没错，那大雁山就是埋藏宝藏的地方。

"难道有什么不对的地方吗?"城主见他神色恍然,好像有什么话要说,但又咽了回去。

泰文世本想把这一切都告诉对方的,但又一想,事情还没有真正弄明白之前,就不要再节外生枝了,所以把宝藏的事情隐瞒了下来。

"城主,我斗胆问一句,您知道从这里通往外面的路吗?"泰文世借着这个问题转移了话题。

"路本来是有的,但过了这么多年,也荒芜了,不知道还能不能记起。"

泰文世又继续追问道:"那您知道该怎样到达师父他老人家那里吗?"

城主想都没想便给出了否定的答案,因为他也从未去过大雁山。

"'万圣之尊'是师父的尊称吗?"城主又问。

"是的。"

"老人家既然把你送到这里,就一定会有办法接你回去,只不过现在还不是时候。"

泰文世赞同城主的话,但他现在好像等不及师父来接他了,心早已飞回到了另一座康撒斯城。

城主刚出去不久,卡郦就进来了,还没开门,就听见了她的声音:"泰阿哥,你和父亲把事情谈妥了吗?"

泰文世望着她,眨了眨眼。

　　卡郦立即欢呼起来："太好了，泰阿哥，现在你和父亲之间再也不会有矛盾了，我也可以天天和你在一起了。"

　　泰文世对面前这个女孩，心情却是如此矛盾。

　　"卡郦，你父亲能解除对我的误会，最应该感谢的人是你。"泰文世一本正经之后，又以开玩笑的语气说，"但如果你可以带我出去，感谢的话我可能一辈子也说不完。"

　　卡郦听了这话，却站在原地不动了。

　　泰文世莫名诧异，不知道又哪里得罪了她，问道："我说错什么了吗?"

　　卡郦的眼睛突然就红了，好像要哭出来。

　　泰文世不知所措，他最害怕的事情之一，便是看到女孩在自己面前哭。

　　"泰阿哥，你是不是要走，是不是要离开这里呀?"卡郦眼睛里滚出了硕大的泪珠，泰文世立即就笑了起来，赶紧安慰她："我不走，我能走得了吗? 我都迷路了啊。"

　　卡郦抹着眼泪："你骗我，你一定会离开这儿的……"

　　泰文世还能够说什么? 在这个纯洁如水的女孩面前，他怕一不小心真的伤害了她，于是编了个善意的谎言："卡郦，我答应你，如果我走的时候，一定把你带上，好不好?"

　　卡郦猝不及防地抱住了他的脖子，一脸幸福地笑。

　　"卡郦姐、卡郦姐……"正在这时候，门外传来一个急躁的声音，"卡郦姐，不好了，麦雅家里出事了。"

　　卡郦不由分说便出了门。

　　泰文世觉得奇怪，不放心几个女孩，于是也跟了上去，好像走了很长一段路程，前方才出现一座小木屋，孤零零地立在空地上。

　　泰文世打量着这个地方，似乎一切都显得太过平静，根本不像是出了事的样子。

　　这时候，一个女孩眼泪巴巴地跑了出来。

　　泰文世认得她，他先前刚刚到达这里的时候见过这个女孩。

　　"卡郦姐……"麦雅哭着把卡郦紧紧抱住了。

　　"别哭了，快告诉我发生了什么事?"卡郦镇定自若的样子，在泰文世看来，跟之前的她相比，感觉好像变成了另外一个人。

　　当他们进入房子后，立即就被眼前的情景惊呆了，地面上有一条长长的血迹，像被刚刚扫过似的，一直延伸到了很远的地方。

　　"麦雅，到底发生什么事了?"卡郦眼神复杂。

　　麦雅说不出话来，只是不停地哭泣，面如死灰。

　　她一定被什么事情吓傻了!

　　泰文世顺着血迹走了一段距离，血迹却很快消失了。

　　"麦雅，你冷静一些，告诉姐姐发生什么事了，我们才好帮你啊。"卡郦松开麦雅，两眼盯着那条血迹，试图让她开口。

"怪兽、怪兽……"麦雅好像看见了无比惊恐的事，猛地推开卡郦往外面跑去，却被泰文世拦下。

卡郦听见"怪兽"二字，眼神突然也定住了，望着血迹，猛然想起了什么。

麦雅站在泰文世面前，又放声大哭起来。

卡郦恢复了意识，抓住麦雅的手问："你姐姐呢，你姐姐呢？"

"姐姐、姐姐……"麦雅失魂落魄的样子，像是疯了一般，"怪兽、怪兽……"

卡郦想着可能已经发生的事，不禁全身酥软。

泰文世望了卡郦一眼，然后又转向麦雅。

麦雅眼里闪着惊恐的光，嘴唇都咬出了血丝，无力地说："泰阿哥，这里已经好久没有发生过这样的事情了，麦雅她……"

麦雅终于冷静下来，一五一十地道出了事情的真相。原来，一只长相丑陋的怪兽，昨天晚上把她姐姐带走了，不过直到今天早上，她来叫姐姐起床时才发现。

过了一会儿，城主也赶了过来。

全城的人很快都知道了这件事，一时间闹得沸沸扬扬，谈兽色变。

城主在大致了解情况后，长叹了一声："也许真是怪兽所为，那么今天晚上，它可能还会来。麦雅，你晚上过去和卡郦住一晚吧。"

泰文世听了主人的话，说道："城主，麦雅今天晚上不需要离开这里，我留下来陪她就是，等那怪兽再来，我一定杀了它。"

城主沉吟了一下，也便点头应允了，但是补充道："现在还不知道对方的底细，你也不能轻举妄动，一定要看清楚了再出手，必须一击即中，千万不能再放它归山。"

泰文世接受了城主的忠告。

卡郦又在一边说道："我也留下来陪泰哥哥。"

"你……不行。你别留在这里，到时候让他分心。"城主拒绝了女儿。

"不，父亲，我就要，我不会让泰阿哥分心的。"卡郦坚持着，紧紧抱住了泰文世的胳膊。

"胡闹!"城主骂道。

"城主，就让她留下来吧，不会出什么事情的。"泰文世感受到了卡郦的真诚。

"一定要保护好她们。"城主叮嘱他之后便离开了，泰文世开始在房子里摸索，想找到一些关于怪兽的线索。

卡郦小声安慰麦雅，让她不要太过担心，还说泰文世是她见过的最厉害的人。

已经过了大半夜，泰文世毫无睡意。他躺在长椅上假寐，卡郦和麦雅早就进入了梦乡，黑暗中传来她们微弱的鼻息。

泰文世天马行空地胡思乱想着，一会儿是自己的世界，一会儿又进入了另外一个梦幻般的光怪陆离的世界。

他回忆起第一次遇到艾丽娅的情景，而后又想起曾经被他打下飞机的那个人，以及他随身携带的黑色皮包。

那一团褐色的血液，像波浪一样在他眼前慢慢泛开，突然从血液中滚出一颗还在跳动的心脏。

他惊恐地瞪大了眼睛，躬下身去将心脏捧在手心，可心脏突然破裂，从裂口处蹦出一个奇形怪状的人头……

泰文世被噩梦惊醒，大口喘息着，摸着还在剧烈跳动的心脏，无力地闭上了眼睛。

"吱……吱……"他刚刚觉得清醒的时候，一个细小的声音好像从头顶传来。他抬头望着屋顶，那个声音又好像瞬间转移了地方，来到了他背后。

一股沉重的呼吸，好像近在耳边。泰文世心里一紧，估摸着怪兽来了。他猛然回身，情急之下一掌打了出去，随即便传来一声咆哮。

泰文世迅速回头，以为怪兽已经被他伤到，但他还没有站稳脚跟，卡郦又惊叫了起来。他知道不妙，下意识地闪到了一边，同时将卡郦和麦雅带离了原地。

在他们刚刚离开的地方，熊熊烈火燃烧起来。借着火光，泰文世才看清楚，在他面前的墙壁上，趴着一只样子极其难看的怪物，体形虽然不是很大，但眼睛里闪着残忍的光，身体一抖一抖的。

"哪里来的怪物?"泰文世怒喝一声,然后把二人往身后拉了拉,试图护住她们。

"呜——"怪兽左右转动脑袋,一动不动地盯着泰文世。

泰文世心下一紧,似踩在水面一样,然后飘了起来,向怪兽杀了过去。

怪兽等泰文世快要靠近的时候,又喷出了一股火焰。

泰文世一声冷笑,身形轻轻一晃便躲了过去,径直出现在怪兽身边。怪兽突然又从墙壁上跃了下来,然后向着在暗处的卡郦和麦雅扑了过去。

"可恶!"泰文世发觉怪兽阴谋的时候,顿时怒火中烧,但他的速度明显要比怪兽快得多,抢先阻挡了怪兽的去路。

怪兽的阴谋没有得逞,一掌拍下,只见火光一闪,立即又燃起一团烈火。

"太可恶了,今日不除了你,以后绝对会危害众生。"泰文世见那家伙如此可恶,而且功力不浅,一时之间便起了杀心。

怪兽趴在地上,两眼闪着阴光,爪子在地上使劲地刨着,好像要准备发起新的攻击。

"受死吧!"泰文世杀心一起,便再也无法收回,眼前的怪兽让他心生非杀不可的念头。他腾空而起,一招"乾坤挪移",身体急速旋转起来。

怪兽不见泰文世,突然左突右闪,想要冲出去,但眼前一片幻影，什么也看不清楚了。

泰文世见时机已到，猛然转身骑在怪兽身上，然后抡起拳头砸了下去。

但怪兽并没就范，而是纵身跃起，将泰文世高高地掀翻，然后向屋顶跃了起来。

泰文世落地之前，一把抓住了横梁。

怪兽冲破屋顶，打算逃之夭夭。

泰文世没想到这家伙不仅凶残，而且是如此的狡猾。他想都没想，便飞身上屋追了过去。

"哪里跑?"泰文世大叫一声，很快便看见了怪兽的身影。

在黑暗的森林上空，泰文世牢牢地盯着怪兽，却突然感觉怪兽的速度好像比先前要快得多，即使他已经用了最快的速度，但还是被甩出了老远。

突然，泰文世面前出现一片耀眼的火光，他只得迅速收身，恍然间才明白自己是被怪兽引来此地的。

消失了片刻的怪兽突然出现在不远处的台阶上，一动不动地望了他片刻，然后慢慢直立起来，幻化出一个人形。

"欢迎你的到来。"那是一个满脸白净的年轻人，他现在的样子，显得友好极了。

泰文世却更加警觉，他感觉眼前的一切都是假象，而自己此刻已经站在旋涡之中。

"哈哈……你终于来了，终于来了，老夫已经等你很久了。"突然，一个苍老的声音不知从何处传了过来，但泰文世只闻其语未见其人。

泰文世没想到此地除了那个白净的年轻人，居然还有另外的高人。但他并不慌张，只是想尽快找到声音的来源，确定对方的身份。

"年轻人，既然已经来了，为何不进来聊聊?"那个声音再次传来。泰文世厉声问道："不知道是鼠辈还是前辈，躲在暗处不敢出来见人算什么本事。"

没想到对方却大笑道："既然来了，总会见面的。把客人带进去吧。"

泰文世冷笑道："你以为我会上你的当?"他随即亮出手掌，准备向对面的年轻人发出攻击。

"大胆……"只听见一声怒喝，泰文世便感觉到手臂麻了一下，随即便无力地垂下了。他惊恐地抬头四望，此刻才知道自己面对的不是等闲之辈，感觉此次凶多吉少。

泰文世却不轻易就范，就算死也要死个明白，于是大叫道："阁下既然如此厉害，为何不现身一见? 既然把我引来这里，又何必躲躲藏藏?"

"年轻人，心浮气躁!"那个声音刚刚消失，站在台阶上的年轻人不知什么时候就到了眼前。

泰文世一惊，忙后退几步，怒目而视："不要再上前了，我会出手的。"

但对方好像并未听见他说什么，反而再一次向他逼了过来。

泰文世把心一横，双手在胸前穿插成一个十字，而后猛然积聚全力，向着对方推了出去，一股巨大的气流顿时在面前形成了旋涡。

对方好像并不知道这一掌的力量，依然静立不动，等到那股气流到了眼前，却又只是轻轻挥了挥手，气流便被化解了开去。

泰文世大为震惊，没想到对方居然如此轻易化解了他这一掌，看来自己此前太小看他了。

年轻人冷冷地注视着他，脸上没有任何表情。

"你的掌法太过霸道，最完美的掌法并不是要竭尽全力，而是刚中带柔，柔中带刚。"那个苍老的声音又在耳边响起。

泰文世听了这话，轻蔑地回道："少婆婆妈妈的，有本事出来跟我打。"

"跟我打，你还没资格。等你有资格的时候，自然会见到老夫。"对方迟迟没有动静，功夫之最高境界，便是要做到法之最高、心之最静，要想成为真正的高手，并非拥有了一身上乘功夫即可。"

"既然不敢出来相见，废话就不多说了，告辞。"泰文世转身欲走。那个声音却又说："我能看出你身上带有上等的能量，但你还没有用好，还没有掌握真正的精华。年轻人心高气傲，心浮气躁，你没感觉自己现在很失败吗?"

泰文世大喝一声，打算对白面书生出手，却不见了人影。

"年轻人，你太让人失望了，如果老夫此刻想要杀你，你根本就没机会开口……"

那苍老的叹息声，像一把尖刀刺在泰文世心里。他突然颤抖起来，痛苦地闭上眼睛，双膝一软，又跪在了地上。

"起来吧，男儿膝下有黄金，不是什么人都能跪的。"那个声音充满了愤怒。

泰文世感觉越来越不对劲，起身看着离自己几丈开外的年轻人，缓缓说道:"告诉我，你们究竟是什么人，为什么要把我引来这里，为什么?"

对方却完全不理会他，仍旧像个木头一样地望着他，眼珠也不转一下。

"年轻人，既然你站了起来，说明你心里还充满希望。接下来听我所言，举起你的拳头，朝你面前的年轻人打过去，赶紧打过去，狠狠地打过去，不要再等了……"那个苍老的声音越来越急促，像追命似的。

泰文世心里憋了一口闷气，不明白这究竟是怎么回事，但他已经不想再听下去，随即飞身而起，向着年轻人凌空劈下。不过，他的身形还未到达对方近前，年轻人却像幽灵般闪躲了开去。

泰文世见对方如此轻易就躲过了自己这一掌，便气不打一处来，身形还没落地，又一掌打了过去。

这一掌，凝聚了他十二分的怨气，如果被击中，肯定会粉身碎骨。但是，年轻人却像只轻飘飘的蝴蝶，再一次轻而易举就闪了过去。他那一掌打在地上，顿时炸开了一个坑。

泰文世被激怒，甚至起了杀气，连续使出几招撒手锏，但仍没伤到对手丝毫。

"卡罗之神——"他在空中一声怒吼，便见一道剧烈的光将他笼罩了起来，然后他又暗中运行起"乾坤挪移"身法，一道刺眼的圆形光柱拔地而起，直冲青天。

他相信自己这一掌定然会将对方击倒，所以决定孤注一掷。

一声巨响，脚下的土地剧烈颤抖。

他听见身后传来一声轻微的响动，以为对方倒了下去。所以，他没有立马回头，想让心里的气流暂且平息一些。

周围的世界陷入一片寂静。

"没有人可以躲过我这一掌！"他狂笑起来，但这声狂笑声中，却隐藏了一丝难以名状的悲哀。

"年轻人，你太自负了，回头去看看吧！"

泰文世以为自己听错，但立即意识到自己犯了个错误。他没有勇气回头，额头上渗出了一层细密的冷汗。

但他终究还是回了头，当看到白面书生安然无恙地站在面前时，他麻木了，一时间竟然忘了自己此时身在何处。

"年轻人，你刚刚使出的招式，每一招都足以取人性命，但因你太急于求成，太过沉浸于想要杀死对方的欲望中，所以你输了。对方抓住了你的弱点，轻松地躲了过去，而且还欺骗了你的眼睛，如果这个时候他想杀你，你已经犯了致命的错误！"那个苍老的声音充满了惋惜，如同来自深壑。

泰文世双膝发软，差点站立不稳，他想起刚才的告诫，这才努力支撑着没有倒下。

他知道自己这一次已经输了，而且输得一塌糊涂。

第十六章　血染旧城

"这难道是我最后一眼看这个世界了吗？这个处处充满血腥与暗黑的世界，我如何才能够真正明白你……"泰文世抬起迷离的双眼，心生无限感慨。

他转过身，朝着很远很远的地方张望。他在看自己的来路，多希望能够重新回到属于自己的世界。然而，这一切好像已经变得不可能了。

我还能回去吗？

泰文世眼前一黑，而后什么都看不见了，所有的风景都消散在了无垠的视线之外。

他沉沉地闭上眼睛，感觉自己的身体在沉沦，最后渐渐失去了知觉，什么都看不见了，什么都没有了……

他伴随着这种感觉，失去了所有的记忆，而后好像来到了另外一个世界。那是一个看不清楚天空的地方，到处都是废墟，只有无尽的黑暗闯入了他的视野……

片刻之后，一阵奇怪的声音传进了耳朵，他迷迷糊糊地睁开眼睛，却又被一股强烈的光线刺得生疼，不得不重新闭上。

但是，他终于从这束光线中得到了启示，自己还有知觉，还能够真实地感觉到肉身的存在，所以自己并没有死去，至少肉体还活着。

但我此刻身在何处？

他紧闭着双眼，脑子里满是梦魇般的感觉。

"啊——"不知道是什么刺激了他的神经，他厉声叫了起来。不过，他隐隐约约看见一个模糊的身影在眼前晃动着，刚好挡住了那一丝闯入眼里的光线，让他得以睁开眼睛。

当他想要挣扎的时候，却轻易站了起来。这一次，没有任何东西束缚他的身体。

在他眼前，虽然还是一片朦胧，但这片朦胧已经不足以阻挡他的视线，因为他清晰地看清了眼前的一切：灰色的墙壁，空阔的厅堂，敞开的窗户……

"你为什么不杀了我？杀了我，我就可以回去了，回到自己的世界，见到日思夜想的他们……"泰文世的舌头还能动，所以他还能够说话。

他在心里问自己，我为什么要死呢？我还有很多事没来得及去做，所以我还不能死，我必须活着，而且要好好地活下去。

站在对面的人转过身，对视着他的眼睛，但似乎根本没理会他在说什么。

此时，泰文世只想宣泄，把内心里的不平全部抛出去，也许只有这样他才会快乐。

那是一张白皙的脸，一双有神的眼睛，一身素白的装扮……他终于看清了，那简直就像是个没有任何瑕疵的男子。

"你昏迷了整个晚上。"对方的声音缓慢优柔。

泰文世揉了揉有些疲倦的眼睛，才更加清楚地看清了面前的人。对方脸上除了白皙之外，几乎没有任何表情。

泰文世想着那只模样丑陋的怪兽，究竟与眼前这人有着什么样的关联呢？

"我为什么会在这里？"

"你为什么会在这里？"男子突然不露声色地笑了，"你自己都不知道为什么会在这里，别人又怎么会知道呢？"

泰文世想想也有道理，对方的话语很有哲理，但他不想去这样认为，只是愣了一秒钟，然后就笑了起来，笑里藏着一丝伤感和无奈："好吧，既然我自己也不知道为什么会来到这里，那我现在就离开。"

他认为对方会拦住他，会让他停住脚步，但没有，对方没有一句话表达他自己理解的意思。

但是，当他走到门边的时候，却还是不由自主地停下了脚步，因为他想起一个人，突然之间也记起了自己到这里来的目的。而后，他转身回到了先前所站的位置，说："我不能走，我们之间的事情还没有结束。"

"我知道事情还没有结束，所以我也知道你暂时不会离开。"他的声音听上去如此轻松，却令泰文世窒息。

"我不知道你是谁，也不知道你为什么要用心良苦地把我引到这个地方来，但是有一件事你必须得回答我。"他不管对方是否愿意听他说话，喘了口气，"如果是你抓走并杀害了康撒斯城的那个女孩，你必须得为此付出代价。"

男子的眼神平静如水，却不吱声。

"你为什么不说话？"泰文世突然感觉轻松多了，已经不再害怕什么，"我知道自己技不如你，但你必须给我一个交代，那个女孩的血是不会白流的。"

男子突然冷酷地大笑起来。

泰文世盯着他的眼睛，暗自思忖，不管你笑得多么夸张，那只不过是你内心的恐惧罢了，你尽管笑吧，笑得越开心越好，待会儿我一定会让你血债血偿。

但是，当对方止住笑声的时候，泰文世的脸色却突然大变，瞳孔瞬间放大了数倍，顿时失去了一切思绪。

他看见一个女孩，女孩站在门口，清澈的眼睛里含着细腻的微笑，看不出来一丝痛苦。

泰文世呆立在那里，脑子里的空白地带，此刻已经完全被眼前的画面占据。

这到底是怎么回事？她不是死了吗？

泰文世感到恐慌，莫名的恐慌。

然而，那个女孩朝他走了过来，还一直冲他笑着，脸上的笑容显得如此纯粹。

泰文世想像不出那是怎样的一种笑容，抑或是伪装的笑容，或许表皮之下藏着邪恶。但他突然听见女孩开口说话，清楚地叫他："泰阿哥，你终于来了，我们已经等你很久了。"

泰文世的脸色在一瞬间连续变化了数次，最后变成了苍白色。

"疯了，你们都疯了……"泰文世的心脏一阵绞痛，突然失声狂叫，"你们为什么要这么折磨我，你们不是想要我的命吗？我就在这里，拿去吧，快拿去吧。"

他竭尽全力的咆哮，声音沙哑。

女孩走近他身边，然后伸过手想拉他的胳膊，但他却惊恐地摆脱了对方。

"泰阿哥，你怎么了，我是麦雅的姐姐啊，我们见过面的，你难道忘记了吗？"女孩的声音很平静，泰文世却像是在梦里，紧紧地抱住了自己的脑袋。

"年轻人，你为什么会变成现在的样子？难道一个小小的挫折就征服你了吗？"他又听见了那个苍老的声音，就像是沸腾的水劈头盖脸地淋下来，终于让他醒悟。

"原来是你？"他似乎终于认出了对方。

"为什么不是我?"对方的声音变成了另外的语调,"是你自己太沉迷杀戮,一心想要杀死我,所以才无法看清我,你已经在血腥的杀戮面前忘记了自己究竟是谁。"

泰文世似乎没听清楚对方在说什么,因为他回头的时候再次看见了那个女孩。

"泰阿哥……"她轻声叫泰文世,泰文世却低沉地说道:"你跟他们是一伙的,你骗了我。"

女孩垂下头,眼神变得无比灰暗。

"这一切已经结束了,你不是想知道事情的真相吗?我现在就可以告诉你。"白面书生摇身一变,现出了另外一副面孔,

泰文世努力想让自己平静下来,一时间却很难做到,呼吸也变得越来越困难。

"现在,你该明白事情的真相了吧。"对方的声音依然是那么的苍老,泰文世的心在颤抖,而后终于喊出了这个声音,这个他憋在心底里很久的声音:"师父……"

对方的胡子在微微抖动着,眼睛里闪烁着若有若无的笑容。

泰文世认清那张脸时,跪倒在地,失声痛哭。

"我的徒儿,不应如此软弱。"

"师父,您老人家骂我、打我吧。我没用,丢了您老人家的脸面啊!"泰文世懊悔着,为自己先前的表现感到羞耻,"我辜负了您老人家的教诲,我就不配叫您师父。"

老者赫然幻化成青衣老道，他躬身扶起泰文世："这一切不只是你一个人的错误，是师父没有教会你，师父也有错。"

"师父，您老人家还是骂我几句吧，我太令您失望了，我、我……"

青衣老道笑了："徒儿啊，你知道师父的苦心就好了。你现在不应该再哭，师父把你送到这里来的目的你应该清楚，师父想训导你的不仅仅是你的功力，更重要的是，你应该懂得人身上所应该具有的品能。男人，不应该常常哭泣和下跪的……"

泰文世停止了哭泣，眼睛燃起熊熊烈火，那道火焰顺着眼神，一步步燃烧，最后烧到了很远很远的天空。

"师父，徒儿知道错了……"泰文世站了起来，眼睛里含着虔诚的光亮。

此时，青衣老道的面孔，好像完全变成了另外一副模样。

"世事如云烟，只是我们每个人都在尘世间活得太久了，对这一切都感到有些厌倦了。"青衣老道说这话的时候，神情显得有些疲倦，眼神间显露出来的是一丝伤感，"徒儿，记住为师今日的教诲吧。"

"师父，徒儿太让您不省心了，您惩罚我吧……"泰文世依然无法原谅自己。

青衣老道长叹道："你有什么错，师父为什么要惩罚你？你所表现出来的，只不过是心魔在折磨你罢了。好了，别再多想了，往事如烟，一切都已经过去了。"

　　泰文世当即暗暗发誓，一定不会再像从前那样冲动和自责，他要成长，要用自己的行动来回报师父。

　　"师父，我以前活得太冷淡了，本以为可以一辈子都如此洒脱的，却没想到自己现在却变成了木偶。"

　　"木偶?"青衣老道笑了起来，"你如果是个木偶，那老头子我就是一块石头了，哈哈……好了，什么也不要再说了，你还有很多事情要去做呢。"

　　泰文世重重地点了点头。

　　青衣老道接着说："我相信你经历过这些事情后，应该已经明白了很多事情，现在你可以决定自己的行动了。"

　　"师父，您的意思是?"泰文世不太明白师父的话，难道是师父要放他回去吗?

　　青衣老道向右移了一步，然后指着远处："你可以先回去处理一些还没有完成的事情，等你处理完了即刻回来，一刻也不能再停留了。"

　　泰文世会意，随即向师父作揖："我不会再辜负您。"

　　青衣老道望了他一眼，然后转向麦雅的姐姐："你现在可以跟他回去了。"

　　女孩的年龄看起来比麦雅大不了多少，只是眼睛要比麦雅小。她对老头鞠了一躬，然后随泰文世离开了。

　　透过刺眼的光，泰文世回头看到师父依然站在窗边上，心里涌起一股酸涩的味道，想想昨天晚上的表现，恨不得给自己几耳光。

在他们面前，有一条笔直的路伸到了很远的地方，泰文世心想自己一定可以沿着这条路回到康撒斯城的。

泰文世把人带了回来，麦雅激动得抱住了姐姐。

卡郦看着泰文世，眼睛内心充满感激之情。

泰文世冲她笑了笑，又环顾了所有人一眼："我想，我马上就要和各位告别了。"

"什么？"卡郦以为自己听错了，满脸惊愕。

"是的，卡郦，我马上就要走了。"

卡郦回过头去，脸色变得绯红，她不相信他的话。

泰文世轻声说道："还有很重要的事情，我必须要去处理。你先带我去见城主，我有话要对他说。"

他从背后看见卡郦的肩膀一颤一颤的，走过去想安慰她，却不知该说些什么。他的心情也很难受，难以割舍，却又不得不放下。

他没有回头，他也不能回头，他怕自己会心软，怕又看见卡郦那双让他难过的眼睛。

他见到城主的时候，城主好像在等他，对他的到来没有半点意外。

"城主，我要离开了，今日特来跟您辞行。"

"何时动身？"

"马上。"

主人没有挽留，只是问道："你没有忘记我对你所说的一切吧?"

泰文世道："永远不会忘记。"

城主沉吟了一下，然后看着泰文世的眼睛，似乎有些不舍，又好像还有千言万语。

"下次见面也不知道是什么时候。这些日子，感谢您的热情款待。"泰文世感激地说。

"等等。"城主叫住了他。

泰文世收住脚步，等待着城主开口。

"可不可以再多答应我一件事?"城主的样子突然变得很是憔悴。

"当然，您尽管吩咐便是。"

城主的目光从他脸上移开，好像心底藏着一个很难的决定。

泰文世感受到了城主的难处，于是说："城主，您说吧，在下一定不会推辞。"

"你离开的时候，可不可以……"城主话说一半又打住了。

泰文世越发感觉城主接下来要说的话十分为难。

"希望你可以带着卡郦一起离开。"城主终于说出了想了很久的话。

泰文世惊呆了，他不明白城主为何要做出这个决定，也无法体会城主此刻的心情。

"城主，卡郦是您的女儿，她应该跟您在一起生活……可以告诉我究竟发生什么事了吗？"

"你什么都不要问，但你一定要答应我，离开的时候把卡郦带走，就算我求你。"城主的眼神又变成了哀求。

泰文世陷入两难境地，他并非不想带卡郦走，只是担心前途未卜，他身边已是这样的情况，如果再带上卡郦……

究竟发生了何事才会迫使城主做出如此艰难的决定？但是城主并未告诉他具体原因，也没有告诉他将来会发生什么事情，只是一个劲地求他一定要把卡郦带走。

正在这时候，卡郦突然推门而入，泰文世和城主像约好似的，谁也不再言语。

"父亲，到底发生了什么事情，您为什么一定要赶我走？"她刚才在外面全都听见了，此时泪水已经湿了她的面颊。

城主低垂着头，轻轻叹息起来。

泰文世望着卡郦和城主，脸上全无表情。他也想不明白，这其中究竟隐藏着什么不为人知的秘密？

"父亲，您说话啊。这究竟是为什么，您为什么连自己的亲生女儿也不要了啊！"卡郦哭得天昏地暗。

泰文世有一种肠断心碎的感觉，喉咙里好像卡着一根刺。他本来是想安慰卡郦，却找不到适当的词语，也找不到一个可以说服城主的理由。所以，他只好继续保持沉默。

"卡郦，听我的话，跟他走吧，这里不是久留之地。"城主的声音还是那样沙哑，但听起来，却像在哽咽。

"父亲，您必须告诉我真相，你不说清楚究竟发生了什么事，我是不会离开您，不会离开这里的。"卡郦的态度十分强硬，她是真的太伤心了，为父亲的绝情，也为不知道的理由。

"卡郦，不要再倔强了，马上走，马上离开这里。这是我，是你父亲最后一次跟你这样说话。"城主的声音不容置疑，又回头看着泰文世，"马上，你们马上走，不要再停留了。"

泰文世缓缓说道："您应该把真相都告诉我们，也许我们可以一起挺过去的，即使是遇到什么妖魔鬼怪，我们若斗不过还可以去找师父，他老人家一定会有办法帮我们的。"

卡郦看着泰文世的眼睛，露出了感激之情。

"你们还是走吧，这里没有什么事，也不需要你们留下来帮忙，快走吧。"城主眼神憔悴地望着很远的地方，然后对他们下达了逐客令，然后转身背对着他们。

"父亲……"卡郦已经泣不成声，泰文世知道这一切都没有挽回的余地，只好拉着卡郦往外走去。

卡郦的眼睛里充满了无奈，她哭泣着向城主跪下，然后磕了好几个头。

"卡郦……"城主望着亲生女儿，终于忍不住老泪纵横，颤巍巍地扶起她，痛苦地说道，"卡郦，不要怪父亲心太狠，也不要恨父亲……"

"父亲……"卡郦紧紧地抱着城主号啕大哭。

泰文世望着这一幕，心底涌起一股酸涩的味道，似乎快要冲破喉咙。

"快走吧，快走吧，不要再回头了，走吧……"城主松开卡郦，然后把她推到泰文世身边。

泰文世拉过卡郦往门外走去，卡郦脸上的泪水像河流一样，湿透了每个人的心。

城主闭上眼睛。

泰文世拉着卡郦的手，慢慢走出了房子。

卡郦一步三回头，但城主始终没有再看她一眼。

二人走远后，城主眼里溢满了泪水，目光透过遥远的雾色，渐渐面如死灰。

泰文世带着卡郦一直走了很远，卡郦突然停下来不走了。

"怎么了，卡郦？"泰文世看着卡郦的眼睛问道。

"你知道父亲究竟发生了什么事情吗？他为什么一定要把我赶走，我真的放心不下他。"卡郦伤感地说道，"我想跟你走，但我真的不想就这么丢下父亲不管。你告诉我，父亲是不是有什么危险，康撒斯城是不是遇到了麻烦？"

泰文世不知该如何回答她，他也不知道康撒斯城究竟发生了什么严重的事情，但从主人的样子来看，事情肯定非常麻烦。不过他不想再让卡郦焦急，所以说道："也许城主只是希望你出去走走而已。要不这样吧，我们先去见师父，他老人家应该知道真相，也一定会有办法的。"

天黑之前，泰文世远远地看到房屋，便兴奋得大叫起来："师父，我回来了。"

但是，他突然停下了脚步，因为感觉到了一丝异样。

"小心。"说时迟，那时快，他大叫一声，慌忙推开了卡郦。但依然迟了半秒，当他回头时，只见一只巨大的手向自己拍了过来。

泰文世心里一惊，但随即下意识地挡住了自己的头，只听见一声闷响，面前出现一个巨大的坑。

这个大坑是被脚踩出来的。

卡郦尖叫起来，她感觉到脚下的土地在颤抖。

又是一只奇丑无比的巨兽！

泰文世腾空跃起，然后一招"飞火流星"向着对方打了过去，一片金光四散而开，在巨兽周围炸裂开来。

但是这些光芒没有对巨兽造成任何伤害，反而激怒了它，巨大的身体居然在空中跃了起来，像一座巍峨的大山。

泰文世惊奇地望着巨兽的身体，然后看见卡郦已经退到了很远的地方，这才双手一合，口中念念有词。

"起——"在巨兽刚要接近他的时候，他突然一飞冲天，然后又大叫一声，"破——"双手似利剑似的，带着疾风向巨兽劈了下去。

"呜——"巨兽狂怒。

泰文世没有给它任何喘气的机会，纵身一跃，人已骑到巨兽身上，但当他再次举起手掌时，却被抓住了。

"师父?"他疑惑地叫了起来，然后想要从巨兽身上下来，但被按住。青衣老道口中大声念道："降妖除魔，霸道横行，双掌擎天，气吞昆仑。"

青衣老道把泰文世的双掌立在胸前，猛地往下一按，泰文世感觉心底有一股气流在迅速向上涌动，随即像是要喷射出来似的，不禁难受得大叫起来："师父，我好难受，好难受啊!"

但青衣老道并不理会他，做完这一套连贯的动作后，又继续大声念道："气出丹心，万物俱焚，合力之下，雷霆万钧。"

泰文世被师父控制在双掌之间，像被粘住了似的。这时候，青衣老道又将双掌按在泰文世后背上，然后随着口诀猛力推了出去。

泰文世顿时感觉心底好似被烈火焚烧，一股列焰从头顶破门而出。他咬着牙关，顺着师父的手势摇晃着身体，最后居然在空中倒立了起来。

"师父，您快放我下来。"他胃里在翻江倒海，差点呕吐。

"哼，想下来，为时太早，我的活儿还没完呢。"青衣老道一根手指在泰文世胸口上用劲一戳，大声念道："指间劲力，胸前运气，连环出击，身形顿起。"

泰文世头昏脑胀，还在忍受着气流的冲击，突然有种快要窒息的感觉，将他的胸腔都塞满了。

"起——"青衣老道大喝一声，把泰文世高高地抛了起来，泰文世在空中翻了几个跟头，才落回到地上。

青衣老道也飞了起来，然后从天而降，双掌顶着泰文世的脑门，一股热气从上而下慢慢蒸腾。

就在此时，巨兽突然又袭击过来。

泰文世大惊，动又动不了，躲也躲不过，眼看着巨兽已逼近眼前。

"看招。"青衣老道身形顿起，腾空离去。

泰文世只觉得自己浑身上下充满了无穷的力量，还没有反应过来，便一掌击了过去。

巨兽受到重击，一连后退了好几丈。

"心意由神，泣不成声，鬼哭狼嚎，神明至尊。"青衣老道的声音又在头顶传来，泰文世还没有来得及收掌，便被师父用手掌抵住了。

"集中精力……"青衣老道大喝一声，泰文世顿时像被注入了一股巨大无比的能量，他张大眼睛望着不远处正瞪着自己的巨兽，体内热血沸腾。

"降魔神掌，太极之上，厘厘众生，还我乾坤。"

泰文世用自己的身体在地上画着圆弧，脚法犀利，像一个旋转的陀螺，搅起万丈尘埃，紧接着便看见快如闪电的圆球，带着一股巨大的火焰向着巨兽滚了过去。

一声响动过后，一切又都恢复了平静。

泰文世呆立在原地，还在发愣的时候，巨兽訇然倒地。

"哦，泰阿哥，你赢了。"卡郦欢呼起来。

泰文世听见欢呼声，方才醒来。

而后，他抬起双手，怔怔地望着手掌间还未散尽的热气，好像不相信刚刚所发生的一切。

"你成功了。"青衣老道走到他身边，望着倒地的巨兽说道，泰文世却毫无知觉，好像压根儿没听见师父的话。

"泰阿哥，你赢了，你打败了那只怪兽。"卡郦抓着他的胳膊不停地摇晃。

泰文世缓缓转过头，看见了师父那双虽然浑浊但依旧神采奕奕的眼睛。

青衣老道见他脸色如此怪异，不禁大笑道："傻徒儿，这是师父传授给你的最后一门绝世功夫，有了它，便可纵横天下了。"

"泰阿哥，你现在可以打败所有人了，你什么都不用怕了。"卡郦天真地说道。

"你还记得最后打了多少掌出去吗?"老头又问。

至于打了多少掌，泰文世自然是完全不记得了，因为他连自己究竟是如何出手的都没想明白。

"是啊，泰阿哥刚才是怎样把那怪兽打倒的，我都没有看清楚呢，他自己怎会记得打了多少掌出去。"卡郦在一边帮腔。

青衣老道望了卡郦一眼，然后问泰文世："她是……"

"老爷爷，我是……"她话说一半突然收声，头也低了下去。

"师父，她是康撒斯城城主的女儿，叫卡郦。"泰文世介绍道。

青衣老道点了点头，随即又挥了挥手："好了，现在不说这些了，你把刚才的所有过程好好回忆一下，必须记住我刚才所念的口诀。"

"口诀?"泰文世在心底里默念着，突然睁大了眼睛，在他眼前，好像有个轻快的人影在一上一下翻动着。他想像着刚才自己的动作，回忆着从师父口中念出的口诀，思绪激烈地滚动起来。

那个人影的动作眼花缭乱，越来越快，最后他感觉自己像是着了魔。

紧接着，他仿佛听见一声巨响，然后那个人影便消失了。

"降妖出魔，霸道横行，双掌擎天，气吞昆仑。"他念着这句口诀，猛然起身。

"气出丹心，万物俱焚，合力之下，雷霆万钧。"

泰文世飞了起来，然后双掌合十，全力推了出去，

"指间劲力，胸前运气，连环出击，身形顿起。"

只听见一声狂叫，他顿时感觉胸前有股无形的气流向着全身涌动，随即腾空而起，然后身体倒立了起来。但他只是停顿了一秒钟的时间，便从空中跃了回来，又奋力推了出去。

"心意由神，泣不成声，鬼哭狼嚎，神明至尊。"

他的双掌间突生一股难以名状的真气。

"我起！"他大呼一声，便又弹了起来，而后迅速向着地面落下。

突然间，好似风沙走石，顿时卷起万丈尘烟，将他的身体包裹起来。

"降魔神掌，太极之上，厘厘众生，还我乾坤。"

泰文世身形巨转，在地上画着圆弧，脚法犀利。

"呼……呼……"只见一道道快如闪电的圆球，带着一股股火焰射了过去。

泰文世收脚、静立，一连串动作一气呵成。

"你终于闯过了这一关，师父也算功德圆满了。"青衣老道一动不动。

泰文世拱手道："徒儿感谢师父的再造之恩，今生无以回报。"

"哈哈，好徒儿，你这话说得师父心里暖啊。"青衣老道大笑起来，但又话锋一转，"现在是你留在这里的最后日子了，好好想想，还有什么未完成的事情吗？"

泰文世回头去看了卡郦一眼："师父，我想求您一件事。"

"说吧。"青衣老道非常爽快地应道。

泰文世于是把卡郦父亲和康撒斯城的事情讲了出来。

"师父，您听说过这件事吗？"

卡郦乞求道："老爷爷，求您救救我父亲，救救康撒斯城吧。"

青衣老道听了他们的话，不禁闭上了眼睛，而后又摇了摇头。

"怎么，师父，您难道不……"

青衣老道摆手道："并不是师父不愿意出手，而是我当年已经立下誓言，绝不再插手江湖上的是是非非。"

"师父，那您也应该告诉我们究竟发生了什么事情啊?"

"唉，此事说来一言难尽。"青衣老道摇晃着脑袋，眼神空洞虚无，"若要执意改变这一切，江湖只怕又会掀起一场血雨腥风。"

卡郦突然跪在老头面前，泪眼朦胧地哀求："您一定要救救我父亲，救救康撒斯城的百姓。"

她连连磕头，青衣老道却无动于衷。

"师父，难道您就要因为当初的一句诺言，而眼睁睁地看着一座城市，以及那么多无辜的百姓在这个地球上消失吗?"泰文世两眼炯炯，他不相信师父会袖手旁观。

"唉，你们……"青衣老道长叹道，"你们都别再说了，我是不会违背誓言的，你们就别再让我为难了。"

"师父，您……"

"不要再说了。"青衣老道望了一眼卡郦，然后转过头去看着泰文世，"你是我唯一的徒弟，是我万圣之尊的徒弟，你已经有这个能力去改变一切了。"

"师父，您的意思是……"泰文世愣了一下，随即惊喜地说道："我明白了，谢谢师父。"

"去吧，去吧。"青衣老道挥了挥手，"你要记住，降妖除魔，以天下为己任，这才是我的徒弟必须要去做的事情。"

"知道了，师父！"泰文世离开后，青衣老道望着他们的背影，脸上露出孩子般的笑容，叹息道："这小子总算没有辜负老头子的一番苦心啊。"

其实，他刚才只是在试探泰文世，想知道他是否有正气在心，结果总算没让他失望。

当泰文世和卡郦再次返回到康撒斯城的时候，在这短短的时间里，城里已经发生了翻天覆地的变化。大街上一个人也没有，好像全都消失了一般的。

卡郦心里七上八下，她有一种很奇怪的感觉，这里肯定是出事了，而且还是大事。

"泰阿哥，这里出事了，一定是出事了……"

泰文世示意她不要出声，然后趴在地上，耳朵紧紧地贴在地上。

卡郦疑惑地望着这一切，当泰文世起身来的时候，对卡郦说道："从现在开始，你要紧跟着我，千万不要分心。"

"这里到底发生什么了事？为什么没有看见一个人呢？"卡郦焦急的四处张望，眼里露出惊恐的神情。

泰文世小心翼翼地环顾着四周："现在还不知道发生了何

事，但这附近有奇怪的动静，我们过去看看。"

很快，他们来到了卡郦家外面，房门是关着的。

泰文世正打算开门时，身后传来一个奇怪的声音。他疑惑地看着四处，大街上空空如也。

卡郦轻轻推了推门，但是门好像从里面锁住了。

泰文世想了一下，示意卡郦原地不动，打算去看看屋内的情景。

正在这时，卡郦惊叫起来。

泰文世回头，见卡郦被一个蒙面黑衣人控制。

他看不清楚对方的样子，但闻到一股熟悉的气息。

空气凝固了，只有卡郦在挣扎着。

他们彼此凝视了对方很久。

"看来咱们还真是缘分未尽。"泰文世冷冷地说，"放了她。"

对方还在笑，但突然松开了卡郦，卡郦咳嗽了几声，慌忙跑到泰文世身边，眼里闪烁着惊恐的光。

"你虽然来了，但还是稍微晚了一步。"蒙面黑衣人的声音抑扬顿挫。

泰文世虽然看不清楚那家伙的面孔，但知道他一定在笑，而且笑得很残酷。

"你到底对这里做了些什么？"泰文世冷冷地问。

"做了什么？哈哈……"蒙面黑衣人又狂笑起来，"你难道没有看见吗，我就做了这些。"

泰文世强压着内心的怒火："这里所有的人都不见了，全都是你干的吧？趁我动手之前，赶快把人都交出来。"

"没想到多日不见，你还是那么愚蠢。"

"废话少说，你到底把这里的人都带到哪里去了？"泰文世已经暗暗积聚起了巨大的能量。

蒙面黑衣人大手一挥，身后突然冒出许多怪兽，依次在他身后排开。

"你现在知道发生了何事吧，要不要剥开他们的肚皮，看看你关心的人还能不能活呀？"

面对挑衅，泰文世并没有发怒，一脚踢开门，带着卡郦进到房子里面。

"父亲？"卡郦惊魂未定，当她看见被吊在横梁上的父亲时，当即大叫起来。

泰文世一挥手，绳索断裂，城主掉了下来。

"父亲、父亲，您快醒醒啊，父亲……"卡郦望着闭着眼睛的父亲，泪水瞬间决堤。

"城主，您怎么了，快醒醒！"泰文世正在呼叫，突然闻到一股浓烟的味道，忙意识到了什么，回头冲卡郦喊道，"赶紧带城主离开这里。"

卡郦却好像什么都没听见，仍旧低垂着头，抱着父亲的身体泣不成声。

情急之下，泰文世把城主的身体平放在地，猛的一掌打在他肩膀上。

"父亲、父亲醒了。"卡郦惊喜地叫了起来。

城主缓缓地睁开了眼睛，看见站在面前的泰文世和卡郦，嘴角边露出了一丝笑容。

"父亲……"

"城主……"

城主听见二人叫他，却只是轻轻摇了摇头，嘴唇微微动了动，好像要说什么。

卡郦把耳朵贴了上去："父亲，您想说什么，您想说什么啊?"

但是，城主已经说不出话来，眼神恍然地望着泰文世和卡郦，然后手指动了动。

外面传来一阵狂笑和猛兽的嚎叫。

城主把他们二人的手紧紧地握在一起，眼里突然滚落一滴泪水。

"父亲……您怎么这么傻啊。"卡郦哽咽着，泪水滴落到了泰文世和城主手上，再也说不出话来。

"城主，您放心，我一定会好好照顾卡郦的，一定……"泰文世紧紧握着城主和卡郦的手，表情异常坚定。

卡郦把脸埋进父亲的怀里，大哭起来。

城主缓缓闭上了双眼。

浓烟的味道越来越重，泰文世拉起卡郦，然后往门口冲去。

"父亲……"卡郦发出了绝望的、痛苦的叫声，想要回去，但是被泰文世紧紧拉住。

门又从外面被锁住了。

"嘿嘿……我看你这次如何逃出生天！"狂笑声又在门外蔓延，火势也已经烧到了房子里面，浓烟猛烈地窜了进来。

泰文世积聚力量，在半空中旋转起来，双掌奋力推了出去，只见绿光一闪，墙壁上随即出现一个大洞，二人从洞口逃了出去。

卡郦紧紧地抓住泰文世的手，泰文世慢慢向后退去。

"小子，没想到你居然可以逃出来。你以为还有那么好的运气吗？我倒想看你今天怎么从这里出去。"这时候，蒙面黑衣人又出现在了他们面前，身边围满了怪兽。

泰文世警惕扫视面前的一切，心想想出去可真要付出些代价了，不禁冷笑道："不知道你今天是想跟我单打独斗，还是打算让你那些喽啰一块儿上？"

突然，一阵悠扬的箫声传了过来。

泰文世疑惑间收回了力量。

怪兽听见这阵箫声后，突然像接到命令了似的，顷刻间便跑远了。

疑惑之间，泰文世陡然明白了什么，眼神松弛了下来，讥讽道："你的喽啰已经全都逃跑了，你现在还打算留下来单独跟我打吗？”

蒙面黑衣人狂笑道："没有他们，我依然可以打败你。"

"假如你告诉我百姓的行踪，也许我可以放你一马。"

"你以为我会留下活口吗？就像你曾经杀死我二弟一样，今天就是我为他报仇之日。"

泰文世骂道："恶龙，他那是咎由自取，如果不是他打算在悬崖边杀了我们，我也不会痛下杀手。"

说到这里，泰文世突然又想起被恶龙害死的人，心情顿时暗淡下来，怒声喝道："那恶龙害死了一位老人，我还没有机会找他报仇，你今日却来代他受死，看来老天还是有眼的。"

泰文世说完这话，突然就像一阵旋风似的纵身跃起，然后便只见人影晃晃，不见了天地日月。

卡郦不禁往后退了一步。

此时，龙兽也飞了起来，两人在空中大战在一起，难分输赢。

卡郦在下面看着，甚至分不清哪一个是泰文世了，暗暗为他捏了把汗。

泰文世不再恋战，出手便是致命一击。

"受死吧，恶龙。"只听见一阵风雨呜咽，泰文世手中的魔杖已经到了眼前。

那恶龙并不是平庸之辈，面对魔杖袭来，大喝一声，手中也多了一柄长剑，剑杖互撞，一道电光向四周迸裂开去。

泰文世一招未中，再未给对方任何机会，接着便收杖在手，一掌打了过去。

恶龙见势不妙，忙向上飞起，顿时化为一条飞龙，在空中翻飞穿越，顿时飞沙走石，天昏地暗。

卡郦睁不开眼了。

"太阴掌……"泰文世大喝一声，龙兽周身射出万丈光芒，将自身罩了起来。

泰文世那一掌打在罩子上面，犹如寒铁撞钟。

"哼，让你再得意一会儿。"泰文世发狠道。

恶龙又化为人形，狂笑不止："有什么招法尽管使出来，看我怎么破你。"

泰文世也落回到地上，装作吃惊的口气道："没想到你这条恶龙的本事最近还真长进不少，但你终究是魔，成不了气候。"

"废话少说，看招。"龙兽变回人形，以为泰文世已经拿他无可奈何，顿时失去了警惕，主动发起了攻击，大喝一声，手掌之间突现两个红色的透明火球。

泰文世暗笑起来。

恶龙猛吸了口气，再次打出两掌，但有一掌却向着卡郦打了过去。

泰文世没想到那恶龙竟会如此卑鄙，顿时怒火攻心，以掌击之，截住了打向卡郦的致命一掌。

龙兽分散泰文世的注意力后，又趁他无法分身之时发起偷袭，但仍旧被躲了过去。

"嘿嘿……居然被你躲过了这一掌，看来我们之间还需要些时日来解决问题。"龙兽张狂大笑。

泰文世大喝道："勾魂摄魄！"

恶龙想要使出最后一招，准确地说，应该是邪魔中最恶毒的一招——粉身碎骨。

但是，恶龙没有机会了，因为泰文世身形太快，他没机会看清楚对方是如何到达近前的。

"我说过，这是你最后的机会。"泰文世慢慢张开手掌，一团血红的东西在他手中跳动着。

但恶龙并没有倒下去，只是似被定住了身形，一动也不动。

"看看自己的心脏吧。"泰文世把手放在恶龙眼前，"你看看它是什么颜色，黑色的，流着黑色的血水。"

龙兽满眼的惊恐。

"这是你的报应，你的灵魂也休想存活下去。"泰文世用劲一捏，便见一股黑色的血水喷射而出，然后似碎叶一般四散飘落。

恶龙的灵魂被毁灭的时候，他的身体也渐渐消失得无影无踪。

泰文世长吁了口气，然后把卡郦扶了起来。

卡郦站在空寂的大街上，望着这条让她心碎的长街，心里涌起巨大的悲痛。

这座城市几乎占据了她生命的一半时间，她是在这座城市和人们的注视下长大成人的。现在，一切都消失了，只留下这座空城，像风雨中飘摇的孤影，独自承受着这分凄凉。

泰文世理解卡郦的心情，这已经是他第二次目睹一个种族的灭绝了，心情沉浮不定。

突然，卡郦跪下伏地，向着这座城市，她的家，她的父亲，她的朋友磕头，额头上渗出了血，泪水也早已成河。

她的心痛得无法呼吸，趴在泰文世肩膀上，一声声痛苦的哀嚎冲破了苍穹。

泰文世闭着眼睛，心里也在忏悔，如果自己当时能够早一点儿回来，也许这一切都不会发生。

但是，他无力挽回这样的结局，哭泣和痛哭也只是作为对过往的思索罢了。

"卡郦，我们走吧，时间已经不早了。"

但是卡郦仍旧不肯起来，她的双膝已经磨破了，泪水也流干了，只剩下一脸的麻木，双眼无神地注视着黑暗深处。她要记住这里的一切，这片生她养她的土地。

"卡郦，一切都结束了，眼泪只会让自己更加痛苦……"泰文世眼里充满了虚无缥缈的阴影，他像是在自咏自叹，又好像一个传道者。

卡郦仍旧没有起身，她的记忆无法复制下这里的一切，在她眼底，那些街边的房子，这条空无人烟的街道，仍然承载着记忆中的繁华。

泰文世望着浮云飘过，再次说道："我们该走了，师父还在等着我们呢？"

这一次，卡郦终于抬起了头。

泰文世望着那双令人心碎的眼睛，心里微微颤动了一下，叹息道："也许，你已经明白了这世事无常的道理，当你懂得放下的时候，也就会对过去释怀。"

泰文世垂头站在青衣老道面前，不敢正眼对视那双让他感到不安的眼睛。

青衣老道脸上没有任何表情，只是反问道："为什么不抬起头来，你不是已经拯救了康撒斯城吗？"

泰文世依旧不敢看师父，更不敢看卡郦，因为他害怕那些忧伤，会像铁钉一样插在他心里。

"我们还是去晚了一步。"他终于说出了这句懊悔的话。

青衣老道微微叹息道："这不是你的过错，师父明白。"

"不，师父，是我的错，如果我早早赶去，也许就不会发生那些事。"

"世事尘埃，如梦如幻，并非每个人都能想到前面，你错了一步，我却错了万步；你慢行了一拍，我却错行了万里，你能够为自己的错误辩白吗？"青衣老道开导泰文世时，泰文世的心情依然像一页苍白的纸面，写不出任何一个字。

一阵冷风吹过，树叶簌簌飘落。

泰文世此刻却如同另外一个人，在诉说着内心的苦闷，他不明白自己先前是以什么样的心态去安慰卡郦的了。

"没有谁能够预知未来的样子。也许等你老的时候，这天也变成了另外的颜色，这地球也毁灭了。康撒斯城命中注定有此一劫，谁也阻拦不了，是上天故意让你晚去了一步，所以才遭此浩劫。"老头凌空抓起一片树叶，随手丢在风中，树叶起起落落。

泰文世的目光随着树叶飘向远方。

第十七章　温馨故园

终于回来了！

卡郦打量着陌生的一切，眼里闪烁着欣喜的表情。

青衣老道不知何时出现在他们身边，笑问道："时至今日，这一趟旅程，收获不小吧？"

"多谢师父教诲，收获不小，感触良多。"泰文世叹息道，"终于又回来了，感觉这一趟出去了好久。"

"你所有的经历，都是成长路上的垫脚石，总有一天，你会感谢一些人，不管是帮助过你的，还是伤害过你的，甚至想要取你性命的……"青衣老道的话令泰文世陷入无尽的回忆里，那些过往的经历，一一浮上心头。

蓝姬睡得好香，安详地闭着眼睛，温柔动人。

卡郦端详着蓝姬，赞叹道："姐姐太好看了！"

泰文世笑了笑，介绍道："她也是我的朋友，叫蓝姬，以后你们应该也会成为好朋友。"

"她是睡着了吗?"卡郦问。

"我担心她醒来见不到你会不开心,所以就让她多睡了些日子。"青衣老道在蓝姬脸上比画了一下,蓝姬缓缓睁开眼睛。

"蓝姬、蓝姬……"泰文世惊喜地叫了起来。但蓝姬却好像不认识他了。

"不记得我了吗? 对不起,我离开了很久……"泰文世抱歉地说,"现在我回来了,再也不会离开了。"

"泰哥哥,我感觉自己睡了很久,好像还做了一个好长好长的梦。"蓝姬终于恢复了意识,幽幽地说道。

泰文世把她扶了起来,柔情地说道:"是啊,我昨晚上也做了个好长好长的梦。对了,我给你介绍个朋友……"

这时候,蓝姬的眼神与卡郦撞在了一起,似乎都藏着别样的情愫。

泰文世忙在一边说道:"她叫卡郦,也是我的朋友。"

"卡郦,你好!"蓝姬露出友好的笑容,"欢迎你的到来。"

"谢谢,很高兴认识你。"卡郦应道。

"好了,现在大家都认识了,以后就是朋友了。"泰文世见蓝姬和卡郦如此投缘,这么快便亲如姐妹,不禁露出了欣慰的笑容。

泰文世回归了平静的生活,乐在其中。

但是,表面平静的他,却一直没有闲着,暗地里打探着关于大雁山的事情。

那天，他试探着问青衣老道："师父，您还记得自己在这里待了多长时间？"

青衣老道笑道："我也忘记了，总之已经过了很久很久，岁月在我心里烙下了太深的痕迹，已让我几乎忘了时间的概念。"

"自从您在这里住下之后，就再也没有踏出外界一步吗？"

青衣老道摇头道："世事复杂难抖，我又怎么能够违背自己当初许下的诺言呢？"

泰文世抬头望着很远的地方，叹息道："不知道山的那边究竟是什么……"

"泰阿哥，你在这里啊。"正在这时候，卡郦和蓝姬跑了过来。

青衣老道见状说道："好了，看来我在这儿是多余的。走了，你们玩吧！"他说完便转身离开了，泰文世望着他的背影，露出了失落的眼神。

"泰哥哥，你怎么了，不高兴了吗？"蓝姬看见他的眼神阴沉，小心翼翼地问道。

"没什么。哎，你们俩怎么来了，有事吗？"

"房子里太闷了，我和蓝姬姐姐待不住，就想出来看看你。"卡郦说道。

泰文世环顾着四周："你们俩一定不许到处乱跑，小心迷路，或者遇到怪兽……"

"泰哥哥，我们不会乱跑的。再说了，有你在，有什么好怕的。"蓝姬任性地说。

"平日里有空多陪陪师父他老人家，师父一个人挺不容易的。"

"知道啦，整天就知道唠叨，耳朵都快起茧子了。"蓝姬嘟着嘴唇，卡郦在一旁咪笑起来。

"就你爱顶嘴，看看卡郦，多文静。"泰文世打趣道。

又过了几日，青衣老道把泰文世拉到远离房屋外的一处僻静之地，幽幽地说道："你也跟师父这么长时间了，有很多事情都还没有和你好好说过。"

"师父，您是指……"

"唉，师父老了，好不容易收了个称心如意的徒弟，你也还算用心，没有辜负师父的一番心意。"

泰文世诚恳地作揖道："谢谢师父的教诲，传道授业之恩，徒儿毕生难忘。"

"师父知道你最近想跟为师说些事情，但是好像又全都埋在了心底。现在这里也没别人，你就问吧，师父知道的全都告诉你。"

泰文世没想到师父会这么坦荡，一时间竟然有些诧异，望着很远的山峦，眼里罩上了一层朦胧的颜色。

"你问吧，无论什么，师父也不想再隐瞒什么了。"青衣老道见他犹豫不决，再次主动提起了这个话题。

泰文世收回目光，望着师父那双苍老的眼睛，然后闷闷地说："师父，其实徒儿有些问题确实在心里憋得太久了，我想了很多，也想了很久……"

"是啊，有些事情是该好好想一想，想清楚了，才会感到轻松的，千万别跟老头子我一样，一辈子都活在迷茫之中，累啊！"青衣老道长叹道，好像心里揣满了无尽的痛苦。

泰文世听着那声叹息，也很是难过。

"师父，您能够给我说说当初为什么要选择这大雁山作为隐居的地方呢？"泰文世话音刚落，青衣老道不禁笑了，叹息道："师父当年也是迫不得已，世道混乱，只有远离喧嚣，找到一个安静的地方，才能够逃避江湖上那些让人头痛的事情。"

泰文世相信师父说的是实话，但他也明白，师父并没有完全告诉他真相，那个真相在他心里已经憋了很久。

"师父，我曾经听说过一件事，是卡郦父亲亲口告诉我的。"泰文世又说道，青衣老道示意他继续说下去。

"您知道当年真正的康撒斯城是怎样灭亡的吗？"泰文世追问道，但他立即又改口，"其实，康撒斯城并不能说是灭亡，而应该说是被邪恶势力霸占了。"

"是啊，我了解一些情况，当年的"康撒斯城之战"打得非常惨烈，死了很多无辜的人。"

"您当时亲眼目睹了吗?"泰文世急切地问道。

"不,我那时候还很年轻,只是陪在师父身边学功夫,根本没有时间和精力去理会那些事情。"青衣老道的声音突然变得有些沙哑,好像在回忆当初的情景。

泰文世沉吟了一下:"我听说现在的康撒斯城主人,并非它真正的主人,真正的主人应该是卡郦的父亲。"

"卡郦的父亲?"青衣老道皱着眉头,"其实刚听你提起这件事情的时候,我就怀疑你有所指,但是还有一个问题,你为什么这么肯定卡郦父亲说的一定是实话呢?"

"不、不可能,如果卡郦父亲说的是假话……您难道忘记了在那个城市里发生的事情吗?"

"这个……"青衣老道心里微微一动,但随即说,"好了,这个问题暂且放在一边,以后再慢慢说。"

泰文世没有再说什么,他想一定会有机会弄清楚这件事情的。

"师父,你当初向徒儿许诺过,当徒儿学成功夫的那一天,您会放我回去的。"

青衣老道笑了起来,接过他的话道:"可惜还不是时候,你虽然已经基本上学会了我全部的本领,但还没有练到熟练,没有变成你自己的东西。"

"可是,可是徒儿真的很担心……"

"你担心什么,难道你在康撒斯城还有亲人吗?"

泰文世道："那边还有像蓝姬和卡郦一样可爱的女孩在等我回去，我能够丢下她不管吗？我出来的时间太久了，也是该回去的时候了。"

"哈哈……你这臭小子，真是艳福不浅啊，有为师当年的风采……"青衣老道爽朗大笑。

"师父，没想到您老人家当年也是这样，哈哈……看来徒儿是从师有道。"

"哎，别胡说了。"青衣老道显得有些不好意思。但泰文世又起哄道："师父，您还害羞啊。看，您的脸都红了。"

青衣老道忙转过身去说道："师父都这张老脸了，你还敢取笑老头子，看我……"说着就准备向泰文世一巴掌打过去。泰文世连连道歉："师父，徒儿错了，再也不敢了……"

"好了，还有什么想知道的赶紧吧，老头子得休息了。"

泰文世沉下心来想了一下："师父，这件事情，我不知道该不该说，如果说错了，您可别罚我。"

青衣老道双眼一瞪："快说吧，别婆婆妈妈的。"

"师父，这大雁山上是不是还藏有一个天大的秘密？"泰文世突然压低声音伏下身问。

青衣老道脸色陡然大变，而后厉声呵斥道："你听谁胡说的，什么秘密，什么狗屁秘密，简直一派胡言。"

泰文世一见师父发那么大脾气，顿时再也不敢说出一个字来。

青衣老道发完怒火，很快又冷静下来，脸色也渐渐缓和了不少。沉默了片刻，才又叹息道："罢了，实话跟你说吧，这件事确实是真实存在的。"

泰文世顿时又惊又喜，因为他终于从师父口中得到了真相。

"此事一定不能对外界透露半个字，否则定会招来无尽的杀戮。"青衣老道眼神中没有了光泽，好像瞬间衰老了许多，"其实，师父当初在大雁山上隐姓埋名，就是为了保护这些宝藏不被那些居心叵测的人取走。"

泰文世得知真相后，倒有些不敢相信了，因为以前他只是听说，而待真相确定时，却有些惊异和恐惧了。

"师父，徒儿记住您的话了。"

"很好，师父没有看错人，从此以后，不管遇到什么麻烦，今天所说的一切，你都不能透露出半个字去。"青衣老道再次提醒道，泰文世坚毅地点了点头。

"啊——"一声尖叫突然从身后传来，泰文世和青衣老道慌忙奔了过去。

这时候，卡郦正好从房子里跑出来，蓝姬在后面追赶。

"怎么了，发生什么事情了？"泰文世一把抓住卡郦，紧张地问道。

蓝姬气喘吁吁地说道："松鼠啊，那只小松鼠。"

"小松鼠？"泰文世猛然想起了那个小东西，他们当初来到这里时，忘记师父把它关在了何处，再加上一些琐事的打搅，居然忘记了小家伙的存在。

泰文世长叹了一声，安慰卡郦："没什么，一只小松鼠。"

卡郦抬头看见蓝姬手中抱着的果真是一只小松鼠，这才傻笑起来。

"当时太忙乱，我把小家伙用意念锁住，没想到居然会把它给忘记了。时间一过，意念会自动失效，它才跑了出来。"青衣老道说。

"小家伙，好久不见。"泰文世从蓝姬手里接过小松鼠，温柔地抚摸着它光滑的皮毛。

"吱吱、吱吱……"小松鼠在泰文世身上欢快地叫着，泰文世乐得大笑："卡郦，你看多好玩啊，要不要抱抱？"

他把小松鼠放在卡郦手上，卡郦小心翼翼地接过来，然后抚摸着它的小嘴，发现它真的不咬人，这才放心。

泰文世和卡郦在一边打闹着，蓝姬见他们玩得开心，于是悄悄地走到一边去，遥望着远方，眼前蒙着一层薄薄的愁绪，满腹心事。

她望着远方的山峦，不经意间想起了自己曾经的家，曾经养育她长大的部落，不禁在心里默默地祈祷，为那些死去的人，为那些正在被喧嚣磨去的记忆中的伤痕。

他们一直活在她心里，一刻也没有停止过想念。

身后的欢呼声，好像忘记了她的存在，她的心情跌落到极点。

"小女娃，怎么不过去和他们一起玩呢?"青衣老道不知什么时候来到了她身边。

蓝姬依然沉默，眼神空虚。

"有时候能够静下来想一些问题，未尝不是件好事。"青衣老道接着说，蓝姬不明白他的意思，但也没心思去追问。

"你不是想跟我学习如何让那些野兽听你的话吗?"青衣老道突然又说道，蓝姬愣了一下，眼里闪过一道惊喜的光，而后便抬起头来。

"来，老头子教你几句口诀。"

蓝姬疑惑不已，老头子伏在她耳边低声嘀咕了些什么，她突然就欣喜得大笑起来："师父，谢谢您，徒儿知道了。"

"记住师父的话，你一定不会吃亏的。"老头子高深莫测地说道。

蓝姬又伏在青衣老道耳边嘀咕了一阵，欢快的笑声穿破了云霄。

泰文世和卡郦听见笑声，忙停止了打闹，疑惑地看着这边。青衣老道意味深长的表情，令他坠入云里雾里。

蓝姬进屋后关上了门，卡郦疑惑地问："蓝姬姐姐怎么了?"

"神神秘秘的，还笑得那么开心。"泰文世眯缝着眼睛，"连师父也瞒着我们什么。"

"就是，他们之间一定有什么秘密。"

蓝姬把自己关进房子后，便趴在床上笑得前俯后仰，其实师父刚才并没有教她什么口诀，只是想跟他们开个玩笑。

"蓝姬，开门。"泰文世在外面大声喊道。蓝姬有气无力地说："师父说了，不能让你们进来。对了，师父好像有事找你。"

泰文世去见师父的时候，心里仍旧忐忑不安。

"你过来，这边坐下。"青衣老道指着身边的椅子说道，"刚才我们的话还没有说完。"

泰文世更是丈二和尚摸不着头脑。

青衣老道又沉默了片刻才问道："你得跟师父说句实话，在你心里，究竟把蓝姬和卡郦当什么？"

泰文世很是惊讶，做梦都没想到这老头子会关心这件事，所以笑了笑，说："师父，您有话就直说。"

"看着我的眼睛告诉我。"青衣老道声色俱厉。泰文世不敢再随意说话了，仔细考虑了片刻才闷声地说道："我也……不知道。"

"你……"青衣老道顿了顿，摇头道，"既然你都不知道该如何处理此事，那师父要告诫你，不管你今后如何对她们，但要记住一件事情，务必记住。"

泰文世瞪圆了眼睛，因为师父的眼神告诉他，这事是相当的严重。

"你若想在魔法世界里再更进一步，若想压倒群雄，就必须不近女色，否则你就会废了自己。"

"什么？这、这不成太监了吗？"

青衣老道的面孔依然严峻，严肃地说道："你知道师父为什么这辈子没有娶妻生子吗？"

泰文世想开玩笑说因为没有人喜欢，可是没敢说出口。

青衣老道感慨道："因为你若要想有大成，就必须保住自己的童子身，破了童子身，你就很难达到最高境界。"

泰文世重重地咽了口唾沫，内心十分矛盾，但他脑子突然转了个弯："师父，您的意思是功成名就之前不得近女色，但如果功夫练成后，还是可以……"

"是的，只是师父当年练功时偷懒，所以直到老了的时候才学到师父的真传。"青衣老道意味深长地说道。泰文世立即明白了师父的意思，忙起身道："师父，我……我现在就练功去了。"

"哈哈……你这小子，等一下，师父还有话要说。"青衣老道拦下泰文世，"师父最近有一种非常不好的预感，他们又要来了。"

泰文世没有明白师父的话，不解地问："师父，什么要来了啊，是有客人吗？"

青衣老道眼里露出一种奇怪的神情："没有师父的允许，你不用多管闲事。记住，无论晚上发生什么事情，你都要负责保证那两个女娃的安全。还有，务必记住的是，无论外面发生什么事情，你们都不要露面。"

泰文世见师父表情如此严肃，心里七上八下，心想究竟是什么人让师父如此的恐慌。

"好了，记住师父的话，你可以走了。"

泰文世听见师父沉重的叹息声，思维高速旋转起来，继而好像想到了什么。

"他们是为大雁山的宝藏而来？"泰文世疑惑间突然吐出这句话。青衣老道忙用眼神示意他不要那么大声："保护大雁山的宝藏是为师的责任，不用你插手，你只管做好为师拜托的事。"

巨大的阴影笼罩在了泰文世心头，他在想这一场即将到来的危机，究竟又会引起怎样的血雨腥风……

四个人围在一起吃了顿丰盛的晚饭，饭桌上大家有说有笑，好不开心。待蓝姬和卡郦离开之后，青衣老道把泰文世留了下来。

"今天晚上也许就是那恶魔到来之时，你要牢记师父对你说过的话，无论发生什么事情，都不要出面，保护好自己和那两个女娃的安全。"老头子关上门后，之前云淡风轻的笑脸，立马就晴转多云了。

泰文世愣了一下，随即便想到师父今天晚上为什么会给他们准备如此丰盛的晚餐。

"师父，您得跟我说实话，那家伙到底什么来头，为什么您不允许我去应付他呢？以徒儿目前的功力，一定能打败他的。"

青衣老道摇头道："这并不是你赢不赢得了他的问题，关键是你……唉，总之你听师父的话就可以了，其他的什么都不要管。"

"那……师父……"

"放心吧，师父这把老骨头还罩得住的。"青衣老道脸上露出了自信的笑容，泰文世虽然稍稍松了口气，但依然为师父的安慰深深担忧。

"如果……如果真的有……"泰文世还是害怕师父会有个什么三长两短，到时候自己该怎么办呢？

"你真的怕师父死在了那家伙手里？"青衣老道苦笑道，"他从来就没有赢过我，如果今天晚上我真的输了，那也是上天的安排吧。你也不要找他报仇，马上带着她们两个离开这里，走得越远越好。"

泰文世以为自己耳朵出了毛病，顿时一句话也说不出来。

"好了，时候不早了，赶快回去休息吧。"老头子叹息了一声，挥着手说道。

泰文世没有动弹，眼睛里充满了悲痛的神色，心里有一股难以名状的苦水把他的五脏六腑都搅翻了过来。

"师父，您要徒儿什么都不做，就这样离您而去，徒儿做不到！"泰文世跪倒在了青衣老道面前，眼里满含泪水。

青衣老道弯腰扶起泰文世："好徒儿，我知道你担心师父的安危，但师父是可以轻易被打败的吗？起来吧，师父有你这样的好徒儿，这辈子了无缺憾。"

"不，师父，您得答应我，您不能出任何事情。无论发生什么事情，徒儿都不会抛下师父一个人离开的。"泰文世眼睛红了，跪在师父面前，心痛不已，无以言表。

青衣老道最后还是拒绝了他的好意，以不容质疑的语气说道："这是师父自己的事情，你不要插手。还是那句话，万一师父败了，你也不许出来，尽快带她们离开这里，越远越好。"

"师父……"泰文世痛哭着，长跪不起。

"这是师父留给你最后的话，你难道连师父最后一个愿望也不能满足吗？"青衣老道的声音颤抖着，身子也颤抖着，"好徒儿，如果师父也输给了对方，那么你也不会是他的对手，留下来只能是死路……"

泰文世说不出话来，任凭泪水从脸上流到地上，融进了土里。

青衣老道无言地看着面前的那扇小门，悠然说道："这一切都是命运早就安排好了的，想要逃避，你能够逃到哪里？天下虽然如此之大，可哪里又没有纷争呢？所以逃避不是解决问题的办法，唯有面对……"

他的声音坚定，又带着叹息。

泰文世感到一阵绝望，一阵从未有过的绝望，在他的心头逐渐泛滥开来。

夜色阴影，压得泰文世几乎喘不过气，他睁着眼睛望着黑暗深处，睡意全无，头脑也越发地清醒起来。

蓝姬和卡郦早已进入梦乡，她们不知今夜一场巨大的危险正悄然袭来。

"怦怦……怦怦……"泰文世仿佛听见了自己的心跳，两只眼睛在黑暗中搜索，想像着即将到来的危险，究竟是怎样的一场灾难。

不知道过了多久，夜色依然平静如水，一切都显得那么平静。

泰文世终于感到有些疲倦，眼皮无力再支撑下去。

但是，在那一瞬间，他突然想到一个绝妙的主意，绝不能让师父有任何危险，这是他不得已的选择。

"咚咚……咚咚……"泰文世的眼皮轻轻跳动着，他正在做一个噩梦，突然从梦中挣扎了起来。

当他满头大汗醒来的时候，双眼惊恐地望着这了无声寂的黑暗，心脏还在剧烈地抖动。

突然，他屏住了呼吸，因为好像听见一阵窸窸窣窣的声音，正从遥远的夜色中传来。

他一骨碌起了床，迅速走到里屋，在蓝姬和卡郦身上轻轻点了一下，二人便进入了更深的睡眠。

　　而后，他迅速闪身，悄无声息地来到了师父的房间，站在床前，在暗夜中望着师父那副苍老的面孔，正准备出手的时候，却见师父突然睁开了眼睛，以迅雷不及掩耳之势制住了他。他只觉得脑子一沉，便失去了知觉。

　　青衣老道把他放在床上，而后走到门边，悄然来到房子前面的空地上。

　　周围一片寂静，世间一切都掩映在黑暗之中。

　　他闭着眼睛，用耳朵听着周围的动静。

　　就在这时候，不知道从什么地方突然闪现出来几个人影，他们在青衣老道周围蹦跳着，像猴子似的。老道侧耳听着这些飘来荡去的声音，巍然不动。

　　"哈哈……"正在这时候，突然传来一阵恐怖的笑声，在黑暗的夜色中，更让人心生毛骨悚然之感。

　　青衣老道听到这个声音的时候，眼皮微微动了动，但他还是像木桩似的立在原地，一动也不动。

　　当这个声音消失的时候，一个巨大的黑影从天而降，向他快速飞了下来。

　　"你果然还是来了。"当黑影落地时，正好背对青衣老道，青衣老道眯缝着眼睛，冷冷地吐出几个字。

　　黑影人狂笑几声，一阵疾风从头顶掠过，一群喽啰将他簇拥了起来。

　　"一晃多少年不见，我还以为再也见不到你这个糟老头了呢。"黑影人的声音里带着不屑的嘲讽。

青衣老道反唇相讥："不活着见你最后一面，我这孤老头子怎么能够就离开这个世界呢？当然了，即使要走，也要带上你一起啊，哈哈……"

"哼，喜欢耍嘴皮子，今天就让你耍个够，要不然等你下了地狱，恐怕连耍嘴皮子的机会都没有了。"

青衣老道又大笑起来，突然脸色一变，正色道："我劝你还是赶快回你的地方去吧，如果回去晚了，恐怕连主人的位子也给弄丢了。"

黑影人听罢此话，冷言道："老夫今日可不想再和你过嘴瘾，咱们来个痛快的，简简单单打一架，然后走人，如何？"

"哈哈……你这恶龙，竟然如此不知羞耻，还敢同我说出这样大言不惭的话来，真正是忘记了自己的斤两了吗？"青衣老道的声音显得中气十足，如雷霆万钧，震得空气都在颤抖。

"不错，不错，内力被你练到如此境界，也真是难得。只可惜，如果你今日不把东西交出来，我看你是很难再有机会发声了。"

"哼，死性不改，这么多年，你还在惦记着那原本就不属于你的东西，恐怕这次又要令你失望了。"青衣老道亮出了双手，作出准备打架的架式。

黑影人猛然转过身来，那一副全被笼罩着看不见的面孔，在青衣老道的眼里，像一具骷髅。

"好，说得好，不得到那东西，我是不会罢休的，既然还是老规矩，那我们就干脆做个了断吧。"黑影人说完，便见黑色的影子在暗中一闪，瞬间了无踪迹。

青衣老道低垂着头，两只手掌慢慢上翻，两道绿色的光在手掌间形成了一条闪动的直线，而后身形迅速移动开去，脚下旋风般发出呼呼的声响。

紧接着，便听见传来一阵龙啸之声。

但是，青衣老道仍立于原地，不动声色之中，双眉紧锁，心底渐起一股猛气，循环于血脉之间。

黑影人随之发出一声长啸，打破了表面的平静，空气中凝固着一丝血腥的味道，刺激着老头子的鼻息。

"呜——"那厮还在耀武扬威，但是迟迟不发动攻击。

青衣老道冷笑道："如果还不出手，老头子可没有耐心了。"

对方本就是想以此来激怒对方，可他并不知道，侠之大成者，通常都有一种看破凡事的心态，如不为此，怎么能够平心以静气，舒心以养目呢？这是大有大无的道理，那家伙肯定是不会知道的。

"哈哈……到底是我的老对手，看来这世上也就你可与我匹敌了。"黑影人又开始大言不惭。青衣老道冷笑道："但我已经没有耐心再听你废话。"

话音刚落，便见一道霹雳闪电划破夜空，暗夜被照得通明。

青衣老道双手抱于胸前，以圆形方向来回划着一条轨道，顿如一股明朗之气生于怀抱之间，似水晶一样闪着光彩。

黑影人站在青衣老道对面不远处，正在疑惑那从未见过之景象，突见老道胸前散发出一团火焰般的红色球体。

黑影人眼疾手快，迅速抓起近前的喽啰，向着青衣老道扔了过去。青衣老道收手不及，那团火球撞上肉身，随即发出一声沉闷的叫声，便见肉体化为了一摊血水。

"哼，没想到大名鼎鼎的万圣之尊，也居然会使出这么卑鄙的招式，真叫人难以置信。"黑影人满嘴不屑。

青衣老道冷冷地说："刚才那一掌如果是打在你身上，你不过会散失半成功力而已，但你却不顾他人性命，借以挡住了自己的肉体，究竟谁才是卑鄙之徒？"

黑影人的眼睛在黑色面罩下闪动了一下，随即道："死的也能被你说成是活的，厉害厉害，但结果确实是你亲手取了他的性命，你竟然还敢狡辩，准备付出代价吧！"

黑影人心底突然升起一股邪恶之光，双臂猛然向两边张开，像一只大鹏似的压了下来。

"黑暗之神，睁开你的双眼吧。"他仰起头来，眼睛里闪出一丝白亮的光彩，突然便见一股狂风向青衣老道扑了过去。

青衣老道张口一吸，那股疾风便在他面前消失得没了踪影。

黑影人见老道毫发无伤，突然双脚向上一提，整个人便悬空起来，大声叫道："众神归位，魔法无边。"

青衣老道刚一落定，黑影人又张大嘴巴吼叫起来，顿时天昏地暗，原本灰暗的天空也完全被遮掩住了。

黑影人不知道使出的什么招，青衣老道好似从未见过，在心里想着破解之法。

"噢——"黑影人发出一声长啸，使老道感到了一阵巨大的压抑。

啸声刚过，黑影人便向着青衣老道袭来。

青衣老道闭着眼睛，内心却如双眼一般明净，此时正暗暗洞察四周的动静，当黑影人身形刚靠近之时，他突然如流星划破长空，飞旋而起，在夜色中如雄鹰展翅。

"黑暗之神，成全你的子民吧！"黑影人闪烁着绿色的眼睛，如饮血似的张大了嘴巴。

"狂饮血刀？"青衣老道大吃一惊，这"狂饮血刀"乃是江湖上一种极其邪恶的功夫，遇人杀人，遇佛杀佛，只要沾上鲜血，必定大发狂威。

可是，"狂饮血刀"不是已经失传了很久吗？没想到几年不见，那恶龙居然练成了这门邪恶的功夫。

青衣老道这时候才暗自忖度，今日如不杀他，今后定然更加难以控制，遂起了杀心。

"铁树开花，看你能不能躲开。"青衣老道猛然撒开双手，像丢开一把沙子，四周闪着晶莹的光芒，飘起一阵微风。

黑影人忙捂住了鼻子，但是青衣老道没有给他任何缓冲之机，怒吼道："受死吧！"

但是，黑影人并没有死去，他依然站立在那里，因为青衣老道刚才的"铁树开花"并没有伤到他半毫，他已经练到了神灵护体的最高境界。

青衣老道正想要去取对方性命，却没想到黑影人周围会突然掀起一股奇异的疾风，向着四周蔓延开去。

老道没想到自己太大意了，也后悔之前不知道多少次都放了恶龙归山……

"哈哈……你这老头，居然会如此糊涂，你以为我还是你当年的手下败将吗？你也太小看我了……"

青衣老道捂着胸口被震伤的地方，大口地喘着粗气。

"没想到你、你……"

"你是万圣之尊，我是龙兽，是魔，魔可没你那么高尚，也没你那么不自量力……"

青衣老道在心下猛地提气，将最后一口真气沉于丹田，伤口暂时被封住了。

接下来，没人看清楚青衣老道是如何出招的，但是，龙兽的身形，却在这夜色中显得格外耀眼。

"卡罗之神——"龙兽跃起之时，只见一道电光闪过，半边天空都变得雪亮。他擎起双手，手中不知道何时多了一柄似杖一样的东西，顺着青衣老道飞来的方向斩了下去。

青衣老道虽然身受重伤，但是内力并未完全散失，刚才的一次失手，导致他体内真气倒流，险些致命。

就在龙兽借着"卡罗之神"的力量向他劈下来的时候，青衣老道也使出了最后的一招。

天地瞬间陷入沉默，似乎什么事情也没有发生过。

"龙兽家族是最优等的家族，我们能够赢得一切，能够称霸天下，哈哈……"龙兽眼睛里充满了鲜红的血液，他仰着被黑色面罩包裹着的脑袋，露出了狰狞的笑容。

青衣老道捂着胸口，一口鲜血喷射而出，染红了脚下的空地。

"你，你这恶龙，竟然用如此卑鄙的手段赢了我，都怪老头子我当初一时手软没除了你……"青衣老道有气无力地支撑着身体，又一口鲜血喷了出来。

那恶龙又笑了起来，他面对着暗黑的夜色，眼睛里闪动着残酷的笑，而后慢慢转过身来嘲笑道："你难道忘了一种说法吗？即使是神死了，他的灵魂也会受到活者的诅咒，你就等着下地狱受煎熬吧。"

青衣老道张开双臂，眼里露出了最后一丝光亮。

"杀了他，杀了他……"喽啰瞪着血红的眼睛狂叫起来，顿时只见周围一片刀光剑影，血光飞舞。

当这一切都安静下来的时候，龙兽眼里冒出了惊异的神色，他本以为青衣老道会倒在脚下，但老道却一直稳稳地立在面前，像一尊不动的雕塑。

龙兽瞪着青衣老道愤怒的眼睛，在黑暗中沉默了很久，遥远的夜空在他眼里也渐渐幻化成了一摊鲜血，向着天边慢慢飘散。

终于，青衣老道訇然倒地，一声沉闷的响动，在山谷中回旋着。

恶龙的眼里闪着一片绿光，冷冷地扫视着黑暗中身后的房子……

天，好像在一瞬间亮了起来，黑暗中的阴影也悄然隐去。

最先醒过来的是蓝姬，她睁开酸涩的眼睛，茫然地看着四周。

这时候，卡郦也醒了，半睁开眼睛，做梦似地说道："姐姐，我的头好痛啊。"

蓝姬也有此感觉："似乎昨天晚上睡得好死。"

而后，她们便从彼此眼里看出了一丝恐慌。她们的预感是正确的，当她们跑出房子的时候，眼前出现了让她们感到窒息的一幕。

"师父……"蓝姬首先向躺在地上的老道扑了过去，叫声中充满了慌乱和痛苦。

卡郦站在那里，望着眼前的情景，像灵魂出壳般，许久没有了动静。但当她反应过来时，惊恐地大叫起来。

　　房子外面闹闹嚷嚷的哭声把泰文世惊醒了，他迷迷糊糊地睁开眼睛，望了一眼自己所躺的地方，依稀想起了昨天晚上发生的事情。

　　"师父?"他听见了外面的哭声，立即觉得不妙，慌忙冲了出去。

　　风云变色，鬼神泣哭!

　　泰文世抱着青衣老道已经冰冷的尸体，绝望的痛哭声渗透了云层。

　　蓝姬和卡郦也在放声大哭。

　　一声声呼唤，最后变成了愤怒。

　　泰文世眼睛里充满了鲜红的血，望着天空飘过的一片片浮云，心下一阵抽搐，突然狂叫起来，那张脸因为愤怒而变得狰狞，一阵阵沉重的呼吸声，撞击着沉睡中的灵魂。

　　他抱起师父的遗体，平整地安放在床上，跪了下来。

　　短暂的沉默，每个人都低垂着头，在心中为师父的遗体祈祷着。

　　"师父，徒儿为您送行了，您老安心地去吧……"过了好久，泰文世才哽咽着说出了这几个字，蓝姬和卡郦又忍不住抽泣起来。

　　仇恨的火花在他们内心慢慢升腾。

　　"师父，徒儿不孝，不能答应您生前的忠告，我发誓一定要找到凶手，亲手提着他的头颅来祭奠您……"

他重重地磕下头去，鲜红的血液顺着额头流了下来，模糊了他的双眼，他的脸⋯⋯

蓝姬和卡郦抱住了他，失声痛哭起来，求他不要再折磨自己⋯⋯

第十八章　暗黑迷失

他们把青衣老道的尸体安放在了房子边上的一块空地上，又在坟墓周围种上了各种鲜艳的花儿。坟墓前立着一块墓碑，上面写着"恩师万圣之尊"。

三人跪在墓碑前，所有人眼里都藏着淡淡的忧伤。

"师父，您老安息吧。"泰文世缓缓地说道，"您老在天之灵，保佑徒儿尽快找到凶手，为您报仇雪恨！"

"师父，徒儿蓝姬来向您告别了，这也许是最后一次来见您了，希望您在地下……"她的话还未说完，泪水便像断了线似的落入土壤里。

卡郦也红了眼睛，哽咽道："老爷爷，卡郦也是来向您告别的，以后也许永远都不会再回来了，希望您在天之灵，能够保佑泰阿哥尽快找到凶手。安息吧，老爷爷！"

"师父，徒儿告辞了，当我找到凶手的那一天，一定会带着他的头颅回来看您的……"泰文世再次磕了三个响头，又在坟墓前安静地凝视了一会儿，然后转身离去。

泰文世在整理师父生前遗物的时候，突然想起了引发血光之灾的那笔宝藏，心情沮丧到了极点。

但是，他没有找到相关的证据，只是在一个不起眼的地方发现了一本书，书上的内容奇形怪状，不像文字，也不像画，倒像是符号。可他根本就看不明白那些符号的意思。

收拾完老头子的遗物，就准备出发了。

泰文世最后看了师父房间一眼，在心里默然道："师父，您老人家安息吧，徒儿告辞了。"

站在房子前面空旷的空地上，三人默默地注视着小房子，眼神依然忧伤。

过了许久，泰文世终于叹息了一声，然后转过身道："走吧。"

蓝姬却迟迟没有回头，浓浓的悲伤萦绕在心头，久久挥之不去。

这是一段让他们这辈子都难以忘记的回忆，又是一段令他们痛苦的记忆，每个人都在心里默默地喊着："别了，师父；别了，小屋……"

泰文世几乎忘了自己是如何离开这里的，他凭着直觉，带着蓝姬和卡郦慢慢地走上了一条小道，这条小道究竟通往何处，他也不知道。

　　他们好像在森林里瞎逛了很久，但始终没有寻到出路。当终于来到一大片空地的时候，天空已经完全暗了下来，周边的景物全都掩隐在了夜色中。

　　"唉，好累啊，什么时候才能歇一会儿呀。"蓝姬在一块大石头上瘫软了下来。

　　泰文世望了望遥远的夜空，说道："先歇息一会儿再走吧。"

　　"泰阿哥，你说今天晚上我们还能找到住处吗？"卡郦在黑暗中低声问道。

　　泰文世苦笑起来，没有回答她的问题，他心里也是七上八下，在这样的大森林里，他也无法预测下一步究竟会遇到什么，去向何处。

　　"我们现在已经没有办法了，只好继续往前走。"泰文世的声音在黑暗中像无声的叹息，纠缠着每个人的心。

　　过了一会儿，蓝姬突然又说道："好想快点见到外面的世界。泰哥哥，外面的世界真的很美好吗？"

　　泰文世愣怔了一下，他不知道该如何回答蓝姬，因为他知道的真实的世界，远比大山里要凶险多了，处处充满着仇杀和血腥，充满了争夺与冲突。

　　他沉沉地呼出一口气，然后幽幽地说道："也许吧。"

　　于是，蓝姬和卡郦眼睛里便充满了无尽的向往，她们的心早已飞向了繁华的世界。

　　过了一会儿，泰文世起身道："好了，我们继续赶路吧，不能耽搁太久。"

蓝姬和卡郦原本跟在他身后，他却又让二人走在自己前面。

"泰哥哥，你还记得师父曾经对我们说过的一句话吗?"蓝姬打破了无聊的沉静。

泰文世反问道："什么?"

"只要一直向前，就会达到目标。"

泰文世很认同这话，却忘记是否是师父说过的话，不过又安慰道："只要我们一直向前，就一定会找到出路的。"

"卡郦，泰哥哥说得对，不要灰心，我们很快就会出去的。"蓝姬也转而安慰卡郦。

卡郦尖声道："蓝姬姐姐，我没有灰心啊，我知道出路一定就在前面的。泰阿哥，老爷爷说得很对，我父亲也曾经说过这样的话，我们都不要灰心。"

泰文世心里涌起一种莫名的感动，他跟在后面，脚步显得更加沉稳了。

"吱吱、吱吱……"

他们听到这个声音，几乎同时停住了脚步。

蓝姬突然惊异地叫了起来："小松鼠、小松鼠……"

他们都感到惊奇，因为青衣老道生前曾经说过小松鼠回到自己原来的森林去了，可为什么它现在又会突然出现?

"小松鼠，是你吗? 快出来啊!"泰文世顺着声音传来的方向叫了一声，一个黑色的影子突然从树上唰唰地溜了下来，然后趴在泰文世肩上，两只乌黑的小眼睛滴溜滴溜地转动着。

"小松鼠，你怎么回来了？"蓝姬抚摸着它光滑的皮毛，但是小松鼠好像满腹心事，任凭他们怎么做，它再也不动一下。

"怎么了小松鼠，你怎么不理我呢？"蓝姬嘟着嘴，摸着它尖尖的小脑袋问道。

泰文世忽然明白了是怎么回事，眼神突然黯淡了下来："小松鼠已经知道了师父的事情，它是在悲伤呢。"

谁知道他刚说完这话，小松鼠突然又叫了起来，细小的声音里充满了忧伤。

"小松鼠，可是我们该离开这里了。你呢，也要回家去了吗？"蓝姬黯然说道，小松鼠的小脑袋突然拨浪鼓似的摇了起来。

"怎么了，你不愿意回家吗？"

"但是，我们不能带你一起离开这里，那些地方根本不适合你生存，这里才是你的家。"泰文世想起康撒斯城，骨子里便充满了力量，恨不得一下子飞去那里。

小松鼠停留在他肩上，双眼迷离，不再动弹。

"小松鼠，我们也舍不得离开你，但是，我们现在也迷路了，不知道什么时候才会走出这里呢。"蓝姬说。

小松鼠突然又跳到泰文世肩上，用小爪子在他耳朵边挠着。

"怎么办，小松鼠跟我们一起走吗？"蓝姬问。

泰文世也不知道，此去前路真是一片渺茫……他又叹了口气。

小松鼠突然跳到地上，然后用嘴咬着泰文世的裤腿往前拉。泰文世疑惑地蹲下身来，抚摸着它的小脑袋："小松鼠，你这是打算带我们去哪里呢？"

小松鼠欢快地叫起来。

在暗黑崎岖的小道上，它在前面蹦蹦跳跳，突然间，前面出现了一点点亮光，他们忙停住脚步。

"哎，泰哥哥，你们看……"蓝姬停下了脚步，其实大家也早已看见了亮光。

"难道前面有人？"泰文世自言自语道，但是他又抱起小松鼠问，"小松鼠，你把我们带到这里做什么呢？"

小松鼠这时候又叫了起来，依然很欢快。

"泰阿哥、蓝姬姐姐，说不定前面真的有人住，我们为什么不过去看看呢？"卡郦提议。

泰文世也正是这样想，但叮嘱道："你们在这里等等，我先过去看看。"

"不，我们跟你一起。"蓝姬倔强地说道，她害怕自己和卡郦留在这里会遇到什么危险。

泰文世想了想，也担心她俩的安危，于是答应了她。

那点光亮在黑暗中显得尤为刺眼。

　　他们悄悄走近之后，才发现这里原来真的有一座小房子，那点微弱的光亮便是从小屋里透射出来的。

　　顿时，每个人心底都涌起了一阵兴奋。

　　泰文世轻轻敲门，手还没放下，突然露出一点缝隙。他正感到惊异，突然从门后面探出来一个人头。

　　当他们四目相对的时候，泰文世立即便呆住了。

　　"你们找谁啊?"

　　泰文世突然兴奋地叫了起来："你不记得我了，是我啊，你再仔细看看。"

　　那是一张熟悉的面孔，身材矮小，此时正瞪着一双惊异的眼睛看着满脸堆笑的泰文世，片刻之后才终于好像认出了他，问："是你?!"

　　"是啊是啊，你不会这么快就忘记了我吧。"泰文世拿出魔杖，递到矮人面前，"你看看，这不是你送给我的吗?"

　　然后他们便被请进了房子里。

　　泰文世收起魔杖感慨道："没想到还会在这里遇到你。"但是，他突然顿了顿，"你怎么又会在这里?"

　　矮人笑着道："恩人，我本来就是住在这里啊。"

　　众人闻言，露出极不信任的表情。

　　"怎么了，你们?"矮人看着他们莫名其妙的面孔，也笑了起来，"一路上辛苦了。唉，可惜啊，没想到长鼻子老道到死也没再见上一面。"

他一席话说得他们全都傻了眼。

"唉，不说了，不说了，你们先坐下吧，房子有点小，将就一下。"

泰文世没有动弹，诧异地问道："请问……老人家，您跟我师父很熟，是吗？"

"嘿嘿……你师父啊，那老头子离开的时候也不打声招呼，等我去看他的时候，已经晚了哦。"

"您……"

"还难为你们把他的一副臭皮囊用一堆土给埋了起来，总算是没白收你这个徒弟。"矮人说话的声音突然有些沙哑了，泰文世听明白了他的意思，然后毕恭毕敬地作揖道："老人家，小侄有礼了。"

矮人忙摆了摆手："我和你师父生前可是老交好，你们不用跟我客气。唉，我们本来约好下月见面的，没想到现在他抛下我一个人先离开了……"

一句话说得他们一阵心酸，气氛顿时又降到了冰点。

"哎，好了，别说这些了，快说说你们吧，这是准备去哪里呢？"

泰文世的思绪又回到了现实中来，忙回道："我们准备离开这里，但是不知道该怎样才能出去。"

"哦？"对方反问道，"离开这里？你们准备去向何处？"

"康撒斯城。"

矮人眼神闪烁了一下，随即便点了点头道："谁叫我是你师父的生前好友呢。这样，你们暂且在这里住上一夜，等天亮后再作打算吧！"

"好啊好啊，我们就先在这里住一夜吧，等天亮了再走也不迟啊。"蓝姬太累了，立马应了下来。

泰文世没有拒绝，又作揖道："谢谢您，那就打扰了。"

"住处狭窄，各位别嫌弃就好。"

实在是太累了，不大一会儿，蓝姬和卡郦便进入了梦乡。

泰文世和矮人却并无睡意。

"怎么，赶了一天的路，还不累吗？"矮人问。泰文世轻声叹息道："睡不着。"

"没有什么大不了的事情，兵来将挡，水来土掩。你师父生前就是抱着这种乐观的态度活了一辈子，不要把所有的担心都当作是包袱。"

泰文世心里微微动了一下，道："您和师父是很早就认识了吗？"

"呵呵……"矮人在黑暗中轻笑道，"我们认识的时候，你师父在江湖上正是声名鹊起之时，那时候谁敢不顺从万圣之尊的号令！"

泰文世眼前浮现出了师父那笑傲江湖的模样。

"我是和你师父一起退隐到这座大森林里来的，好多年了，真是漫长啊……"

"其实我一直都在想，师父他老人家为什么可以放下一切，归隐山林？"

"人世繁杂，人心更复杂，没有什么是放不下的。好了，不说了，睡觉吧，明儿你们还要赶路呢。"

泰文世在黑暗中愣了许久，但是他还有一个问题："老伯，您可以告诉我，害死师父的人究竟是谁？"

矮人那边却已经传来呼噜声，泰文世只得无奈地闭上了眼睛。

黑暗中的一切，在他眼前灰飞烟灭，渐渐沉寂了的夜晚，又恢复了片刻的宁静！

天刚蒙蒙亮，泰文世便被光亮刺激得睁开了眼睛。他转过头，看见身边仍在熟睡中的人，心头开始感觉轻松了许多。

矮人坐了起来，伸了个懒腰，打着哈欠说道："好早啊，天还没有完全亮起来呢，怎么也不多睡一会儿？"

泰文世摇头道："老伯，您再睡一会儿吧，我出去看看。"

"年纪大了，没那么多瞌睡！"矮人说着也下了地，把蓝姬和卡郦也惊醒了，房子里又变得热闹起来。

"泰哥哥，你看见小松鼠了吗？"蓝姬昨天记得自己是抱着小松鼠睡觉的，怎么今天早上就不见了。

"小松鼠本来就属于森林，它爱去哪里就让它去吧。"矮人接过话道。

"老伯，打扰了您一夜，也是该告辞的时候了，您可否告诉我们如何才可以离开这里?"泰文世毕恭毕敬地说。

矮人却笑着摇头道:"可以离开,但是我有一个条件。"

他们又都愣住了,原本以为小老头会很爽快就答应他们的。

"你们要想离开这里,得先答应老头子我一件事情。"矮人又说了一遍。

泰文世想了一下道:"您说!"

矮人转身扫视了面前所有人一眼,然后说道:"你师父昨天晚上给我托梦了……"

"托梦?"

"对,他要我告诉你们,不要去为他报仇,千万不要,尘世纷扰,恩怨情仇,冤冤相报,何时才能休啊。"矮人像是在自言自语。

泰文世愣住了,但随即摇头道:"为师父报仇,是徒儿现在唯一的愿望,如果一定要徒儿置身事外,徒儿办不到。"

"我知道你不会放弃,但是你师父的话也不能不听。这样吧,为了成全你,又能够了了你师父的愿望,我必须要考验你一下。"

"考验?怎么考验?"泰文世不明所以。

矮人道:"是的,因为能够杀死你师父的人,功夫一定不在你师父之下,所以你这样冒失前去,一定会有危险。你师父不想你去替他报仇,就是不希望看见你为他而白白送了性命。"

泰文世一阵感动，他明白师父的心意，也知道师父一直在为他着想。但他必须得报仇，要不然余生都不会开心，不禁长叹一声，决定接受矮人的考验。

"好吧，你跟我来。"矮人说着便推开门出去，蓝姬和卡郦也跟着来到了外面。

森林里的雾气还没有完全散去，雾蒙蒙的感觉笼罩在每个人心头。

"你看见那个山头没有？"矮人指着被雾气弥漫着的很远的一座山对泰文世说道，"那座山里有一只修炼了百年的老怪，功力无边，就连你师父出手，也不一定能够赢得了他……"

泰文世仰头问道："只要我打败了他，您就告诉我们怎么离开这里吗？"

矮人点了点头。

"但是，您还得答应我一件事。"

"说吧！"

"我还不知道害死我师父的究竟是谁！"

"这我无能为力，老道托梦给我，我答应过他，不能告诉你。"

泰文世凝视着矮人的眼睛，沉吟了一下，然后回过头去对蓝姬和卡郦说道："你们俩就在这里等我回来，很快。"

蓝姬和卡郦走上前去，望着山头说道："你一定能赢，我们等你的好消息。"

"好了，快去吧。那老怪不是一般人的对手，切记，切记！"矮人抑扬顿挫地说着，然后转身进了房子。

泰文世目送着矮人消失的背影，又看着蓝姬和卡郦道："放心吧，我不会有事的，你们也进去吧。"

"你一定要赢！"

"相信我！"

泰文世决然转过身，然后向着目标奔去。

蓝姬和卡郦望着泰文世的背影，脸上露出了复杂的表情。

泰文世内心是非常急切的，刚刚离开小屋，便施展开身形，如若踏叶而行，不大一会儿便到了矮人指定的地点。

那里刚好是一块空地，在空地边缘立着一棵参天大树，枝叶繁茂，直插云霄。

泰文世站在空地上向四周张望，可眼前莽莽一片，除了树木还是树木，根本就没有什么老怪。

难道小矮人在耍我？

不对啊，他为什么要耍我呢？他这样想的时候，于是提高了警惕，双眼扫视着周围。

但一切还是那么的平静，甚至连风吹过树叶的声音也都能听见。

"老怪，我是来挑战你的，有本事就别藏着掖着……"泰文世怒吼着，山谷中涌起一阵回音。

在他后面突然传来树枝哗哗作响的声音，好像被风吹动。

他转过身去不经意望了那棵大树一眼，感觉危险正悄然而至。

突然，不知从何处传来一阵狂笑，他疑惑地回过头去，因为他感觉身后的老树抖动得越发厉害，越来越不正常。

正在他疑惑间，那老树突然向两边分开，然后从中露出一个可怕的头颅，满脸的奸笑和狰狞。

泰文世愣了一下，突然释然，原来不过是一个老树精而已，老怪之名，名副其实。

"嘿嘿……你小子好大胆，竟敢吵醒我的美梦，看你是活得不耐烦了，识相的快快受死，免得浪费老夫的气力。"

泰文世冷冷地望着对方，突然便见老怪从树中弹了出来，它站在泰文世面前，脸上像老树皮一样裂开，身上缠绕着许多枝条，整个一棵行走的树。

"小子，你来这里做什么，老夫已经好久没有喝过人血了，你今天居然送上门来，那老夫就不客气了。"那老怪一口一个老夫。泰文世冷笑道："老匹夫，我是来取你烂命的，还不快快受死。"

"就凭你？哈哈……乳臭未干的小子，口出狂言，看招！"老怪浑身突然生出无数的枝条，向着泰文世射了过去。

泰文世手中魔杖一挥，一道刺眼的光亮喷射而出，而后将老怪身上那些树枝条全部从中劈为粉碎。

但老怪却迎身而起，两条手臂突然幻化成两条粗壮的枝条，向着泰文世抽了过去。泰文世虽然躲闪开，但那两根树枝却缠住了他手中的拐杖。

两个人对峙着，不相上下。

老怪突然大嘴一裂，一张血盆大嘴猛然向后一吸，泰文世顿时感到一股巨大的力量向自己吸来。

泰文世稳住阵脚，恍然明白那老怪的用意，突然身子向前，顺着老怪的方向扑了过去。那老怪还以为对方是被它自己吸过去的，正得意忘形，面前之人犹如一大鹏张开了双翅。

"中——"泰文世一声怒吼，手中魔杖便向着老怪劈了下去，但那老怪毕竟不是这么轻易就可以被对手收服的，魔杖未至，老怪面前突然齐刷刷撑起一面用树枝砌成的墙壁，把泰文世挡在了外面。

"哈哈……就凭你这三脚猫的功夫也想在老夫面前卖弄？"老怪说完这话，突然又鼓起大嘴，一口猛气向前吹了过去。

泰文世隔着那面树墙没有看明白，瞬间被一股强大的气流吹了起来，他在半空中摇晃着，几乎失去了方向。

老怪占了便宜，并未就此打住，而是又怪笑一声，整个身体便被树枝缠绕着向着空中飞了起来。

泰文世在空中收身未及，双脚都被这些树枝给缠绕住了。

"哈哈，小子，现在你总该知道我千年老怪的厉害了吧，看你还能有什么本事，尽管使出来吧。"

泰文世眼看着自己就要被老怪给缠住，顿时心里大急，全身力量喷射而出，只听得一声巨响，他身上的树条便炸开了，碎片一般撒了下去。

老树怪见泰文世居然会破了自己的阵形，随即叫嚣着向泰文世扑了过来。泰文世从它身边飞了过去，然后站在老树枝上冷眼盯着它。

但是，他突然又觉察到了不对劲，猛然回头，只见身后所有的树枝都在抖动，一条条长长的树枝开始向他卷了过来。

他暗叫了一声，随即脱离开去。但是，当他落到地上，再次回头的时候，那些树枝还在继续向他站立的方向延伸。

"哎，你们想要缠死我啊。"泰文世鼓起眼睛骂道，然后飞身而起，隔着老远一掌打了过去，而后便听见一阵猛烈的爆炸声。那棵老树被炸成了粉碎。

老树怪一声号叫，冲天而起。

泰文世毁了它的巢穴，它自然气急败坏。

但是，泰文世这时候并没有理会老怪的怒火，待它靠近之时，猛然出招，两只手掌幻化为两把利剑，在老怪面前狂舞起来。

老怪眼花缭乱，招架不住，连连倒退。

泰文世求胜心切，一招接着一招，终于逼得老怪没了退路。老怪中了一剑之后，稍一走神，全身像被劈成了碎片，一层层地脱落，最后只剩下一些绿色的东西附着在了它身上。

泰文世盯着那些绿色的东西，差点没呕吐，因为那家伙的内脏全部都是绿色的，而且所谓的骨骼也是树枝搭成的。

　　但是，老树怪并没有倒下去，而是在他面前幻化成了一棵大树，一瞬间，又长成了枝繁叶茂。

　　"哈哈，你以为你可以杀死我吗？看看你身后吧！"泰文世正望着面前这棵树发愣，突然耳边又传来一个阴冷的声音。

　　在他身后，突然之间又长出了许许多多的大树，而且都向着一个方向排列着。

　　泰文世内心阴沉了下来，心想："这样下去，那老怪不是永远也杀不死了吗？那我还不是一样会输给它。"

　　这样想着，他便往后退了几步，然后大声喊道："老树怪，你虽然已经成精，但是你终究还只是一棵树而已，我今日也不想再对你痛下杀手，但你得给我听好了，以后永远只能以一棵树的样子在这里站着，如果我再次看见你化为人形，定把你毁尸灭迹。"

　　老怪却狂笑道："你虽然已经灭了我的灵魂，但是我还能再活下去，你根本就不能把我完全杀死。在我面前，你永远是输家，你不会赢得了我的……哈哈……"

　　"你看我怎么毁你……"泰文世听了这话，越来越感到刺耳，心底的怒火也越烧越旺，最后终于忍无可忍，一声怒吼，使出连环掌法，把面前这棵老树化成了碎片。

　　随后，他望了一眼身后那些刚刚长起来的树木，一棵棵也全都倒了下去。

　　那一地的碎片，凌乱地散落在他眼前，他不禁叹息道："你这是何必呢，为什么要逼我再次出手?"

还不到一个时辰，他便安然无事地回来了。

他在房子外面站立了一会儿，然后去推门，本以为会看见蓝姬和卡郦，但屋子里一个人影也没有。

他正在疑惑间，身后传来了拍手的声音："哈哈……没想到你会这么快就回来了，厉害、厉害!"

泰文世听见这个声音，忙回过头去，脸上露出了惊喜的笑容。

"不愧是'万圣之尊'的弟子，不可小看啊。"矮人笑着走近泰文世面前，"你打败了那老怪，现在是我兑现诺言的时候了。"

泰文世却问道："老伯，蓝姬和卡郦呢?"

"她们在房子后面玩呢，一会儿去叫她们。"

泰文世疑惑地点了点头，随之进入屋内。

"老伯，我想我们不能再耽搁下去了，您快告诉我们怎样才可以出山吧。"泰文世在门口站住。

矮人说道："我会履行我的诺言的，但你何必如此着急呢?能成大事者一定要做到心平气和，不要太急于求成，年轻人。"

泰文世道："老伯，师父大仇未报，我怎能有心情再在这里无休止地待下去呢?"

"你这份孝心实在可嘉，但是，你还得冷静下来。"

"您这是打算违背自己的承诺吗?"

矮人不禁叹息道："既然你叫我一声老伯，我能够眼睁睁地看着你走上不归路吗？"

泰文世一时无话可说，愣在那里等着矮人的又一轮教训，但对方却没有再说什么，只是起身走到了门口。

"我去叫她们回来，你先等着。"矮人意味深长地看了泰文世一眼。

泰文世当时就从他眼神里感觉到了不对劲，但又强迫自己往好处想。可是，外面传来的尖叫声，却把他惊得弹跳起来。当他推开门的时候，脸上立即变成了死灰色。

矮人面前站着蓝姬和卡郦，但她们的双臂却被捆绑着。

"泰阿哥，救我们啊……"

"泰哥哥，别管我们，快杀了他……"

蓝姬和卡郦的声音听起来无比害怕，眼里流露出惊恐的神色。

矮人脸上露出一丝冷笑，两眼定定地望着泰文世。

泰文世想不明白发生了何事，为什么矮人要把蓝姬和卡郦抓起来？

"你应该知道是怎么回事吧，赶紧把你手中的东西交出来，不然的话，今日便是她们的死期……"矮人说着，两只手臂都加了些劲。

泰文世心里一惊，忙制止道："老伯，我想，这是不是一场误会，您……"

"误会，什么误会？没有误会。如果你还装蒜，我就对这两个小丫头不客气了。"矮人说着这话，露出了恐吓的表情。

"你先放了她们，你想要什么我都给你。"

"放了她们？哈哈……你还真以为我是三岁大的小孩，先把东西交出来，否则我马上杀了她们……"

泰文世心里憋了一口闷气，但是他表面上还是装作很平静的样子，无奈地说道："这是我跟你之间的事，没必要扯到另外的人。"

"小子，你还真够意思啊，怪不得这两个小丫头始终死心塌地地跟着你呢。好，我就给你个机会，如果你打赢了我，我马上就放了你们。"

"你为什么要这么做？"

"少废话，你只有先打赢我，否则一切免谈。"矮人说着，便把蓝姬和卡郦推到了一边，然后冲着泰文世展开身形飞了过去。

泰文世暗自叹了一口气，在心里说道："得罪了！"

两个人如影子一样在空中飘舞，早已分不清谁是谁。

蓝姬和卡郦在一边悄声说道："看来泰哥哥真的被我们给骗住了，你看他多卖力。"

"就是，那老伯好像也是真打的呢。"

"是啊，要跟演戏似的，那不全露底了啊。"

泰文世和矮人在空中展开了一场殊死之战，直杀得天昏地暗。

　　俩人此时已经打完第一回合，彼此分开站在空地两端。

　　"年轻人，你的招法显得太急躁了，为什么不能平心静气的把每一个动作都施展到位呢？"矮人背着双手，望着泰文世幽幽地说道。

　　泰文世冷笑道："能打败你就可以了，管它招式章法如何呢？"

　　"不，你错了，任何事都要讲究章法，何况是能量的运用。在这个世界，谁也不知道谁才是真正的高手，只有等其中的一个躺在了地上，才会分出胜负来。"

　　泰文世仰起头，眼睛里闪着一股怒火："你的意思是，我们今天有一个必须躺在这里了？"

　　"不，躺下不躺下只是意念中的事情，在高手眼里，根本没有生死之分，那才是最高境界。"

　　泰文世一时间没有明白这句话的意思，厉声说道："出招吧，我们还没有分出胜负。"

　　矮人眼光一闪，还没有等泰文世反应过来，已经腾空跃起，大喝一声："年轻人，山外有山，人外有人，今日就要你好好明白这个道理。"

　　话音未落，人影已到近前。

　　泰文世单手一挥，两只手掌便搅在了一起，似影似风，搅得天昏地暗。

蓝姬和卡郦在一边暗自为泰文世捏了把汗。

按照正规的进攻路线，进攻者在一招未成的时候，必定抓住机会再行第二招，但矮人却没有这么做，他在一招被对方接下之后，便像轻飘飘的蝴蝶一般跌落而去。

泰文世心里猛然一惊，一把抓住了即将倒地的矮人。

矮人刚站稳脚跟，突然对他笑了一下，却没有再给他任何机会，又使出了一掌，冲着泰文世胸口而来。

泰文世大惊，以八卦循环的章法开始运气，一股阴柔之气从他手掌间瞬间拍出，直向矮人脑门打去。

"啊——"矮人突然传来一阵惨叫。

泰文世愣了一下，忙收回掌法，跑过去凑到矮人近前。刚想低下头，矮人突然跃了起来，接着向他脑门一拳打了过去。

"你今天已经是第二次在战场上心慈手软了。这是江湖，你的仁慈是不会给你带来任何好处的。"矮人站在刚才倒下去的地方说道。

泰文世听着对方的话，突然笑了起来。

等他笑够了，矮人才又说道："你以为你的笑可以隐藏你心里的弱点？你错了，大错而特错，并不是每个对手都会对你心软，比如说那些怪兽，根本就是畜生，怎么会和你一样心慈手软呢，所以你又犯了错误。"

泰文世愣怔半晌，突然跪在了地上。

这时候，蓝姬和卡郦跑了过来，她们的双手早就解开了。

　　"老伯，徒儿错了，错得太多了，您刚才一番教诲，徒儿将铭记于心。"

　　矮人大笑起来："原来你早就知道这是我们设计好了来逗你的，还蒙了老头子半天啊。"

　　"徒儿不敢，只是刚才听了老伯一番衷心的教诲才略有所悟。"泰文世在矮人的搀扶下站了起来。

　　"好好，不错不错，你通过了最后一道检验，我也完成了老道交给我最后的重任，现在你们终于可以上路了。"

　　三人脸上露出了欣喜之情，激动之情展露无余。

　　"你要记住刚才我所说的每一个字，切切不可大意，否则可能会跌入万劫不复的深渊。"矮人又意味深长地叮嘱道。

　　泰文世诚恳地垂下头："老伯教我的每一个字，我都铭记于心，不可轻易相信任何人，在对待恶人的时候，切记不可心慈手软。"

第十九章　重见天日

矮人站在房子前面的那片空地上，目光落在遥远的山头上，眼里一丝寂寥。

泰文世和蓝姬、卡郦站在他身边，顺着他的眼光望去，一片渺茫。

"那个地方，有一条大河，你们沿着这个方向一直向前走，直到见到了那条大河，康撒斯城就离你们不远了。"

随后，告别、辞行，去向远方。

泰文世回头望着莽莽丛林，然后把蓝姬和卡郦的手握在自己手中，缓缓说道："这次离开之后，也许永远也不会再回来……"

一句话将活跃的气氛降到冰点，蓝姬和卡郦眼神中藏着一丝忧郁，一丝不舍。她们其实都明白，这一去，可能真的就再也回不来了。

苍迈的远山，渐渐沉寂了下来。

南雁北飞终有时，是是非非无尽然！

泰文世在心里默念着这句诗，再也没有回头多看一眼，他决定义无反顾地离开，因为还有很多事等着他去做。

可是，前面好像还是无尽的大森林，他们又走了好久，一直在森林里转悠。

蓝姬泄气了，卡郦也感觉有点郁闷，只有泰文世，还是一如既往的对前路充满希望，不带着任何愁绪。因为他知道目标一定就在前面不远，老伯是不会骗他们的。

"泰哥哥，咱们歇息一会儿吧，我真的走不动了。"蓝姬满脸疲倦。泰文世望了一眼卡郦，见她也是以同样的表情望着自己，不得不应了下来。

三人在光秃秃的横木上坐下，打算歇息片刻再继续赶路。

泰文世的双手撑在横木上，突然，一阵兴奋迅速占领了他的身体。

"我想告诉你们，我们离康撒斯城不远了，你们看……"他起身指着光秃秃的横木说道，"这根横木很显然是有人砍倒的。这里，你们看，连一根树枝都没了，树的表面光秃秃的，明显是刀斧砍过的痕迹。"

他正激动地望着蓝姬和卡郦，一阵犬吠声传了过来，三人兴奋不已，随即朝着那个方向跑了过去。

那是一条棕色的狗，身材壮硕，当它看见有人来时，又叫了几声，然后摇着尾巴停了下来。

泰文世从狗的眼神中发现了蛛丝马迹，可以肯定这只狗是家养的，因为它身上没有那种野狗般残暴。他慢慢靠近，然后吹着口哨试探，那狗果然很听话的再次向他摇起了尾巴。

"听话，哎，蹲下、蹲下。来，告诉我，你的主人呢?"泰文世像训导小孩子似的训导着狗。那狗果然聪明，泰文世的话刚说完，它就站了起来，然后掉头离开。

泰文世和蓝姬、卡郦相视而笑。

那狗走了没多远，便遇到了一道土坎。

泰文世见狗站在土坎后面不动，于是好奇地爬了上去。

土坎下面是一块大平地，平地上建有许多类似帐篷的小圆形房子。在房子周围，还拴有许多的牲畜，只是不见人影。

蓝姬和卡郦正焦急地等着回音，他转身低声说道："下面有很多房子，但不是康撒斯城。"

他的话让她们的兴奋度微微降低了点，不过总算看见人家了，这也给他们带来了一丝希望。

"走吧，先下去看看再说。"泰文世转身对着那狗说道，"谢谢你啊，麻烦现在把我们带到你的主人那里去吧。"

那狗摇着尾巴，然后从土坎旁绕了过去。

前面有一条小道，小道一直延伸到了下面的房子外面。

当他们出现在房子面前的时候，那狗突然间叫了起来，紧接着房门打开，出来一个面容沧桑的老头，以及两个小孩。

泰文世对老头笑了一下，礼貌地说道："老人家，不好意思，我们从这里借过一下，打扰您了。"

老头子满脸的皱纹，全折叠起来了。

泰文世突然心想，老人家或许知道康撒斯城的方向吧，于是借口想讨碗水喝。

老头子把他们让进屋子里，一间很简陋的屋子，但收拾得却很干净。

"几位来自什么地方，准备到哪里去啊？"老头的声音很低沉。

泰文世没有隐瞒："老人家，您知道有一座叫康撒斯的城市吧。"

"康撒斯城？"老人轻声嘀咕道，然后缓缓道，"你们要去那里做什么？那可不是一个吉祥的城市啊？"

他们全都愣了一下，莫名其妙地看着老头的眼睛。

"我也只是听前辈们说起过，但是自己还从未去过那里，所以想过去看见。"泰文世太担心自己的希望又落空了，"老人家，您知道怎样才可以到达那里吗？"

老头终于还是点了点头，然后说道："大概的方向还是知道的，但是具体怎样走，我也不清楚。"

泰文世忙谢道："老人家，您可以给我们指一下路吗？我们有点急事，待会儿必须继续赶路呢。"

老人站起来说："年轻人，不要这么急嘛。既然到了这里就是客人，不如先吃点东西休息一下，我去给你们准备。"

泰文世望了望蓝姬和卡郦，便对老头还礼道："太谢谢您了。"

老头出去后，泰文世对蓝姬和卡郦说道："你们待在这里，我出去看一下。"

泰文世推门打算出去的时候被吓了一大跳，房屋外面突然出现了许多人，全都像看怪人一样盯着他。

恰在此时，老头跑过来对所有人挥了挥手道："你们都做自己的事去吧，别打扰客人了。"然后又转过头来对泰文世笑了一下，"不好意思，这里好久没有来过陌生人，所以他们会感到惊奇。"

"是我们打扰大家的安宁了，我们休息一下，然后就会离开的。"

"不用急，先休息一下吧。对了，如果你想到处转转，可以给你叫个向导。"

"老人家，不用麻烦了，我一个人随便瞅瞅，您忙去吧，不用管我。"泰文世感激不尽。

不多时，空气中飘来了饭菜的香味儿。

满满一桌子饭菜，色香味俱全。

泰文世感激地对老头说："您太客气了，只需要随便给我们弄点吃的，何必这么麻烦呢？"

"你们是我们最尊贵的客人嘛。"老头讪笑道，"远来便是客，请慢用，我就不打扰各位了！"

三人饱餐了一顿，老头子再次进来的时候，他们全都趴在桌上，好像睡着了。

老头子一挥手，便进来一大群人。

"把他们都绑起来，等天黑再用他们来祭奠天！"老头子的声音显得更加低沉。

三人被关了起来，周围还有几个体形高大的男子守着。一直等到天黑了的时候，老头才命令把他们全都抬到外面去。

泰文世被这样一折腾，突然间醒了过来。而后，蓝姬和卡郦也睁开了眼睛。其实，是药力散失了，老头子是对照时辰下的药。

周围燃起很多火把，灯火通明。

蓝姬和卡郦挣扎着，但是身上被缚着绳索，无论她们怎么叫喊，都不起半点作用。

在他们面前站着许多人，全都神情肃穆，如临大敌。

这时候，先前招待他们的那个老头走了过来，在他们面前站了一会儿，然后就在泰文世的怒视下转过了身。

"快放了我们，放了我们……"蓝姬还在挣扎着，可那老头并不理会。

"老人家，您肯定是搞错了，我们并没有做错什么，只是路过而已，为什么要把我们绑起来呢？"泰文世还抱有一丝希望，但老头好像压根儿没听见他说话，向天举起双手，两眼露出虔诚的光芒。

"仁慈的上天，求您放过我们吧，请您将这些瘟疫从我们这里带走吧，我们将以最热的鲜血来祭奠您！"老头的声音抑扬顿挫，穿梭在幽幽夜色之中。

瘟疫？祭奠？

泰文世从老头的话里算是大致明白了事情的起因。原来，村庄不久前被一场不明瘟疫袭击，死人无数。村民认为是上天在惩罚他们，所以刚巧泰文世他们三人送上门来，村民打算拿他们的鲜血祭天！

泰文世先前一直没有反抗，就是想知道究竟发生了什么事情，此时，他突然发出一声号叫。

老头转身看着他，然后眼神严峻地说道："不要叫了，等一会儿拿你们祭奠了上天，就会消除我们部族的灾难。"

"快放了我们，要不然你们会后悔的。"泰文世话音刚落，老头便怒吼道："快快，快点先拿他祭奠……"

"泰哥哥、泰哥哥……"蓝姬和卡郦在一边也急得大叫起来。

泰文世叹了口气："看来，你们是想逼迫我出手了。"他只是轻轻一动，绑在他身上的绳子便松开了。

"快，卡抓住他，他是妖孽，快点儿……"老头瞪着惊恐的眼睛大声叫喊着，村民们朝着泰文世冲了过来。

泰文世身形一晃，便为蓝姬和卡郦解开了绳子，然后张开双手，微微一扇动，便见一股狂风吹了过来。

"老天发怒了，还不束手就擒。"老头怒声吼道，泰文世手掌猛然一翻，那些人便全部倒在了地上。

"我不想伤害你们，别再逼我出手。"泰文世实在是不忍心向这些手无寸铁的村民出手，但他们却一步步逼了过来。

"哼，原来都是你在搞鬼，给我抓住他，然后下油锅！"老头又对村民下达了命令。

泰文世无奈地摇了摇头，突然飞了起来，在空中急速旋转着身体，然后猛然打出两掌，村民都愣在原地，不敢再动弹。

"你们不要再闹下去了，我们都是好人，不是什么妖孽，我们可以帮你们把病治好。"蓝姬见泰文世终于控制了局面，于是想站出来维持一下局面。

但是，那老头突然将眼睛转向了她和卡郦，然后手一挥，村民便又向她们冲了过来。

泰文世见状，当即火起，想来不给他们点儿颜色看看，这些村民是不知道收手了。

这样想着，他便纵身跃起，然后抓起近前的一个村民抛向空中……

那些村民见状，再也不敢动弹。

老头也蹲在地上，眼里露出害怕的表情。

泰文世走近老头，瞪了他半晌，然后才说道："老人家，您真的误会我们了，我们只是路过而已，而你们却把我们当成了妖孽，还想拿我们的鲜血来祭奠上天，实在是太……"

老头满脸惊恐地望着他。

"既然大家不欢迎我们，那我们也不打搅了。您告诉我们怎样到达康撒斯城吧，然后我们马上离开。"

老头好像被吓傻了，脸色苍白，颤巍巍地指了指前方。

泰文世顺着老头的手看去，一片黑暗，什么也看不见。

"你倒是给说清楚啊，不然我们知道怎么走。"蓝姬还对老头的所作所为大感恼火，所以说话的语气也不那么友好。

老头颤抖着站了起来，然后嘶哑地说道："这里就属于康撒斯城的地域了，康撒斯城就在前面不远处……"

泰文世自己以为听错了，瞪着眼睛望向前方无尽的夜色。

蓝姬说道："如果你骗了我们，我们还会回来找你们的。"

"不、不会了，姑娘，老朽再也不敢为难各位了，康撒斯城真的就在前面不远的地方，大约还要走一个多时辰就到了。"

"多谢您了，我们这就告辞！"泰文世拉着蓝姬和卡郦迅速向前奔跑，一股就要到达康撒斯城的兴奋占据了他全身。

老头望着他们消失的身影，沉重地叹了口气，然后颓然地坐在了地上。

终于，他们看见了房屋。

"这就是传说中的康撒斯城吗？"卡郦如鲠在喉，脑海中出现了另外一个叫作康撒斯城的地方，眼睛里充满了怪异的光芒。

"我们终于找到它了……"蓝姬的声音在颤抖。

"我终于回来了，终于回来了！"泰文世高呼起来，这个让他魂牵梦绕的地方，现在终于再次出现在了他眼前，他近乎窒息。

蓝姬和卡郦紧紧地拥抱在一起，彼此分享着内心的喜悦。

泰文世想像着当见到艾丽娅、拉丝和阿杜司的时候，会是怎样一种情景。每当想起这一刻时，他的内心便如潮水泛滥。

他们走在大街上，周围的人都像看怪物般奇怪地望着他们。

这是一条熟悉的道路，一切都还是老样子，跟他当初见到的情景一样。

他眼里散发出火热的光芒，终于看见了那座房子，那座让他日思夜想的尖形房子，此刻就矗立在他眼前。

不久后，他把蓝姬和卡郦引到房屋外面，满脸带笑地说："就是这里了，房子里还有两个和你们年龄相差无几的女孩，还有一位像父亲一样的人在等着我们。"

蓝姬和卡郦的眼睛里充满了对这个城市的好奇。此时听说屋子里还有另外两个女孩时，二人眼里燃烧起火热的目光，一直烧到了心里。

泰文世向那扇门慢慢走了过去，想推开门时，举起的手却又停在了空中。他的头脑里，已经被一股滚烫的气流堵塞住了。

蓝姬和卡郦见泰文世迟疑，心里也开始七上八下，不清楚接下来会发生什么。

正在这时候，门突然从里面打开，但又很快关上。

泰文世没看清开门的人，正狐疑间，从门后探出来一个人，那双眼睛里满含泪水。

"拉丝，是你吗?"泰文世认出了她，颤抖着问道。

拉丝一脸的不信任地看着他，无力地摇着头。她不敢相信自己的眼睛，面前这人真是让她日夜想念的泰哥哥吗?

"拉丝……"

"泰哥哥……"

他们紧紧地拥抱在一起，激动的哭声令在场的人都心痛不已。

蓝姬和卡郦面对着这一切，泪水也湿润了眼睛。

"我好想你啊泰哥哥，我是在做梦吗?"拉丝感觉自己像在做梦一样，泪水打湿了泰文世的肩膀。

泰文世微闭着眼，呢喃道:"拉丝，你没做梦，真的是我。"

拉丝然后捧起泰文世的脸，仔细地端详着，想要把他看得更清楚。

泰文世强忍住思念的忧伤，然后转身拉过蓝姬和卡郦，对拉丝说:"这是蓝姬和卡郦，以后你们就是姐妹了。"

拉丝重重地点了点头，终于露出了笑容。

房子里熟悉的一切又重新出现在泰文世的视线里，那么记忆中的场景，再次让他黯然神伤。

蓝姬和卡郦呆呆地望着面前的一切，虽然一言不发，但眼神却出卖了她们的内心。

"好漂亮的房子啊。"卡郦禁不住叫出了声。

泰文世把拉丝拉到一边，似乎有千言万语，却又犹豫了，最后什么都没有说。

"泰哥哥，你是想问艾丽娅吗？"拉丝替他说出了心里话。

泰文世在拉丝的引导下终于见到了艾丽娅，那个正躺在床上，眼睛微微闭上的小女孩，眼角间流露着一丝淡淡的忧伤。

泰文世心里猛地一痛，差点儿没忍住流下泪水。他轻轻握起艾丽娅的手，温柔地贴在自己脸上，一阵痛楚袭来，泪水顺着脸颊，滚落在了艾丽娅的手上。

熟睡着的艾丽娅，脸色憔悴极了。

泰文世在心里痛苦地说道："艾丽娅，这次我一定会带你回家……"

熟睡中的艾丽娅不知道什么时候就醒了，端详着面前这个令她心力交瘁的男人，泪水早已经模糊了视线，继而哭出了声。

泰文世恍然间抬起头来，四目相对，阵阵心酸涌上心头。

"泰哥哥，真的是你吗？"艾丽娅吃力地坐了起来，然后紧紧地抱住了他。

"艾丽娅，是我。"泰文世轻声说道。艾丽娅痛苦地说道：

"我好想你啊，泰哥哥，这些日子你去哪里了，怎么也不带我一起走?"

泰文世无言以对，千言万语化成了一句话："我回来了，再也不会丢下你了。"

他要让四个女孩彼此相识，于是把她们召集在了一块儿。四个女孩像四朵鲜花，每张脸上都洋溢着灿烂的笑容。

"早就听泰哥哥说还有两个女孩在等他回来，今天大家终于见到了!"蓝姬开心不已，就像很早就认识了的朋友似的，很快打成了一片。

泰文世一路走来，在刀光剑影中冲杀，直到此刻心里才终于感觉轻松了。

艾丽娅走过来甜蜜地说："泰哥哥，你都离开我们好久了。我每天都在默念着你，想像着你某一天突然出现在我面前的情景。"

泰文世深情地说："是啊，我也是无时无刻不在思念着你们，我还以为这辈子再也见不到你们了呢!"

"怎么会呢?"

突然，他想起了什么，望着艾丽娅的眼睛："阿杜司人呢?"

艾丽娅说道："阿杜司已经出去好几天了，说是找你去了，我们也好几天不见他了。"

泰文世脑海里随即浮现出卡郦的父亲曾经对他说过的一切，顿时心里就涌起一阵奇怪的感觉。

"泰哥哥，你怎么了？"艾丽娅注意到了他脸色的变化，泰文世忙摇头道："没什么，只是有一点点累。"

艾丽娅突然又说道："我们已经出来了好久，想回家了。"

泰文世愣了一下，随即点头道："是啊，出来了这么久，也是该回家去的时候了。"而后又缓缓地闭上眼睛陷入沉思中，这一切的真真假假、是是非非，在他眼前都变成了碎片。

就在他回想着这些日子的经历时，外面突然传来开门的声音，拉丝高兴地叫了起来："一定是阿杜司回来了。"

她说得没错，进来的确实是阿杜司，但是当他看见泰文世那双眼睛时候，却突然之间变了脸色，愣在那里，许久都没有动静。

"阿杜司，您看谁回来了？"拉丝拉住阿杜司的胳膊亲热地叫道，但是阿杜司好像失去了知觉似的。

泰文世起身，向阿杜司慢慢走了过去，两双眼睛相对无言，直直地对立了许久，突然紧紧地拥抱在了一起。

"你终于回来了……"

"是啊，我还以为再也见不到大家了！"

四个小女孩在边上看着如此感人的场面，也纷纷悲喜交加。

二人拥抱了很久才分开。

"好久了，都没有得到你的消息，我还以为你已经……"阿杜司的眼神很灰暗，泰文世拉过蓝姬和卡郦介绍道："这就是我经常对你们提起的阿杜司。阿杜司，这是我的两个朋友，这一路多亏她们陪着我，我才能大难不死，安然无恙地活着回来了。"

"阿杜司，您好！"她们很乖巧，阿杜司也很开心："又来了两个可爱的小女孩，这个城市会因为你们的到来而蓬荜生辉。"

气氛很快便活跃了起来，以前认识的，不认识的，所有人都像久未见面的朋友。

"好了，你们一边玩去吧，我和阿杜司有些话要说。"泰文世支走了她们，然后冲阿杜司说，"我不在的这些日子，多亏您照顾艾丽娅。"

"唉，你不在的时候，她们两个可是整天把自己关在房子里，茶不思、饭不想的，我可好久没有见她们俩像今天这么高兴过了。"阿杜司叹息着，脸上浮现出苍老的笑容来，倒让泰文世感慨不少。

泰文世看着那几个小女孩的背影，脸上也溢满了笑容，收回眼神后说道："我又何尝不是呢？这一路上怪想你们的，当时想这辈子可能没有机会回来，不过幸好一想到你们，浑身上下就有了劲儿。"

主人欣慰地笑了笑，沉思了半晌，然后神圣地问道："我一直在想，当时究竟发生了什么事，你又被带去了什么地方？"

泰文世眼前浮现出了当时的情景，摇头叹息道："一言难尽啊，真是太离奇了，我当时什么都不知道，就被一股旋风卷到了一大片森林，然后……"

他正说到这里，拉丝跑过来说道："阿杜司，我们都饿了。"

阿杜司笑道："哦，差点忘了。偌，你们先等一会儿，马上就开饭。"他说完这话，又冲泰文世笑了笑，便进里屋去了。

泰文世望着阿杜司离开的背影，心里呈现出一片阴影，脸色再一次垮了下来。

"泰哥哥，你也给我讲讲你这些日子来发生的事情吧。"拉丝坐下来趴在他胳膊上，柔情蜜意地望着他的眼睛。

泰文世从那些清澈的眼睛里，仿佛看见了一汪清泉。那些日子，拉丝和艾丽娅的影子始终在他脑海里翻来覆去，现在终于见到了她们，心里才塌实多了，于是开始讲述自己的遭遇："我啊，当时在那一大片森林里遇到了好多怪兽，好多吃人的怪物，它们都想吃了我，还好我跑得快，每次都能够侥幸脱险……"

"在那个洞里，我看见了许多好玩的野兽。哦，还有一只小松鼠，太可爱了，就像……就像你们几个一样，哈哈……"泰文世逗着拉丝，拉丝在一边时而瞪圆着一双大眼睛，时而又笑得趴在了他身上。她已经好久都没有这样开怀大笑了，但笑着笑着，又未免生出一股惆怅。

"怎么了你，为什么又不高兴了？"泰文世突然发现拉丝的眼神黯淡了下来。

拉丝撇着嘴说道："泰哥哥，我当时就想，如果这辈子真的再也见不到你了，我不知道自己以后还能不能活下去。"

泰文世怜惜地叹息道："说实话，我当时也差点儿就死在了那些怪兽的魔爪下。那一刻，我眼前浮现出来的就是你和艾丽娅的样子，一想到你们，我就充满了活下去的勇气……"

拉丝低垂着面孔，好像又要哭出来了，泰文世安慰道："我这不是回来了吗？还有什么可担心的呢。来，笑一下，笑起来才好看嘛。"

第二十章　又生事端

晚饭吃到一半，阿杜司放下碗筷，起身说道："我已经饱了，你们慢慢吃，我出去办点事，很快就回来。"

"需要我一起去吗？"泰文世问。

"如果你愿意，我当然没意见。"阿杜司努了努嘴，泰文世于是也跟着站了起来。

"好了，各位，你们就在家里乖乖地待着，我们去去便回。"阿杜司说完就和泰文世离桌而去，只留下几个失望的女孩。

在路上，泰文世问阿杜司要去做什么。

"还记得我们原来一起吃过龙胆的地方吗？"阿杜司眼角间浮现出一丝黯然的笑意，泰文世不明就里地点了点头，他当然不会忘记第一次吃那东西时的情景，还发誓以后有机会一定要尝试。

"你可能以后都没机会再吃上如此好吃的美食了。"阿杜司接着说。

泰文世更加困惑,眼神间藏着深深的不安。

不知不觉间,酒肆已经出现在了眼前。

此时的酒肆,却显得如此冷清,大门紧闭,周围也不见一个人影。

泰文世跟着阿杜司身后,谨慎地环顾着四周,不知酒肆发生了什么变故。

阿杜司在门口站定,然后回头对泰文世说道:"你先在这里等一会儿,我进去看看。"

泰文世停下脚步,眼神落寞地落在街头。

不远处,有几个人在向这边张望,指指点点,眼神中似乎藏着惊惧的表情。

究竟发生了什么事呢?泰文世在心里暗自思忖道,刚巧阿杜司从门里出来了。

"唉,这次是真的治不好了。"他一边叹息,一边对泰文世招了招手,"你帮我把那掌柜抬出来一下。"

"掌柜的怎么了,发生什么了事?"泰文世看着阿杜司的眼睛。阿杜司无奈地叹息道:"掌柜的前几日不知染上了什么病,一倒下就再也没有起来。我给他开了些药,但总不见效。你看看这周围的人,以为掌柜染上了瘟疫,都不敢靠近了。"

泰文世这才明白那些带着惊恐神色的眼神,但他又说道:

"您难道也看不出来他究竟是得了什么病吗?"

阿杜司叹息道:"要是知道的话，也就不会等到现在了，我活了大半辈子，也从来没有见过如此奇怪的病。"

"您带我进去看看吧。"泰文世请求，阿杜司愣怔了一下，但随即说道:"也好，多一个人看看也好，兴许你能想到法子……"

酒肆里几乎没有一点光线，好一会儿才适应了昏暗的环境。

"小心点，过这边来吧!"阿杜司指着床上的人沉声说道，"偌，就是这里了。"

泰文世看不清楚掌柜的面孔。

阿杜司转身点亮松油灯，泰文世靠近床头，正要把床上的人翻过来时，却被阿杜司拦住。

"小心，别碰他!"阿杜司低声提醒，但泰文世并不在意，仍旧把掌柜的身体给翻了过来。

那满脸的红色小疙瘩看着如此瘆人，泰文世只是微微退了半步，然后再次靠近仔细观察。

"这种症状以前从来没有遇到过，束手无策啊。"阿杜司叹息道。

泰文世又把掌柜身上已经散发出臭气的衣服慢慢解开，差点没呕吐出来。

"怎么了，还受得了吗?"阿杜司问。

泰文世没吱声。

掌柜全身长满了小红疙瘩，密密麻麻的，看起来毛骨悚然。

泰文世也是第一次看见这样的病症，但他突然就想起了另外一件事情。也就是他当初在飞机上所遇到的病毒，被感染上的人身上也长出了疙瘩，和眼前这个患者的症状还有些相似。

"怎么了，还有办法吗？"阿杜司见他眼神显得迷茫，于是在一边轻声问道。

泰文世摇了摇头，表示自己现在还没有弄清楚患者到底感染了什么病。

阿杜司以为他摇头的意思是已经没有救了，于是站直了身体，叹了口气说道："真是造孽啊，怎么会遇到这种叫人束手无策的事情呢？"

泰文世继续查看了一会儿，然后起身说道："应该是受到了某种病毒的感染，不是什么疾病所导致的。"

"病毒？"阿杜司疑惑地眨着眼睛。泰文世朝着四处望了一眼："是的，等我再到处看看，看能不能找到一些线索。"

他在酒肆里转悠了半天，却没有发现任何有用的线索。

这时候，阿杜司也出来了，发现泰文世正盯着很远处看着，于是问："怎么样，找到什么了吗？"

泰文世慢慢收回眼神，眉宇间锁着一层深深的疑虑。

阿杜司看着他的眼神，似乎明白了他的意思，也变得无比的疑惑，悲伤不已："看来是没救了，你帮我把掌柜的抬出来，然后找个地方埋了吧。"

泰文世却拦住了他："不忙，让我想想，看还能不能找到其他办法。"

"你还有救人的法子？"

泰文世没有正面回答这个问题，只是说道："这事有点玄乎，看来另有隐情，如果我猜得没错，应该还有一丝希望。"

阿杜司完全没有明白泰文世的意思，倒是越来越迷糊了。

泰文世又说道："咱们先回去，我得好好想想法子，改日再来吧。"

"改日？"阿杜司眼里充满了不可思议的表情，但泰文世已经转身离去，他只好跟了上去。

一路上，街边几乎就没什么人，泰文世一双眼睛好像在不经意打量着周围，突然问道："阿杜司，我们来这里已经很长时间了吧？"

阿杜司点头道："是啊，很久了。"

"您能不能想想法子，我们必须得回去了。"泰文世的声音包含了一丝愁绪。

阿杜司在沉默之后突然问道："你很讨厌这个地方，不愿意继续待下去了？"

泰文世苦笑道："我只是想回到自己的世界去。在这里，我毕竟只是一个过客。"

阿杜司不再言语。

泰文世似乎不经意间看了他一眼，也陷入了沉默。

回去后，阿杜司突然当众宣布："明天是我女儿拉丝的生日，大家都想好对她说些什么了吗?"

她们把拉丝紧紧地围在了中间，一阵接一阵的欢笑声，将这个屋子里的空气都温暖了。

泰文世望着她们，不禁感叹道："真够折腾啊!"

阿杜司笑呵呵地说："明天晚上，我准备给拉丝准备一个小小的宴会，所有人都必须参加。"

"太好了阿杜司，感谢您的邀请。拉丝，明天晚上你将是主角，得好好打扮打扮。"艾丽娅笑道。

拉丝不好意思地垂下了头。

泰文世对阿杜司说道："拉丝可是她们中间最幸福的一个了。"

阿杜司立即反驳起来："话可不能这么讲，我已经把这些可爱的小女孩都当成自己的亲生女儿了。"

所有人听了这话，都开怀大笑，但是泰文世笑着笑着，心里却又慢慢浮现出了一丝阴影，脸神微微黯淡了下来。

没有人发现泰文世表情的变化，每个人都沉浸在欢笑声中。

天色渐渐黑了下来，刚刚回到康撒斯城，还没有好好睡一觉，所以他们早早便休息了。

　　泰文世独自躺在床上，心里想着一些乱七八糟的事情，难以入眠，待夜深人静的时候，他悄然起身溜出了门，借着夜色的掩护，很快就来到了白天去过的酒肆。但是，隔着夜色，他突然隐约看见几个人影正悄然靠近房子。

　　他躲在暗处，盯着那些人影，接下来发生的事情让他更为吃惊，因为亲眼看到那些人合力抬着个人鬼鬼祟祟地离开了。

　　泰文世不明白那些人要个染病的老头做什么，于是决定悄悄地跟上去想看个究竟。

　　那些人抬着掌柜的，一路小跑，很快绕过一个狭窄的胡同，然后便消失不见了。

　　泰文世躲在拐角处，施展轻功飞了起来，正好落到一处房顶上，这里可以望见那几个鬼鬼祟祟的身影。

　　这时候，那几个人突然停了下来，而且还回过头来向后张望着。

　　泰文世以为自己被发现了，匆忙之间便藏了起来。

　　又跟了一段路，他突然听到一阵水流的声音，不远处果然出现一条河流。

　　这些人到底要干什么呢？深更半夜来到这里，难道……

　　他心里一个激灵，刚回过神，发现那些人正准备把掌柜的扔进河里。

　　泰文世一急，飞身上前，三下五除二便把他们打翻在地。

　　那些人压根儿没看见是什么人把自己打倒，惊慌失措地四处张望着，突然有人大叫了一声："鬼啊!"顿时，所有人一窝蜂地逃之夭夭。

泰文世看见他们屁滚尿流的样子，差点儿没笑出声来。他发现掌柜还有微弱的鼻息，心想越危险的地方应该会越安全，于是决定把掌柜带回酒肆安顿。

将近中午的时候，拉丝拉着泰文世说道："泰哥哥，我想出去玩，你可以陪我吗?"

泰文世沉吟了一下："好吧，我们一起出去，反正人多也热闹些。"

这时候，阿杜司正好从屋里出来，泰文世问道："阿杜司，您不和我们一起出去吗?"

"老头子可没有这份闲心。你们出去吧，记得别玩得太久了，早点回来，晚上还有宴会呢。"阿杜司向他们招了招手，目送着他们出了门，脸上突然现出一丝耐人寻味的表情。

泰文世他们一路上走来，吸引了无数路人的驻足。

拉丝抱着泰文世的胳膊，行使自己生日的特权。

"泰哥哥，待会我如果想到什么愿望，你可要满足我。"拉丝小鸟依人般的依偎在他身边。

泰文世讪笑道："好、好，今天你生日，你最大。等会儿你们想要什么，我都买。"

又走了一段路，泰文世的眼睛投向了前面的酒肆，装作不经意地望了一眼，然后说："走，我们去前面看看，好久都没有吃那里的龙胆了。"

拉丝自然同意，今天早上她就要过来，但阿杜司没答应。

他们到达酒肆的时候，泰文世装作惊讶地问："酒肆停业了吗，怎么不见人？"

"看来吃不上了。"拉丝失望至极。

泰文世环顾四周，回头说道："你们在这里等着，千万别乱跑，我进去看看掌柜在否。"

掌柜的居然不在屋里，平白无故消失了。

泰文世心里凉了半截，回忆起昨晚的事，思虑着究竟哪里出了问题，但脑子里一片空白，心想自己离开之后，又是何人前来带走了掌柜？

他整理了一下表情，从酒肆出来时刻意表现的无比轻松："掌柜的不在，也许是搬走了，看来这龙胆今日是没机会再吃了。"

拉丝虽然有些不开心，但仍反过来安慰他："泰哥哥，别这样嘛，虽然龙胆吃不上，但城里还有那么多好吃的。"

"对呀对呀，咱们去别的地方看看吧。"艾丽娅也发现泰文世脸色不对劲，她知道他心里有事，但没说穿。

泰文世默默地离开了酒肆，但心里却像被火烧了似的。

无意之间，他们离开主城区，来到了河边。

拉丝虽然从小就住在这里，却很少独自来河边，此时看着悠悠河水，不禁心旷神怡，眼里满是痴迷的表情。

"好漂亮啊。"艾丽娅感慨道，"要是有条船该多好啊。"

不远处，几条小船正在水面荡漾。

蓝姬和卡郦走到泰文世身边，望着河流发呆。

"你们怎么了，想什么呢?"艾丽娅问。

"我们还从来没见过这么大的河呢。"

艾丽娅笑道："这还算是小河呢，如果哪天你们到了我的家乡，那河才叫大，又宽又长!"

泰文世笑着说："艾丽娅，你就别故弄玄虚了。"

"长官，你忘了莫亚大陆上的赤水河吗?"艾丽娅问。泰文世才黯然想起那条横贯莫亚大陆的赤水河，此时再一次勾起了他的无限思念。

昨天晚上，他就是在这里把掌柜救下来并带回酒肆的，但是在这之后究竟发生了什么事情呢?

他默然回头，正好看见一个鬼鬼祟祟的家伙正躲在不远处的拐角朝着他们这边张望，于是低声对艾丽娅说道："你们在这儿等我，我有点事情需要马上去处理，很快便回来。"

艾丽娅明白了他耐人寻味的眼神，示意他小心行事。

一眨眼的工夫，泰文世便消失得无影无踪了，谁也没看清他的去向。

泰文世施展轻功，向着不远处的拐角飞奔过去时，却突然不见了目标。难道自己刚才所做的一切都被对方发现了? 这样一想，他觉得自己可能遇到了高手。

　　他紧追了几步，发现街道对面挤满了围观的百姓，正当他打算离去时，身后传来一阵噼里啪啦破碎的声音。循声望去，发现那些围观者正在攻击一栋房屋。房门突然打开，出来一位老妇，她无力地哀求，要他们住手，但不起任何作用。

　　突然，其中有人抄起一块木板，向着老妇头上砸了下去，老妇闷声倒地。

　　泰文世的内心猛地抽搐起来，愤怒迅速占领了他的意识。他腾空而起，迅速出手，将打人者抓起来狠狠地扔在了地上。

　　其他人见状，纷纷挥舞着棍棒向他袭来。他阴沉着脸色，手起脚落，轻轻松松便放倒了所有人，全都躺在地上呻吟。

　　"欺人太甚，竟敢对一个手无寸铁的老妇下此毒手，今天不好好教训你们，实在是忍无可忍。"泰文世一声怒吼，身形急转，被他打倒的人又像皮球一样，全部被扔到了半空中，而后重重地跌落到地上，哀嚎声传遍大街小巷。

　　随后，他将老妇扶起，查看伤势后才转身离开。

　　泰文世离开那几个女孩之后，很快便有几个陌生的男子向她们围拢了过来。

　　艾丽娅毫不畏惧，说道："我认得你们，你们不是那个叫贝可龙手下的人吗？难道又想自找苦头？"

　　为首之人阴笑道："你以为我们还会怕你了不成，是那个什么狗屁阿杜司在场，我们给他几分薄面而已。既然他今天不在，看你们还往哪里跑？"

"跑?"艾丽娅冷笑道，然后转过身去安慰另外几个惊恐的姐妹，"别怕，有我在，没事的。"

"嘿嘿……你也不看看那几个漂亮的小妹妹，她们都害怕得在发抖了，就凭你，还想保护她们?"那家伙眼里闪烁着邪恶的光，然后对他身后的喽啰挥手道，"给我把这个女人带回去，贝爷爷大大有赏。"

"又是那可恶的贝可龙搞的鬼，他难道还想让我把他的双脚也卸下来吗?"艾丽娅满脸不屑。

"给我上、上!"那家伙目露凶光，像要吃掉艾丽娅似的。

艾丽娅的身手并未退步，虽然已经很久没有出手，但还是那样的敏捷和霸道，温柔中渗透着一股狠劲儿。

冲到最前面的家伙，挥舞着木棍，但还没劈下，便被艾丽娅一脚踢中下颚，一个腾空，旋转了三百六十度，然后摔到了几丈外的地方。

另外的人稍稍迟疑了一下，便又冲了过来。

艾丽娅出拳干净有力，招招正中要害，一时间鬼哭狼嚎和赞叹声不绝于耳。

"哇，姐姐，你的功夫这么厉害?"

"真没想到，真的看不出来，姐姐你太厉害了……"

拉丝此时才完全放松下来，眼里洋溢着自豪的表情："就那几个小坏蛋，上次就被姐姐给打跑了，他们现在还敢来，不是自寻苦头吗?"

"就是，快看……"

这时候，艾丽娅刚好腾空一脚把一个家伙踢翻在地，然后稳稳地踩在了脚下。

"太棒了姐姐……"她们在一边欢呼着鼓掌。艾丽娅洋洋得意，拍了拍手，正想说什么时，拉丝突然惊叫起来。

艾丽娅知似乎道有人偷袭，可她毫不在意，只等得袭击者的拳头接近之时，猛然回身一脚，偷袭者便栽倒下去，然后趴地上痛苦地翻滚起来。

"痛吗?"艾丽娅走上去踢了为首的那家伙一脚。

这时候，另外三个女孩向她围了过来，再次对她的身手赞不绝口。

艾丽娅笑道："你们也别再夸我了，说不定一会再来几个坏人，我可就招架不住了，咱们还是赶紧离开这里吧。"

"哎，那……泰阿哥，泰阿哥怎么还不回来。"卡郦眼睛正向街道那边张望，突然就听见身后有人说道："我回来了。"

众人回头，欣喜不已。

泰文世警觉地说："我们该回去了，这里太不安全，说不定再待下去，真可能会遇到更大的危险。"

就在他们离开的时候，又有一双邪恶的眼睛躲在暗处，将他们的行踪看得一清二楚。

阿杜司见他们这么快便回来了，吃惊地问道："怎么这么快就回来了，是发生了什么事吗?"

泰文世装作如无其事地笑道："没什么，一点小麻烦。"然后话题一转，"我们昨日去过的那家酒肆的掌柜，我刚才顺便过去看了一下，人不见了。"

"不见了?"阿杜司很是吃惊，陷入了思考之中，脸色异常凝重，"一个将要死去的人，究竟是谁把他给弄走了?"

泰文世也不可思议地叹息道："是啊，我也想不通，究竟是谁想要一个将死之人的身体呢? 哎，我们何不去把这事告诉给主人? 说不定主人神通广大，会知道答案呢。"

阿杜司听了这话，紧锁着眉头，缓缓说道："这也是个办法。既然我们现在也束手无策，也只能如此了。"

泰文世此时已经站了起来："事情紧急，马上去见主人吧。"

泰文世和阿杜司前脚刚迈出门，没想到房子外面围了一大群人，一个个凶神恶煞的样子，一见他们出来，立即大呼小叫起来。

"阿杜司，您可要给我们做主啊。"为首之人便是贝可龙。

泰文世自然记得此人。

阿杜司只是微微迟疑了一下，随即厉声呵斥道："贝可龙，你带着这么多人来这里做什么?"

"阿杜司，您可要为我们做主啊。"贝可龙可怜巴巴的，然后便冲阿杜司跪下了。

紧接着，从人群中走出来几个瘸子，一个个脸色痛苦。

泰文世看着刚才被艾丽娅打伤的那几个家伙，不明白他们在演怎样的一出戏。

阿杜司的眼神在他们身上停留了片刻，然后声色俱厉地说道："贝可龙，你又在搞什么鬼，赶快散去，我们还有事需要去见主人，要是耽搁了正事，你们担当得起吗？"

"阿杜司，我们被打了，您一定要严惩凶手。"这时候，贝可龙带来的人全都跪在了阿杜司面前。

阿杜司冷眼扫视着他们，然后意味深长地转头看了泰文世一眼，大声说道："贝可龙，究竟发生了何事？快快起来说话。"

但所有人依然跪地不起。

"阿杜司，如果您不给我们做主，我们是断然不会起身的。"贝可龙气愤不已。

阿杜司叹了口气，然后望了一眼大街上围观的人群："好吧，你说说看是什么事，看我能不能给你们做主。"

这时候，贝可龙猛然抬起头指着站在阿杜司身边的泰文世说道："就是他，还有一个女人，他们把我们弟兄给打惨了。您看看，您看看他们的样子……"

泰文世气愤不已，想说什么，却被阿杜司拦住："你说的都是真的？"

"如有半句假话，随便阿杜司处理。"贝可龙大言不惭，信誓旦旦。

泰文世望着他，突然冷笑了起来。

阿杜司转过头来看着泰文世问道："他们说的都是真的吗？"

泰文世说道:"如果您相信他所说的一切,那我无话可说。"

"我想听你说,这到底是怎么回事?"阿杜司声音抬高了八度。

泰文世叹息了一声,然后直视着贝可龙:"你敢对你所说的话承担全部责任吗?"

贝可龙毫不犹豫地说道:"我当然可以对自己所说的话承担全部责任,而且这里的每一个人都可以作证。"

"胡说八道……"泰文世忍不住大骂起来。

贝可龙却回身问他身后的人:"你们可以为刚才所说的一切负责任吗?"

"当然可以。哼,那家伙趁着自己有几招,看着我们不顺眼,就对我们拳打脚踢。我们的弟兄都在跑了,他还紧追不舍。"其中一人横着眼睛,像只蛤蟆。

泰文世也认得那家伙,就是先前被艾丽娅打趴在地上的人。

"岂有此理,你们血口喷人的功夫也太厉害了点。"泰文世狠狠地骂着,然后对阿杜司说道,"我还有证人,您先等一下。"他说完回到屋里,把拉丝叫了出来。

"拉丝,你看看,是谁刚才在河边骚扰你们的?"泰文世冷冷地扫视着面前的无赖。

拉丝立即指着其中一人说道:"就是他带人来的,还被姐姐打得趴在了地上。"

"拉丝小姐，你可不要冤枉我们弟兄啊，你为什么要帮着一个外人欺骗阿杜司，他可是你父亲呀。"那家伙实在是太过无耻，泰文世一时也几乎说不出话来。

拉丝却不依不饶地骂道："就是你，就是你带人欺负我们……"

这时候，蓝姬她们听见吵闹声，也跟着跑了出来。

"你难道想我把你另外一只手也卸了吗?"艾丽娅瞪着眼睛。

泰文世心底的怒火也烧了起来，大骂道："如果不想再挨揍的话，赶快消失。"

"阿杜司，您听见没有，他还在威胁我们呢。"贝可龙又涎着脸叫嚣起来。

"贝可龙，你真是无耻……"艾丽娅被气得脸都红了，再也说不出话来。

阿杜司却没耐心听他们拌嘴，挥手道："你们谁也不用再说了。贝可龙，你们先回去，我会把这件事调查清楚的。"

"但愿阿杜司可以给我们一个合理的解释。"贝可龙然后一挥手道，"兄弟们，都回去等阿杜司的消息吧。"

阿杜司看着他们迅速消失的背影，脸色铁青，叹了口气，然后转身回了屋。

泰文世凝神望着那些家伙的背影，平静下来之后，好像突然觉察到了什么。

是阴谋吗? 他无从得知真相，所以他的内心很是矛盾。他在想这件事究竟会以怎样的方式结束，也许，还会有更严重的后果在等着他们。

艾丽娅恐怕是最了解泰文世内心的人了，她坐在泰文世对面，默默注视着他的表情，试图揣摩他的心思。

"阿杜司，您难道真的以为这件事就这么简单?"泰文世沉默了一会儿，还是决定要说出自己心里的想法，无论阿杜司会给他怎样的答案。

阿杜司摇了摇头，沉重地说:"这也许根本就是一个阴谋。"

"您也这样认为?"艾丽娅喜形于色。

"但是，我不清楚是什么阴谋……"

泰文世急切地说道:"所有的事都是他们主动挑起来的。她们，还有拉丝，她是您的女儿，难道您也不信她的话吗?"

"正是因为这层关系，就算她所说的都是真实的，但他们目的何为?"阿杜司无奈的表情，倒让泰文世更为冷静了下来。

泰文世想到了存在于自己世界里的正常法律程序，虽然他脑海中所谓的法律在这里不存在，但跟法律类似的秩序又真实地存在于生活中的方方面面。

"阿杜司，以您之见，打算如何处理这件事?"艾丽娅问，阿杜司的表情依然为难，陷入了沉默。

泰文世在沉思了片刻后，抬头说道:"既然阿杜司都这样说了，我们也没有别的办法了。这样，我还一个证人，我马上去把她找来。"

阿杜司也抬头反问道："证人？什么证人。"

"您跟我去一趟吧，就在街头不远处，找到了这个人，也许就能了解整个事件的真相。"泰文世带着阿杜司找到自己所救下的老妇的住处，敲了很久的门才有人出来。

那是一个年轻人，脸上的皮肤有点儿黑，他认出了阿杜司，所以很客气。

泰文世看了阿杜司一眼，然后问他这里是否住着一位老妇。

对方想了想，但摇头否认了。

泰文世糊涂了，但他确定自己没有失忆。

"这里就住了萨吉和他的姐姐，没有别的什么人了。"阿杜司在他身后说道。泰文世更显得疑惑了，但他还是不甘心地问道："一位老妇人，她……先前在这里，还被人给打了。"

"打了？"年轻人好像很惊讶，但他立即说道，"我今天一直在家里，没人被打呀。"

泰文世站在那里，一时间感觉到空气都停止了流动，脑子陷入缺氧的状态。

阴谋，绝对是一个很大的阴谋！

这个念头在他脑海里迅速形成。

他眼里没有任何表情，脚步沉重地转身离去。

阿杜司跟在他后面，走了很远一段路程才跟上去问道："你是不是记错了地方？"

泰文世没有表情地摇了摇头，他的心里，已经被一种不可理喻的念头完全占据了。

这究竟是怎么回事？他思来想去，还是只能用"阴谋"来形容自己心里的感觉，而且这种感觉越来越强烈，几乎完全占据了他的脑海。

当他们回到家里的时候，阿杜司径直回了自己房间，气氛低至冰点。

艾丽娅来到泰文世身边，然后轻轻抓着他的胳膊，柔情地望着他那双充满心酸的眼睛："长官，我们不如离开这里吧，就不会有这么多烦恼了。"

泰文世抬头望着她的眼睛，心乱如麻。

"你难道还有什么事情没完成吗？"艾丽娅猜到泰文世还有事情没有完成，虽然她不知道是什么事，但她能够从他眼里看出来。

泰文世摇了摇头，但随即又点了点头，轻声说道："还等些日子，事情已经要浮出水面，也许一切很快就会结束，然后我们就可以不留遗憾地离开了。"

艾丽娅叹了口气，然后别过了脸。

当下，一直到天黑，也没有谁再说一句话，各怀心事，翻来覆去不知该干什么。

阿杜司自从进屋去后，一直到天黑尽的时候才出来。

泰文世看着阿杜司，脸上浮现出了一丝难得的笑容。

"怎么，想明白了?"阿杜司见他笑了，才在他身边坐了下来，"其实，有很多事情并不是一定要知道结果，只要你明白了整个过程，就算知道了结果，也会有比结果更值得你去思考的快乐。"

泰文世默默地听着这句话，恍恍惚惚地点了点头。其实，他并不完全明白阿杜司的意思，只是觉得这句话太深奥了。

"那个贝可龙，你也应该了解他，在这里，他确实是一条恶龙，我也多次告诉主人他的恶行，但主人都没有对他采取什么措施，所以……"

泰文世望着阿杜司的眼睛道："我明白了，即使他不是一条恶龙，而只是一条蛇，我也不应该去惹他。"

阿杜司接着道："你明白就好了，所谓强龙斗不过地头蛇，你应该比我更加清楚这句话的意思。"

泰文世站了起来，长叹一声道：阿杜司，天都快黑了，大家都饿了，为什么不吃点儿东西呢?"

"好了，我们今晚的宴会照常进行，大家都准备一下，我马上就好。"阿杜司一句话才提醒了所有的人，他们都为白天的事情冲昏了头脑，现在才想起来今天还是拉丝的生日呢。

"哦，不好意思，你看我都……"泰文世对拉丝愧疚地笑了，"这样吧，为了补偿对拉丝小姐的愧疚，今天晚上，我提议每个人都要顺从拉丝，她的话就是圣旨。"

"拉丝，今天晚上我们就是你的仆人，你说什么我们都听你的，绝无异议。"蓝姬也在一边叫道。

拉丝眼角间露出了兴奋的笑容，她想了一下，然后说道："这样啊，但是我现在还没有想好要你们做什么，等我想好了再告诉你们吧。"

"拉丝，你就慢慢想吧，但只限于今天晚上。等过了今晚，这句诺言就失效了哦。"卡郦笑吟吟地说道。

阿杜司准备了丰盛的晚餐，拉丝露出一脸幸福的笑容："谢谢阿杜司！"

阿杜司脸上洋溢着灿烂的笑容，皱纹全都凸显在了脸上。

"拉丝，你好幸福哦，有这么好的阿杜司疼爱你！"蓝姬艳羡不已，拉丝笑得更欢了。

卡郦却又独自无言地坐在一边，脸色冰冷。

泰文世知道卡郦在想什么，轻声安慰她："别胡思乱想了，今天是个开心的日子，快过来，你看大家多高兴啊。"

拉丝在中间坐下后说道："今天是我的生日，首先我很感谢阿杜司，谢谢他为我准备了这么多好吃的……当然，还有这么多人陪我过生日，今天是我这辈子最高兴的一天，谢谢你们。"

"哎呀，我的女儿，你什么时候变得这么有礼貌了。"阿杜司大笑，拉丝不好意思地捂着脸坐了下来。

整个夜晚，屋子里都洋溢着欢快的笑声。

第二十一章　终极之战

这个快乐的宴会一直延续到了深夜，最后大家都在热闹的气氛中趴在桌子上睡去。

也不知过了好久，泰文世感到一阵凉意袭来，轻轻动了动，差点滚到桌子下面，随即醒了过来。

"哎，阿杜司人呢？"他清醒之后，才发现阿杜司不见了踪影，"这么晚了，他会去哪里呢？"

他正这样想着，突然听见外面传来一阵窸窸窣窣的声音，于是起身走到了门后。

一个黑影人正朝门口走去，背影像极了主人。

难道真是主人？一个激灵涌上泰文世心头，他不禁感到背后涌起一阵凉意，猜想阿杜司是不是出了事，正想做点什么的时候，黑影人已经到了门口。

泰文世从门缝里清楚地看见，黑影人在出门的时候，还停下脚步向房子四处扫视了一周。

他在找什么呢?

这时候,黑影人已经开门离去,而且迅速地消失在了黑暗中。

泰文世迟疑了一下,然后悄无声息地跟了上去。

那个黑色的身影在街道上像幽灵似的移动,突然停住脚步朝身后看了一眼,然后转向胡同,继而消失。

泰文世站在黑暗中,正在琢磨人去了何处时,隐约间突然传来一阵人语声。他顺着声音传来的方向,终于找到了一间破房子,然后飞身上了房顶。

在他眼皮底下,正是刚才那个黑影人,另一个人却把他吓了一跳。

"贝可龙?他怎么会在这里?"他瞪着下面的两个人,心里涌起团团迷雾。

"主人,事情处理得如何了?"贝可龙问。

果然是主人!

泰文世心惊肉跳。

主人冷冷地说道:"那小子太狡猾了,本想把阿杜司也一并给收拾,却没想到他却向着那小子,我只好把他给杀了。"

"杀了?"贝可龙无比惊讶。

泰文世也被惊呆了,主人把阿杜司给杀了?

他顿时再无心思听下去,怒火在心底升腾,差点儿没忍住跳下去。可就在他脑子短路时，下面的人已经不见了踪影。

泰文世实在不愿意相信阿杜司已经遇害的事实，突然担心那几个女孩的安危，于是迅速狂奔而去。

黑暗中，隐藏着一双闪着绿光的眼睛，盯着泰文世离开的方向，露出了一丝邪恶的笑容。

家里安然无恙，但依旧不见阿杜司。

"怎么办，怎么办，阿杜司真的不见了，难道真的被主人杀害了？"他猛然间想起了卡郦父亲对他说过的一切，再加上先前听见的对话，立即就变得无比的焦虑。

他把所有人都叫了起来，问她们有没有见到阿杜司。

"阿杜司？"拉丝面无血色，"阿杜司呢？泰哥哥，快告诉我阿杜司去哪里了？"

泰文世不忍说出实情，内心无力而又痛苦。

拉丝表情木讷，双目痴呆，泪水在眼眶里打转儿。

艾丽娅把泰文世拉到一边，轻声问道："究竟发生什么事了？"

泰文世沉重地说道："阿杜司他、他可能遇害了。"

"什么？"艾丽娅以为自己听错了，顿时就愣在那里，脸上没有任何表情。

"是的，我亲耳听见的。"泰文世痛苦不已。

拉丝望着他的眼睛，哀求道："阿杜司他怎么了，你快告诉我啊！"

泰文世眉目低垂，他害怕看见拉丝的眼睛。

拉丝终于没能忍住，眼泪像雨水般落下。

艾丽娅看了泰文世一眼，见他没有丝毫表情，便转向了拉丝，然后帮她擦去眼泪，安慰道："也许，事情还没有大家想像的那样严重。也可能阿杜司出门办事去了，但只是没来得及向我们道别，所以接下来，我们应该到处找找。"

蓝姬和卡郦也安慰道："阿杜司平日里对大家都这么好，你想想有谁会害他呢？阿杜司一定不会出什么事的。"

拉丝的表情稍稍有所缓和，她慢慢抬起头来看了所有人一眼，咬着嘴唇，无力地点了点头。

"好，既然大家都这么认为，那我们现在就分工合作。"泰文世起身说道，"拉丝，平日里阿杜司常去的地方是哪里？"

"我也不是很清楚，常去的地方，应该是主人那里吧。"拉丝说。

泰文世想起主人和贝可龙见面时的情景："蓝姬、卡郦和艾丽娅留在家里等着阿杜司，如果他回来了，你们就一起到主人那里去找我们，拉丝马上跟我去见主人。"

一路上，拉丝一直低垂着头，一言不发。泰文世问道："阿杜司平日里和谁有过仇怨吗？"

拉丝想都没想便说："贝可龙！"

泰文世突然想到个主意："好，那我们就先去见贝可龙，迟一些再去主人那里。"

拉丝带着泰文世找到贝可龙的住处时，贝可龙并不在家。二人离开的时候，又一双阴冷的眼睛在阴暗的角落里看着他们远去的背影，脸上浮现出了一丝残酷的笑容。

泰文世马上就要见到主人时，心头却仍存有一丝阴影。

主人的大殿里显得太寂静了，甚至还有一点阴森的感觉，拉丝不禁挽住了泰文世的胳膊。

泰文世尖锐的目光透过黑暗，落到每一个角落，然后拱手道："泰文世有事相求，请主人现身一见。"

无人应答。

泰文世又问了一遍，仍旧没有回音。

拉丝示意他离开，但他有种强烈的预感，主人就在这里。

"请问主人在吗？泰文世有事相求，请现身一见！"他又问了第三遍，这时，一个黑影不知什么时候出现在对面的台上。

"泰文世有事打扰主人。"泰文世恭敬地说道。

"何事？"许久过后，主人才冒出几个冰冷的字。

这时候，拉丝上前道："主人，我是阿杜司的女儿。阿杜司昨天晚上突然不知去向，我想请问主人，阿杜司是否在陪着主人？"

主人似乎沉默了一下，然后冷冷地问道："是谁跟你说阿杜司在我这里？"

他的话让拉丝和泰文世都愣了一下。

拉丝怔在那里再也说不出一个字。泰文世见此情景，忙上前一步道："阿杜司平日里总会来此陪伴主人，现在他突然不辞而别，所以我们就……"

"够了！"主人冷声呵斥道，"阿杜司昨晚根本就没来过这里，请你们速速离开！"

"主人……告辞。"泰文世还想再说什么，但突然打住了，望着主人那一副黑色的外壳，拉着拉丝告辞而去。

走在大街上，拉丝突然甩掉了他。

"拉丝，你……"

"阿杜司一定是在主人那里，我非常肯定！"拉丝眼神中闪烁着仇恨的火花。

泰文世说："别闹了，咱们先回家去吧。"

拉丝摇头，就是不肯再走半步。

"那你接下来打算怎么办？"泰文世很无奈。

拉丝眼神冷峻地说道："我们直接闯到主人家去，一定可以找到阿杜司。"

泰文世知道拉丝一定是急坏了，所以才冒出如此大胆的主意。他沉吟了一下："咱们还是先回去吧，如果阿杜司真在主人那里，也许就不会有事了。"

拉丝的眼泪突然又落了下来，痛心地说："泰哥哥，我真的很担心阿杜司。"

泰文世明白她的感受，安慰道："阿杜司一定不会有事的。相信我，我一定会找到他的。"

泰文世一路上都在想，昨晚明明亲眼看见主人从阿杜司家里出来，还偷听了主人和贝可龙的谈话，现在主人却一直抵赖自己与阿杜司的失踪无关。如此看来，这其中必有隐情。

不知不觉间，便已经到了家门口，拉丝刚进门就大声问道："阿杜司回来了吗？"

大家看着拉丝，露出了失望的眼神。

泰文世忙把大家召集起来："从现在开始，所有人都不要出门。到了晚上，我再出去查探一下，看能不能找到一些线索。"

"长官，你已经有主意了吗？"艾丽娅问过这话之后，突然想到有些话是不该问的，如果在自己的世界中，这样的问话是违纪的。

泰文世看了她一眼，露出一丝高深莫测的笑容。

蓝姬又问："泰哥哥，我能做些什么呢？"

"对呀，我们能做些什么呢？"卡郦也问道。

泰文世笑着说："你们目前的任务就是待在这里陪着拉丝，千万不要离开房子半步。"

泰文世又陷入了沉思中，心中万分惆怅，像压着一块巨石似的透不过气。

事情不会无缘无故发生的！他头脑中突然涌起了这样一种怪异的想法，如果阿杜司的失踪果真与主人和贝可龙有关，那么接下来找到贝可龙，应该是最明智的选择。

他又想起了酒肆的掌柜，他为什么又会突然失踪了呢？

失踪的二人之间会不会有着某种关联？他猛然坐正了身体，突然感到一阵后怕，感觉事情即将失控。

一直到天黑，他还在想这些问题，那几个女孩也都是一副心事重重的样子。

等到天黑尽的时候，泰文世把艾丽娅叫到一边叮嘱道："我马上就要出去查看主人的底细，你在这里要小心一点，一定要保证所有人的安全。"

艾丽娅愣了一下，反问道："阿杜司的失踪，真的与主人有关系？"

"先不要问这么多了，以后你会慢慢知道的！"泰文世夺门而出，艾丽娅望着他的背影，久久没有回过神来。

泰文世离开房子后，然后隐藏在夜色中，径直向着当时发现贝可龙和主人见面的地方赶去。

虽然天很黑，但他还是能够看清屋内的情形。突然，他停下脚步，目光落在墙角处的一只胳膊上，心里陡然涌起一股寒气。

确实是一个死人，而且死者正是贝可龙。

他发现死者脖子被刀割断，而且凶器就扔在尸体边上。

他审视着这把凶器，想要知道究竟是何人用过的，突然就被一群人围在了中间。

泰文世慢慢站了起来，恍然间明白发生了何事。正在此时，随着一声狂笑传来，主人从黑暗中冒了出来。

他没看错，站在面前的正是康撒斯城的主人

"证据确凿，你现在总该把一切都交代清楚了吧。"主人的声音充满阵阵凉意。

泰文世虽然看不见他的面孔，但他能想到面具之下该是多么邪恶的一张脸。他没有说话，反正现在自己说什么都没有用，因为自己手里还握着凶器，被抓现形，杀人的罪名应该是被坐实了。

"怎么不说话，是不是心虚了，还是感到忏悔了？"主人大声宣布，"这就是杀害阿杜司的凶手，同时他也杀了得知真相的贝可龙。今日终于落到了我们手里，大家说怎么办？"

"烧死他，烧死他，烧死他……"一声声怒火猛烈地燃烧起来，泰文世感到了一阵阵心寒。

"听见了吗，这是所有人的心愿。"主人冷声说道，"我还要问清楚一些具体的事情，所以你现在还不能死。"

泰文世被抓了起来，但他根本就没有打算反抗，因为如果自己这时候反抗，就一定表明自己心虚，以后就很难洗脱自己的罪名，所以决定束手就擒。

主人冷笑道："带走吧！"

关押泰文世的房子，在他眼里根本就是形同虚设，如果他想要逃出去，根本不需费吹灰边，他主动被关进来，就需要用事实来证明自己没有杀害阿杜司，然后把真正的凶手揪出来。

他靠在墙边闭上眼睛假寐，试图将整件事情梳理清楚，但没过多久，突然听见有人来了。

"你来干什么？"他知道来者是何人，所以连眼睛都没睁开。

主人轻蔑地笑道："你太傻了，为什么要害死阿杜司？你知道阿杜司在这里的影响力，你杀了他，一定跑不了的。"

"害死阿杜司的不是我，而是另有其人。"

"另有其人？"主人的声音听起来好像很惊讶，"所有的罪犯都不会承认自己是罪犯。"

泰文世猛然睁开眼睛，直视着主人："那个人……即将露出他的真面目了。"

"只可惜，即使他露出了真面目，你也来不及看见了。"主人一脸诡异地笑着，"明天上午，你就会被一把大火烧死。"

"你以为一场大火就可以烧死我？哈哈……"泰文世狂笑起来，又闭上了眼睛。

"当然，如果你主动承认自己是凶手，也许我会让你死得爽快点。"

"你一定会等到真相……"泰文世声音低沉。

主人没再说什么，盯着那张脸看了许久才离去。

泰文世在黑暗中缓缓地睁开了眼，望着深不可测的夜色，嘴角微微抽搐起来。

艾丽娅整夜没敢合眼，就坐在那里等待泰文世回来，另外几个小女孩早已进入了梦乡。

也不知过了多久，泰文世一直没有露面，疲倦袭来，她好想闭上眼睛休息一会儿，但想起泰文世临走之时交代她的事情，便不敢睡觉了。

泰文世虽然闭着眼，但他的思维一直没有停下来，他把事情的前前后后仔细想了一遍，突然在一个问题面前打住了。

如果主人真的是杀害阿杜司的凶手，为什么会用如此低级的手段陷害自己呢？以主人的身手，要杀害阿杜司根本不费吹灰之力，最后为什么还要把贝可龙拉上垫背？难道他还有别的图谋？

他越来越不明白主人究竟走的是怎样一步棋了，脑子昏昏沉沉的，像充气一般的膨胀。

算了，别想了，睡吧，也许明天是个好天气！

他这样安慰自己，沉沉地闭上了眼睛。

天还没有亮的时候，一切都处于朦胧中，泰文世突然被一阵激烈的脚步声惊醒，恍然间，几个黑衣人出现在了他面前，然后把他提了起来。

不会这么早就打算烧死我吧，天还没亮呢。他这样想着，四处环顾了一圈，问道："你们要把我带到哪里去？"

但那些黑衣人并未理会他，径直把他带去了殿堂。

难道主人打算在烧死我之前再次审问我吗？他这样想着，主人出现了。

"居然敢加害阿杜司，你难道不知道自己犯了杀身之罪吗？"主人冷冷地盯着他，"本来还想给你最后一次机会，如果你坦承了所犯的罪行，可以让你死得舒服点，不然的话，在你上火刑之前，还将有一大堆惨不忍睹的刑法在等着你。"

泰文世木然地望着他，满脸不屑。

"来人啊，给我把他吊起来。"主人呵斥了一声，随即把他给倒吊了起来。

"哼……本主最后再给你一次机会，如果不想受皮肉之苦，赶快把你怎样加害阿杜司的罪行坦承出来。"

泰文世听了这话，顿时胃里面一阵翻江倒海。

"怎么样，味道不错吧，哈哈……"主人阴冷的笑声让人毛骨悚然。

邪恶的小人终究会在正义的沉默下而颤抖！泰文世突然想到了这句话，但是忘了出自谁之口。

"给我抽，狠狠地抽，看是你的嘴巴硬还是我的鞭子硬！"主人又一声令下，泰文世立即感觉身上似有无数的蚂蚁在叮咬，时而奇痒无比，时而又疼痛难忍，但是他紧咬着牙齿，始终没有发出一点声音。

"师父，我是否该出手了，那家伙实在是太可恶了！"他的潜意识中传来这样一个声音。

"师父，我可能就要死在这个小人手里，但我还没有为您报仇，还没有尽到徒儿的责任啊！"另一个声音也在脑子里回旋，加上主人的狂笑声冲击着这片郁闷的空气，泰文世的脑子变得越来越混乱，有一种极度想挣脱出去的感觉操控了他的思维。

这时候，笑声戛然而止。

泰文世正在疑惑之间，却被猛然放了下来，头撞在地上，差点没晕过去。他硬撑着睁开了眼睛，告诉自己一定不能睡着，如果就这样死去，谁来证明他的清白？谁来查明阿杜司失踪的真相？

恍然间，他感觉自己被拖了出去，耳边传来激烈的欢呼声。

他努力睁开眼睛，透过眼皮间的缝隙，依稀看见了灯火。

我这是要被带去哪里呢？他头脑昏沉地问道，可是没人给他答案。

"烧死他，烧死他，烧死他……"

他耳边又传来了一阵怒吼，无止境地刺激着他的思维。

眼前仍然是朦胧一片，恍恍惚惚的，什么都看不清，似乎所有的东西都在摇曳着。

也不知道蓝姬她们醒来了没有？他突然又想到了正在等他回去的那几个女孩，不禁沉重地叹息了一声。

叹息声被主人听见了。

"如果你现在为自己的罪行感到忏悔了，现在还有机会说出来，要不然待会儿就算你还想说，也没人愿意来当你的听众了。"主人在他耳边低声说道，他回过头投去了轻蔑的一笑，然后又闭上了眼睛。

他又好像听见主人在怒吼，不禁冷冷地笑了笑。紧接着，他感觉自己被扔下来，然后躺在了冰冷的地上。

"起来，起来，还想装死吗?"他被狠狠地踢了一脚，却没有感觉到丝毫的疼痛。

主人站在黑压压的人群中，大声说道："康撒斯城的所有居民，今天是一个特殊的日子，黑暗中的一切即将暴露在我们面前。"

随即，人群中传来一阵热烈的欢呼声。

"康撒斯城的善良之人阿杜司，终于可以沉睡了!"

又是一阵欢呼声，那些围观者实在是太激动了。

主人走到泰文世身边，又大声说道："躺在我脚下的，就是害死阿杜司的凶手……"

"烧死他，烧死他……"随即又响起一片愤怒的声音。

"你听见没有，这是所有人的意愿!"主人在泰文世耳边轻声说道。

泰文世躺在地上，却不愿意睁开眼睛来多看一眼面前这个卑鄙无耻的家伙。

"主人，我们要求凶手当着所有人的面给阿杜司谢罪!"从人群中间传出来一个尖细的声音。

主人洋洋得意，又在泰文世耳边轻声说道："我想你应该满足人们最后的愿望，起来吧。"

紧接着，泰文世被抬了起来。

"你这恶棍，快说，你是怎样害死阿杜司的，他可是我们康撒斯城的保护神啊！"一个老妇走到泰文世面前怒视着他，然后狠狠地抽了他一耳光。

泰文世依然低垂着脑袋，眼睛紧紧地闭着，他突然觉得好累，多想美美地睡上一觉。

"想清楚了吗？赶紧当着大家的面，把你的罪行昭告于天下吧。"主人举起双手，又引起一阵不小的骚动。

"说，快说……"随即，围观的人群又开始起哄，泰文世的沉默激怒了他们。

主人抓住他的下巴，然后隔着那层黑色的面罩怒视着他的眼睛，恶狠狠地说道："你逃不出我的手掌心了，等太阳出来之时，你会在众目睽睽之下被扔进火海，然后慢慢地挣扎，直到最后只剩下一丝灰烬……"

泰文世听见这个声音，一阵冰冷的凉意突然袭透了他的背脊，猛然睁开了双眼。

主人在黑暗中，表情微微变了，只是没人能看清楚他那张邪恶的脸。

"上天，请惩罚罪恶吧，卡罗之神，请给你的子民还一个公道吧……"主人伏身在地，开始虔诚的求拜。

泰文世眯缝着双眼，心如止水。

"上天，请接受你的子民最致高无上的祭拜吧！"主人话音刚落，所有的人都跪了下来，向着上天，眼睛里散发着虔诚的光。

主人起身，大声说道："好了，天就要亮了，我们把这邪恶的恶徒送上通往地狱的大门吧！"

主人又对着上天，嘴里念叨着一串谁也听不明白的声音。

"送他通往地狱的大门吧！"又是一阵喧嚣。

火刑架越来越近了，那一堆木柴，在黑暗中映照着微微泛白的天空，显得特别的耀眼。

泰文世被人抬到高高堆起的木柴上，然后被挂了起来。他终于睁开眼睛，望着面前黑暗的人头，一切陷入了沉寂。

天空出现一丝光亮，透过厚厚的云层，洒满了康撒斯城。

艾丽娅已经一夜没有合眼了，刚要睡着的时候，脑袋撞在椅子上，于是醒了过来。

天居然亮了！她诧异地向四处扫了一眼，却没有发现泰文世的身影。

"哎，泰哥哥怎么还没回来，已经一夜了，难道……"她不敢再往下想，一个可怕的念头冒了出来，赶紧把另外三个女孩也叫醒了。

"泰哥哥肯定是遇到麻烦了，他昨天晚上说自己去了主人那里，我们现在就去找他。"蓝姬说。

艾丽娅还想说什么，却被拉丝抢白道："姐姐，我们没有时间了，泰哥哥一定是遇到了麻烦，如果我们去迟了，他也许会有危险的……"

艾丽娅看见泪水又在她眼里打转儿，只好做了退让，临走前还未忘记带上魔杖。

整条街上都是熙熙攘攘的人流，好像赶集似的。

艾丽娅觉得不正常，对大家说道："前面肯定是出事了，咱们先上去看看。"

她们好不容易挤进人群中，却因为人实在太多，再也寸步难行。

拉丝大声叫了起来："我是阿杜司的女儿，请大家让一让！"

所有人一听见"阿杜司"这三个字，连忙让开了一条道路，她们终于来到了人群的最前面。

"啊——"突然，艾丽娅失声叫了起来，站在原地呆住了，眼睛里露出了惊恐的神色。

另外的人也迈不开腿了，瞪着火刑架上的人，一个个呆若木鸡。

人声鼎沸，空气却凝固了。

"泰哥哥……"随着一阵哭喊声，几个女孩一起冲向火堆，但立即就被冲过来的黑衣人给拦了下来。

主人向她们走过来，冷冷地说道："拉丝，你是阿杜司的女儿，现在已经找到害死阿杜司的凶手了，你父亲的大仇也很快就要报了。"

拉丝痛哭着，哭喊道："不是，泰哥哥不是凶手，你们搞错了，他不是……"

艾丽娅蹿到主人面前信誓旦旦地说道："一定是你搞错了，泰哥哥绝对不是凶手，绝对不是……"

主人转过身厉声呵斥道："把她们全部带走！"

她们和黑衣人对抗着，但是，显然无能为力。

"住手！"泰文世终于开口了，怒喝道，"不要伤害她们。"

主人走到他面前："你还有什么话说？"

泰文世大笑起来，笑得所有人都莫名其妙。

"你这恶人，害死了阿杜司，还要来诬陷我，整个城市的人居然都被你蒙骗了。"泰文世怒目圆睁，突然说出了这些话。

主人连连倒退了好几步，好不容易稳住阵脚，仰天狂笑道："大胆恶徒，死到临头，居然还不知悔改，看来本主对你太仁慈了……"

"哈哈……"泰文世又笑了起来，在场的人都被他的笑声惊得瞠目结舌，"我现在才算是终于明白了，谁才是真正害死阿杜司的凶手，虽然你的计划天衣无缝，最后把我送上了死刑台，但你还是错了一步。"

主人破口大骂："你血口喷人！"

"你还记得两百多年前的事情吗？"泰文世盯着那张脸，明显看见主人在发抖，"你当然不会忘记，也绝对不会，因为是你亲手毁灭了一座古老的城市。"

"你……你……"主人支吾着几乎说不出话来，"你到底是什么人？"

"你会知道我是什么人的。当年，你把康撒斯城真正的主人赶跑了，然后自己就戴着面具做了这里的主人。两百多年了，没想到最后还是被我知道了这个秘密。"

主人颤抖着，指着泰文世吼道："你、你血口喷人，给……给我烧死他，烧死他……"

可是谁也没有动，因为他们都被这个故事惊呆了。

泰文世冷笑道："康撒斯城的所有居民，你们知道站在这里的你们的主人，他的真正身份是什么吗？他是一条属于龙兽家族的恶龙。"

他的话刚说完，立即便引起了一阵不小的轰动。主人站在他面前，像根木桩，一动也不动。

"你想要加害于我，想利用害死阿杜司之名的罪行来加害我，但被我发现了你的阴谋，所以你才是真正的背后主谋。还有贝可龙，你利用完他之后，也杀了他，然后利用这个罪行把我送上了火刑架。这一切都是阴谋，都是你早已设计好的阴谋……"泰文世吼叫着，终于把憋在心底好久的话都说了出来。

可是，主人却笑了起来，笑得天昏地暗，暗无天日，然后对所有人说道："你们相信他的话吗，你们相信他编的这个故事吗？"

而后，他又对泰文世说道："在这里，你只不过是个外人，没人会相信你。"

"你是个妖怪，是你害死了阿杜司。"这时候，拉丝突然站了出来，主人怒吼道："把她们都给我带走，全部带走！"

泰文世终于决定不再浪费时间，呵斥道："住手，谁敢伤害她们一根头发，今天我会对他不客气。"

主人望着愤怒的泰文世狂笑道："自身都难保，还敢大言不惭，把她们全给我带走！"

泰文世的脸色渐渐发生了变化，由愤怒变成了极度愤怒，体内仿佛有一团火，似乎快要冲破胸膛。

主人不屑地说："我知道你很愤怒，恨不得杀了我，但此刻该是送你下地狱的时候了，点火！"

"该下地狱的应该是你。"泰文世突然纵身而起，"看我今日把你打回原形。"

"就凭你！"主人双拳紧握，而后飞了起来。

一场大战在所难免，围观者见状，纷纷四散逃亡。

"你这恶龙，今日我就要替阿杜司报仇，把你的皮剥下来。"泰文世脖子上的青筋突显了出来。

"哼，你以为就一定赢得了我？"主人怒喝一声，向着泰文世一掌打了过去。泰文世从心底迸射出愤怒的火焰，轻轻松松便挣脱了绳索，随后接下了那一掌。

主人见他居然躲过了自己这一掌，又使出了更阴毒的一招，说话间已至泰文世近前，手中不知何时多了把寒光闪闪的利刃，向泰文世劈了下去。

泰文世虽然不知这刀法究竟有多厉害，但还是迅速闪开了。

"接着。"艾丽娅把魔杖丢给了他。他抓住魔杖，以横扫千军之力，将主人击退了好几丈。

艾丽娅和拉丝做梦都没想到泰文世归来之后居然会变得如此厉害，又惊又喜。

这一场大战实在是无与伦比的精彩，双方大战数个回合，依然胜负难分。

泰文世此时才知自己小看了对方。

"哼，也不过如此。"主人冷喝一声，然后在空中旋转起来，双手合在胸前，大喝一声："卡罗之神——"

只见一道强光向着泰文世射了过来，泰文世心里一动，便也大喝一声："卡罗之神——"然后以相同的掌法打向了对方，双方再一次打了个平手。

"你教的功夫够厉害吧?"泰文世得意大笑。

主人还没有等他说完，大叫一声："还差点儿火候。"人已至近前，两掌相撞，彼此都被一股气流冲回了几丈远的距离。

泰文世心想继续下去也占不到便宜，不如再来点更厉害的，于是手起掌落，空中像有火焰在飞舞，那些急速的火光向着主人射了过去。主人并不示弱，赶紧以内功护住了自己。

泰文世趁此机会，打算破他护罩，于是又奋力打了一掌过去，可还没来得及收掌，便被主人反推过来的气流逼得倒退了好几步。

"受死吧！"主人也趁机会向泰文世扑了过去，手中的刀杀气腾腾。

围观者全都倒吸了一口凉气。

但泰文世哪里这么容易死，他在躲闪之时，已在心里默默运气，等到主人逼近之时，突然张开大嘴，吐出一股气流，气流似剑，齐刷刷地刺向主人。

主人惊了一下，但没有后退，因为他已经闪躲了过去，而且从空中跃到了泰文世身后。

"小心啊。"女孩们见状，不由自主地叫了起来。

泰文世没料到主人会从后面偷袭，情急之下，身体猛然向前冲了过去。

主人从后面一刀又劈空了。

而后俩人都落回到了地上，冷眼盯着对方。

主人的身体突然松弛了下来，然后冷言说道："我们之间今日好像分不出结果。"

泰文世却只是不屑地笑了笑。

主人的脸色在面罩下微微变了色。

"出招吧！"泰文世面不改色。

"长官，小心。"在泰文世离地的一瞬间，艾丽娅在他身后低声提醒。此时，泰文世已经向着主人射了过去，速度快得她们几个都没看清楚，但主人却看得明明白白。

"让你在死之前尝尝我的修罗掌。"泰文世在空中大叫了一声，主人便见人影已到了面前，慌忙转身向后跃起，但泰文世却紧紧相逼，然后连连打出数掌，主人闪躲不及，肩膀上挨了一掌，瞬间便落回到了地上。

泰文世的修罗掌也是丐王所传，此时以毒攻毒，主人没防备这反向掌法居然还带着一股逆流之气，所以没能躲过。

泰文世正准备以第二掌补上去时，主人突然大喝一声："慢着！"

泰文世收了掌，冷冷地看着对方。

主人捂着肩膀，好久才说出一句话："阿杜司是我害死的，但那又怎样？杀了我，他也活不了。"

泰文世虽然早就知道结果，但此时听他亲口说出来，还是无法接受。

拉丝瞪着眼睛，泪水早就湿了脸庞。

"你……你还我阿杜司……"拉丝悲伤不已，想冲过去，却被艾丽娅她们几个紧紧抱住了。

主人脸上依然带着笑容，其实是在暗中提气，顺着血脉倒流的邪气不知不觉占据了他全身。趁着拉丝把泰文世的注意力吸引过去时，他突然出手，双掌打向泰文世胸前。

也许是觉察到了危险，泰文世不经意间回过了头，猛然吸气，身形也顿起，向后跃了回去。

主人那两掌又打空了。

两个影子在空中飞速游动，主人突然就变了身形，旋转着向着泰文世射了过去，擦着他的肚皮一闪而过，然后化作一条龙，在空中翻来覆去地冲撞起来。

泰文世已经被激怒，他先前并没有使出撒手锏，也并没有真的想置他于死地，因为他还想知道一些事情，此时不得不改变主意，身形急速而起，然后念出了这句口诀："降妖出魔，霸道横行，双掌擎天，气吞昆仑。气出丹心，万物俱焚，合力之下，雷霆万钧。"

一股真气随之从下而上，传遍了身体的各个部位。

"指间劲力，胸前运气，连环出击，身形顿起。"

"心意由神，泣不成声，鬼哭狼嚎，神明至尊。"

随着一声长啸，一道闪电顿时照亮了半边天空。

"降魔神掌，太极之上，云云众生，还我乾坤。"

他完成了这一连串的动作，当落回到地上的时候，主人似乎还没反应是怎么回事，只是站在那里，一动也不动。

当然，可能除了泰文世，根本没人看明白究竟发生了何事。

泰文世背方而立，双方再也没有任何动作。

当所有的旁观者都在猜测发生了何事时，主人突然双膝一软，半蹲于地，发出一声凄厉的长啸，继而又无力地笑了起来。

泰文世叹息了一声，眼里充满了复杂的表情。

"你……过来……"主人喘息着冲泰文世招了招手，泰文世正准备靠近的时候，艾丽娅担心地叫了一声。

"没事！"他说着便已经来到主人面前。

"你听着，我要告诉你……一个……秘密。"

泰文世不明所以地看着他。

"嘿嘿、嘿嘿嘿……"主人又笑了起来，但笑得很凄惨，"你知道吗？你、你的师父万、万圣……之尊，就是我、我杀死的……"

泰文世的眼睛微微一痛，甚至连呼吸也变得困难了。

"他死的时候，一句话都没来得及说……"主人突然喷出一口血。

泰文世的眼睛也变得血红，而后颤抖着举起手掌，大喝一声，做出要向主人劈下去的样子。

"拉丝……"主人倒下之前，叫出了她的名字。

拉丝听到主人最后从嘴里叫出她的名字的时候，突然觉得有些耳熟，当她意识到不对劲时，几乎晕厥过去。

泰文世举起的手掌也无力地垂了下去，他最后听见主人叫出拉丝的名字时，身体里的血液迅速冷却，一种非常奇怪的感觉在他空白的大脑中慢慢扩散。

拉丝趴在主人身边，颤抖地从主人脸上揭开了黑色面罩。

时间瞬间凝固了，呼吸也在瞬间停滞了，没有谁能够说出话来，没有谁能够再坦然面对这一切。

许久之后，拉丝终于从梦里醒了过来，颤抖着抚摸着主人那张已经失去了血色的脸，突然失声痛哭起来，不停地呼唤着"阿杜司"的名字。

她的声音环绕着康撒斯城，久久没有散去。

所有人都不明白眼前这一切究竟是真还是假，是幻还是玄，但是，鲜血却染红了每个人的眼睛⋯⋯

当时间一分一秒过去的时候，大家才慢慢明白了真相。

"为什么，这是为什么？"拉丝跪在阿杜司面前，悲伤完全占据了她的身心。

过去美好的一切，就在一瞬间全部瓦解。

泰文世心里像被针刺了一样，不仅疼痛，而且悲伤⋯⋯

第二天，当太阳升起，那扇隐藏之门缓缓开启的时候，泰文世和那四个美丽可爱的女孩，一同踏上了回家的路。

他们站在阳光下，阳光照在脸上，面如桃花。

他们知道不管未来的路有多难，他们都将坚定地走下去。